suhrkamp taschenbuch 1815

Milan Kundera, 1929 in Brno/Tschechoslowakei geboren, emigrierte 1975 nach Frankreich und lebt seither in Paris.

In deutscher Übersetzung sind von ihm außerdem erschienen: *Das Leben ist anderswo*, 1974, *Abschiedswalzer*, 1977, *Der Scherz*, 1979, *Das Buch vom Lachen und vom Vergessen*, 1980, *Die unerträgliche Leichtigkeit des Seins*, 1984, *Das Buch der lächerlichen Liebe*, 1986, *Die Unsterblichkeit*, 1990, und der Essay *Die Kunst des Romans*, 1987.

Neben *Abschiedswalzer* liegt Kunderas Roman *Der Scherz* als suhrkamp taschenbuch (st 1689) vor.

»*Abschiedswalzer* ist Kunderas reifster, kompositorisch vollkommenster Roman, zugleich auch sein spannendster und unterhaltsamster.« *Die Welt*

Wenn sich der Vorhang hebt, fällt der Blick auf ein Badestädtchen, dessen Reichtum die Quellen sind, die Frauen von der Unfruchtbarkeit heilen. Ruzena ist das Mißgeschick passiert, das für die übrigen Kurgäste das langersehnte Glück wäre: Sie ist schwanger. Der vermeintliche Vater, der verheiratete Jazztrompeter Klima, sucht Ruzena zur Abtreibung zu überreden. Ruzena und ihr Startrompeter eröffnen den Abschiedswalzer. Andere Paare kommen hinzu, die Figuren verschlingen sich, Paare lösen sich auf und gehen neue, unerwartete Verbindungen ein.

»Kundera ist ein empfindsamer, illusionsloser Romancier, der die Realität ideologischer Verlogenheit erfahren und gründlich durchschaut hat. Von daher rührt auch seine komplexe, melancholische Lebenseinsicht.« *Heinz Albers, Hamburger Abendblatt*

»*Abschiedswalzer* ist nichts anderes als eine brillante Prosakomödie, eine Mischung von Feydeau und Schnitzlerschem *Reigen*, von satirischer Groteske und ideologiekritischer Scharfsinnigkeit.«

Der Tagesspiegel (Berlin)

Milan Kundera

Abschiedswalzer

Roman

Aus dem Tschechischen
von Susanna Roth

Freundschaft!

Suhrkamp

Juni 91

Die tschechische Ausgabe erschien 1979 unter dem Titel
Valčík na rozloučenou by Sixty-Eight Publishers, Toronto
Umschlagbild: Pablo Picasso, *Der Tanz auf dem Lande*. 1920-22.
Musée Picasso, Paris.

suhrkamp taschenbuch 1815
Erste Auflage 1991

Lizenzausgabe mit freundlicher Genehmigung
des Carl Hanser Verlags, München Wien
Suhrkamp Taschenbuch Verlag

Druck: Ebner Ulm
Printed in Germany
Umschlag nach Entwürfen von
Willy Fleckhaus und Rolf Staudt

1 2 3 4 5 6 – 96 95 94 93 92 91

Erster Tag

1.

Es wird Herbst, und die Bäume färben sich gelb, rot, braun; das in einem schönen Tal gelegene Badestädtchen ist gleichsam von einer Feuersbrunst umgeben. Unter den Kolonnaden gehen Frauen und neigen sich über die Quellen. Es sind Frauen, die keine Kinder bekommen können und hoffen, in diesem Bad fruchtbar zu werden.

Männer gibt es unter den Patienten weit weniger, aber es gibt sie, denn neben gynäkologischen Wunderwirkungen stärken die Bäder angeblich auch das Herz. Man zählt neun Patientinnen auf einen Patienten, was für eine ledige junge Frau, die hier als Krankenschwester arbeitet und unfruchtbare Damen am Schwimmbecken betreut, zum Verrücktwerden ist!

Rosa ist hier zur Welt gekommen, und hier leben ihre Eltern; wird sie diesem Ort mit seinem so fürchterlichen Frauenüberschuß je entrinnen?

Es ist Montag und die Arbeitszeit nähert sich allmählich ihrem Ende. Noch die letzten dicken Tanten in Tücher wickeln, auf die Liegen legen, ihre Gesichter abwischen, sie anlächeln.

»Also, rufst du an?« wird Rosa von ihren Kolleginnen gefragt; die eine ist eine füllige Mittdreißigerin, die andere jünger und mager.

»Warum denn nicht?« sagt Rosa.

»Hab bloß keine Angst«, muntert die Mittdreißigerin sie auf und führt sie hinter die Umkleidekabine, wo die Krankenschwestern einen Schrank, ein Tischchen und ein Telefon haben.

»Du solltest ihn zu Hause anrufen«, sagt die Magere hämisch, und alle drei fangen an zu lachen.

Als das Lachen verstummt ist, sagt Rosa: »Ich habe die Telefonnummer des Theaters.«

2.

Es war ein gräßliches Gespräch. Kaum hörte er ihre Stimme am Telefon, erschrak er.

Er hatte immer Angst vor Frauen, obwohl keine ihm das glaubte und alle diese Behauptung für einen koketten Scherz hielten.

»Wie geht es dir?« fragte er.

»Nicht sehr gut«, antwortete sie.

»Warum?«

»Ich muß mit dir reden«, sagte sie pathetisch.

Genau auf diesen pathetischen Ton hatte er seit Jahren mit Schrecken gewartet.

»Ja«, sagte er mit bedrückter Stimme.

Sie wiederholte: »Ich muß dringend mit dir reden.«

»Was ist passiert?«

»Ich bin jetzt anders als damals, als wir uns kennenlernten.«

Er brachte kein Wort hervor.

Erst nach einer Weile wiederholte er: »Warum?«

»Es ist schon sechs Wochen überfällig.«

Er sagte mit Überwindung: »Vielleicht ist es nichts. Das kommt manchmal vor und hat nichts zu bedeuten.«

»Nein, diesmal ist es so.«

»Das ist unmöglich. Ganz einfach unmöglich. Meine Schuld kann es jedenfalls nicht sein.«

Sie war gekränkt: »Ich bitte dich, für wen hältst du mich?«

Er fürchtete, sie zu verletzen, weil er sich überhaupt vor ihr fürchtete. »Nein, ich will dich nicht beleidigen, Unsinn, weshalb sollte ich dich beleidigen, ich sage ja bloß, daß es mit mir nicht passieren konnte, du brauchst keine Angst zu haben, es ist einfach unmöglich, physiologisch unmöglich.«

»Dann nichts für ungut«, sagte sie sehr beleidigt. »Entschuldige die Störung.«

»Nein, nein, nein.« Er fürchtete, sie könnte einhängen.

»Es ist richtig, daß du mich anrufst! Ich helfe dir selbstverständlich gern. Das läßt sich alles arrangieren, selbstverständlich.«

»Wie meinst du das, arrangieren?«

Er wurde verlegen. Er wagte nicht, die Dinge beim Namen zu nennen: »Na . . . arrangieren.«

»Das, woran du denkst, damit rechne nicht. Das schlag dir aus dem Kopf. Selbst wenn ich mir das Leben verpfuschen sollte, ich mache es nicht.«

Wieder überfiel ihn Entsetzen, aber er ging nun zaghaft zum Angriff über: »Warum rufst du mich dann an, wenn du nicht mit mir reden willst? Willst du dich mit mir beraten, oder hast du schon alles entschieden?«

»Ich will mich mit dir beraten.«

»Ich komme zu dir.«

»Wann?«

»Ich geb dir Bescheid.«

»Ja.«

»Mach's gut.«

»Mach's auch gut.«

Er hängte den Hörer ein und kehrte in den kleinen Saal zurück, in dem seine Kapelle wartete.

»Meine Herren, die Probe ist beendet«, sagte er. »Ich kann heute nicht mehr.«

3.

Als sie den Hörer einhängte, war sie rot vor Aufregung. Sie war beleidigt über die Art, wie Klima auf ihre Nachricht reagiert hatte. Im übrigen war sie seit längerem beleidigt.

Sie hatten sich vor zwei Monaten kennengelernt, als der berühmte Trompeter mit seiner Kapelle im Badestädtchen aufgetreten war. Nach dem Konzert fand eine Party statt, zu der sie eingeladen war. Der Trompeter hatte ihr vor allen anderen den Vorzug gegeben und verbrachte die Nacht mit ihr.

Seitdem hatte er sich mit keiner Silbe mehr gemeldet. Sie schickte ihm zweimal einen Kartengruß, er aber antwortete nicht. Einmal war sie in der Hauptstadt und rief ihn im Theater an, wo er ihren Informationen zufolge mit seiner Kapelle probte. Der Mann, der sich am Telefon meldete, verlangte, daß sie sich vorstellte, und sagte dann, er würde sich nach Klima umsehen. Nach einer Weile kam er mit der Nachricht zurück, daß die Probe bereits beendet und der Herr Trompeter weggegangen sei. Ihr kam der Gedanke, er habe sich verleugnen lassen, und sie verspürte einen umso größeren Haß, als sie schon damals fürchtete, schwanger zu sein.

»Angeblich ist es physiologisch unmöglich! Das sagt sich so leicht, physiologisch unmöglich! Ich bin gespannt, was er sagt, wenn es da ist!«

Die beiden Kolleginnen pflichteten ihr aufgeregt bei. Seit jenem Tag, da sie ihnen in der dampfgeschwängerten Badehalle mitgeteilt hatte, daß sie in der vergangenen Nacht mit dem berühmten Mann unbeschreibliche Momente erlebt hatte, war der Trompeter zum Besitz all ihrer Kolleginnen geworden. Sein Phantom geisterte durch die Halle, in der sie sich gegenseitig ablösten, und jedesmal, wenn sein Name fiel, kicherten sie innerlich, als wäre die Rede von jemandem, den sie intim kannten. Als sie erfuhren, daß Rosa schwanger war, wurden sie alle von einer seltsamen Freude erfüllt, weil er von diesem Zeitpunkt an tief in Rosas Körper auch für die Kolleginnen physisch anwesend war.

»Na, na, Mädchen, beruhige dich.« Die Mittdreißigerin klopfte ihr auf den Rücken: »Ich habe etwas gefunden für dich.« Sie entfaltete eine ziemlich schmuddelige, abgegriffene Illustrierte: »Schau mal!«

Alle drei blickten auf das Bild einer hübschen jungen Frau mit schwarzem Haar, die mit dem Mikrophon vor dem Mund auf einem Podium stand.

Rosa versuchte, aus diesen wenigen Quadratzentimetern ihr Schicksal herauszulesen. »Ich wußte nicht, daß sie so jung ist«, sagte sie besorgt.

»Ach geh!« lachte die Mittdreißigerin: »Das Bild wurde vor zehn Jahren gemacht. Sie sind doch beide gleich alt. Wie will die es mit dir aufnehmen!«

4.

Während des Telefongesprächs wurde Klima bewußt, daß er diese Schreckensnachricht seit langem erwartet hatte. Nicht so sehr, weil er einen vernünftigen Grund gehabt hätte zu glauben, er habe Rosa nach jener fatalen Party geschwängert (er war sich vielmehr sicher, daß sie ihn zu Unrecht beschuldigte), er erwartete eine solche Mitteilung ganz einfach schon seit vielen Jahren, lange bevor er Rosa kennenlernte.

Er war einundzwanzig, als eine verliebte Blondine beschloß, ihm eine Schwangerschaft vorzutäuschen, um ihn zum Altar zu treiben. Es waren scheußliche Wochen, zum Schluß bekam er Magenkrämpfe und brach zusammen. Seither wußte er, daß eine Schwangerschaft ein Schlag war, der einen jederzeit und von überall her treffen konnte, ein Schlag, gegen den es keine Blitzableiter gab und der sich mit einer pathetischen Stimme am Telefon ankündigte (ja, auch damals hatte die Blondine ihm die unselige Nachricht zunächst telefonisch mitgeteilt). Dieser Vorfall seines einundzwanzigsten Lebensjahres hatte zur Folge, daß er danach nur noch unter Angstgefühlen (aber trotzdem recht eifrig) mit Frauen verkehrte und nach jedem verliebten Stelldichein dessen traurige Folgen fürchtete. Er tröstete sich zwar damit, daß die Wahrscheinlichkeit eines derartigen Unfalls bei seiner krankhaften Vorsicht kaum ein Tausendstel Prozent groß war, er verstand es jedoch, sich auch vor diesem Tausendstel zu fürchten.

Einmal rief er, verführt von einem freien Abend, eine junge Frau an, die er vor zwei Monaten zum letzten Mal gesehen hatte. Als sie seine Stimme erkannte, rief sie: »Mein Gott, du bist es! Ich habe so darauf gewartet, daß du mich anrufst! Ich habe deinen Anruf so gebraucht!«, und sie sagte es so eindringlich, so pathetisch, daß sein Herz sich in altbekannter Angst zusammenschnürte und er mit seiner ganzen Seele fühlte, daß der Moment gekommen war, den er so sehr gefürchtet hatte. Weil er der Wahrheit möglichst schnell ins Auge sehen wollte, griff er an: »Und warum sagst du mir das mit so tragischer Stimme?« »Meine Mutter ist gestern gestorben«, antwortete sie, und er atmete auf, wußte aber, daß er vor dem, was er fürchtete, gleichwohl nicht verschont bleiben würde.

5.

»Jetzt reicht es aber. Was hat denn das zu bedeuten?« fragte der Schlagzeuger, und Klima kam endlich zu sich. Er sah die besorgten Gesichter seiner Musiker um sich herum und sagte ihnen, was vorgefallen war. Die jungen Männer legten ihre

Instrumente zur Seite und versuchten, ihm Ratschläge zu geben.

Der erste Rat war radikal: der achtzehnjährige Gitarrist verkündete, daß man Frauen von der Sorte wie die, die eben den Kapellmeister und Trompeter angerufen hatte, hart zurückweisen müsse. »Sag ihr, sie soll machen, was sie will. Dein Kind ist es nicht, also interessiert dich das alles nicht. Und wenn sie will, wird die Blutprobe zeigen, mit wem sie es gemacht hat.«

Klima wandte ein, daß Blutproben meist nichts bewiesen und einem nur übrigblieb, für die Beschuldigung der Frau zu bezahlen.

Der Gitarrist antwortete, es werde überhaupt nicht zu einer Blutprobe kommen. Eine so zurückgewiesene Frau werde sich hüten, sich unnötige Sorgen aufzuhalsen, und habe sie einmal erkannt, daß der beschuldigte Mann kein ängstlicher Waschlappen sei, werde sie das Kind von sich aus und auf eigene Kosten wegmachen lassen. »Und sollte sie es am Ende doch zur Welt bringen, wird die ganze Kapelle dir vor Gericht bezeugen, daß wir zur fraglichen Zeit alle mit ihr geschlafen haben. Laß sie dann mal den Vater finden!«

Klima aber sagte: »Ich glaube euch, daß ihr es tun würdet. Nur wäre ich bis dahin längst wahnsinnig geworden vor Unsicherheit und Angst. In dieser Hinsicht bin ich der größte Feigling unter der Sonne, ich muß so rasch wie möglich Gewißheit haben.«

Das sahen alle ein. Die Methode des Gitarristen war grundsätzlich gut, aber nicht für jeden. Insbesondere taugte sie nichts für einen Menschen mit schlechten Nerven. Zweitens war sie nicht gut für einen berühmten und reichen Mann, für den Frauen auch das verrückteste Risiko eingingen. Sie neigten somit zu der Ansicht, daß es notwendig sei, die Frau statt durch brutales Zurückweisen durch eine Methode der Überzeugung zur Abtreibung zu bewegen. Aber welche Argumentation wählen? Es zeichneten sich drei grundlegende Möglichkeiten ab:

Die erste appelliert an das mitfühlende Herz des Mädchens: Klima wird mit der Krankenschwester wie mit seiner besten Freundin sprechen; er wird sich ihr aufrichtig anvertrauen; er wird ihr sagen, daß seine Frau schwer krank sei und zusammenbrechen würde, wenn sie erfahren sollte, daß ihr Mann mit einer anderen Frau ein Kind hatte; daß Klima eine solche Situation weder moralisch noch nervlich durchstehen würde; daß er die Krankenschwester deshalb bitte, sich seiner zu erbarmen.

Gegen diese Methode gibt es einen prinzipiellen Einwand. Man darf die ganze Strategie nicht auf etwas so Unsicherem und Ungewissem wie der Herzensgüte einer Krankenschwester aufbauen. Hat eine Frau nicht ein außergewöhnlich gutes Herz, so wird sich ein derartiges Vorgehen gegen Klima wenden. Die Frau wird sich durch die übertriebene Rücksicht, die der auserkorene Vater ihres Kindes auf eine andere Frau nimmt, beleidigt fühlen und um so härter handeln.

Die zweite Methode appelliert an das Urteilsvermögen der Frau: Klima wird versuchen, ihr klarzumachen, daß er nie und nimmer die Gewißheit haben könnte, daß es tatsächlich sein Kind sei. Er kenne die Krankenschwester von einer einzigen Begegnung und wisse gar nichts über sie. Er habe keine Ahnung, mit wem sie sonst noch verkehre. Nein, nein, er verdächtige sie nicht, daß sie ihn absichtlich hintergehen wolle, aber sie könne ihm doch nicht weismachen, daß sie sich nicht auch mit anderen Männern treffe! Und selbst wenn sie das wollte, wo nähme Klima die Gewißheit her, daß sie die Wahrheit sage? Und wäre es klug, ein Kind in die Welt zu setzen, dessen Vater sich seiner Vaterschaft nie sicher sein würde? Könnte Klima seine Frau wegen eines Kindes verlassen, von dem er nicht sicher ist, daß es seines ist? Und will Rosa vielleicht, daß ihr Kind seinen Vater nie kennenlernt?

Auch gegen diese Methode gibt es prinzipielle Einwände. Der Bassist (der älteste Mann in der Kapelle) wandte ein, daß es noch törichter sei, sich auf den Verstand des Mädchens zu verlassen, statt auf ihr Mitgefühl. Die Logik der Argumentation ziele ins Leere, und ein Mädchenherz sei erschüttert, wenn der geliebte Mann nicht glaube, daß sie stets nur die Wahrheit sage. Das werde sie ermutigen, mit rührseliger Starrköpfigkeit noch hartnäckiger auf ihren Behauptungen und Absichten zu beharren.

Schließlich gibt es noch eine dritte Möglichkeit: Klima wird der geschwängerten Frau schwören, daß er sie geliebt habe und immer noch liebe. Darüber, daß sie das Kind von einem anderen haben könnte, darf kein Sterbenswörtchen fallen. Klima wird sie vielmehr in ein Bad aus Vertrauen, Liebe und Zärtlichkeit tauchen. Ihr alles versprechen, einschließlich der Scheidung. Ihr eine herrliche gemeinsame Zukunft ausmalen. Im Namen dieser Zukunft wird er sie dann bitten, die Schwangerschaft liebenswürdigerweise abzubrechen. Er wird ihr erklären, daß die Geburt eines Kindes zu früh käme und sie um die ersten, allerschönsten Jahre ihrer Liebe brächte.

Dieser Argumentation fehlt das, wovon die vorangehende zuviel hat: die Logik. Wie kann Klima so verliebt in die Krankenschwester sein, wenn er ihr seit zwei Monaten aus dem Weg geht? Der Bassist behauptete aber, Verliebte verhielten sich immer unlogisch, und nichts sei einfacher, als dem Mädchen das zu erklären. Alle waren sich schließlich einig, daß diese dritte Methode vermutlich die geeignetste war, denn sie appellierte an die Verliebtheit der Frau, und diese schien in der gegebenen Situation die einzige relative Sicherheit.

6.

Sie verließen das Theater und verabschiedeten sich an der Ecke voneinander, der Gitarrist jedoch begleitete Klima nach Hause. Als einziger war er mit dem vorgeschlagenen

Plan nicht einverstanden. Er schien ihm des Kapellmeisters, den er vergötterte, unwürdig. »Wenn du zu Frauen gehst, vergiß die Peitsche nicht«, zitierte er Nietzsche, von dessen Werk er nur gerade diesen Satz kannte.

»Mein lieber Junge«, seufzte Klima, »die Peitsche würde sie für mich bereithalten.«

Der Gitarrist schlug Klima vor, mit ihm in seinem Wagen in das Badestädtchen zu fahren, das Mädchen auf die Straße zu locken und zu überfahren. »Niemand wird mir beweisen können, daß sie mir nicht von selbst unter die Räder gerannt ist.« Der Gitarrist war das jüngste Mitglied der Kapelle, er mochte Klima, und dieser war gerührt über seine Worte.

»Du bist wahnsinnig nett«, sagte er zu ihm.

Der Gitarrist entwickelte den Plan bis in alle Einzelheiten weiter, und seine Wangen glühten.

»Du bist wahnsinnig nett, aber es geht nicht«, sagte Klima.

»Was zögerst du? Sie ist doch ein Miststück!«

»Du bist wirklich sehr nett, aber es geht nicht«, sagte Klima und verabschiedete sich.

7.

Als er wieder allein war, dachte er über den Vorschlag des Jungen nach und auch darüber, weshalb er ihn abgelehnt hatte. Es war nicht, weil er edelmütiger wäre als der Gitarrist, er war nur furchtsamer. Die Angst, daß man ihn der Mittäterschaft an einem Mord bezichtigte, war um nichts geringer als die Angst, als Vater identifiziert zu werden. Er stellte sich vor, wie der Wagen in Rosa hineinfuhr, er stellte sich vor, wie sie in einer Blutlache auf der Straße lag, und er wurde von einem kurzen Gefühl glücklicher Erleichterung erfüllt. Er wußte aber, daß es keinen Sinn hatte, sich Spielereien der Illusion hinzugeben. Er hatte jetzt ernsthafte Sorgen. Er dachte an seine Frau. O Gott, morgen hatte sie Geburtstag.

Es war einige Minuten vor sechs, kurz vor Ladenschluß. Er ging rasch in ein Blumengeschäft und kaufte einen riesigen Rosenstrauß. Er dachte daran, wie schrecklich dieser Geburtstag sein würde. Er würde vortäuschen müssen, mit seinen Gedanken und Gefühlen bei ihr zu sein, er würde sich ihr widmen, nett und amüsant sein und mit ihr lachen und dabei unablässig an einen fremden, fernen Bauch denken müssen. Er würde ihr gezwungen liebenswürdige Worte sagen, sein Geist aber wäre weit weg, wie in Einzelhaft gefangen in einer Zelle fremder Eingeweide.

Er machte sich klar, daß es seine Kräfte übersteigen würde, diesen Geburtstag zu Hause zu feiern und beschloß, die Reise zu Rosa nicht hinauszuschieben.

Diese Vorstellung war allerdings auch nicht gerade verlockend. Aus dem Badestädtchen im Gebirge wehte die Ödnis einer Wüste zu ihm herüber. Er kannte dort niemanden. Außer vielleicht jenen amerikanischen Kurgast, der sich benahm wie früher die reichen Bürger der Kleinstädte, und der die ganze Kapelle nach dem Konzert in seiner Suite empfangen hatte. Er bewirtete sie mit vorzüglichen alkoholischen Getränken und verwöhnte sie mit dem weiblichen Personal des Badeorts, wodurch er indirekt verursachte, daß Klima mit Rosa anbändelte. Ach, wenn wenigstens dieser Mensch, der damals so vorbehaltlos freundlich zu ihm gewesen war, noch im Bad wäre! Klima klammerte sich an dessen Bild wie an einen Strohhalm, denn in Momenten, wie er sie gerade durchmachte, braucht ein Mann nichts dringlicher als das kameradschaftliche Verständnis eines anderen Mannes.

Er kehrte ins Theater zurück und ging zum Portier. Er verlangte ein Ferngespräch. Bald schon hörte er ihre Stimme im Hörer. Er sagte ihr, er würde gleich morgen zu ihr kommen. Die Nachricht, die sie ihm vor einigen Stunden mitgeteilt hatte, erwähnte er mit keinem Wort. Er sprach mit ihr, als wären sie beide ein unbeschwertes Liebespaar.

Zwischendurch fragte er: »Ist dieser Amerikaner noch im Bad?«

»Ja«, sagte Rosa.

Er atmete auf und wiederholte, schon leichteren Herzens, daß er sich auf sie freue. »Was hast du an?« fragte er dann.

»Warum?«

Schon viele Jahre benutzte er diesen Trick bei Telefonflirts mit Erfolg: »Ich will wissen, wie du jetzt gerade angezogen bist. Ich will mir vorstellen, wie du aussiehst.«

»Ich trage ein rotes Kleid.«

»Rot muß dir gut stehen.«

»Vielleicht«, sagte sie.

»Und darunter?«

Sie lachte.

Ja, alle lachten, wenn er diese Frage stellte.

»Was für einen Slip hast du an?«

»Auch einen roten.«

»Ich freue mich schon, dich darin zu sehen«, sagte er und verabschiedete sich. Er hatte den Eindruck, den rechten Ton gefunden zu haben. Für einen Augenblick fühlte er sich erleichtert. Aber nur für einen Augenblick. Er wurde sich nämlich bewußt, daß er an nichts anderes als an Rosa denken konnte und die heutige Plauderei mit seiner Frau auf ein Minimum beschränken mußte. Er ging an der Kasse eines Kinos vorbei, in dem ein amerikanischer Western gespielt wurde, und kaufte zwei Karten.

8.

Obwohl Kamila Klima viel schöner war als krank, war sie dennoch krank. Ihrer schlechten Gesundheit wegen mußte sie vor Jahren ihre Karriere als Sängerin aufgeben, die sie in die Arme ihres jetzigen Mannes geführt hatte.

Der Kopf der schönen jungen Frau, die an Bewunderung gewöhnt war, war plötzlich gefüllt mit dem Karbolgeruch von Krankenhäusern. Es schien ihr, als lägen zwischen ihrer Welt und der Welt ihres Mannes nun sieben Berge.

Als Klima an diesem Tag ihr trauriges Gesicht sah, wollte ihm das Herz brechen, und er streckte ihr (über die fiktiven Berge hinweg) liebevoll seine Hände entgegen. Kamila hatte begriffen, daß in ihrer Trauer eine Kraft lag, von der sie früher nichts geahnt hatte, eine Trauer, die Klima anzog und zu Zärtlichkeit und Tränen rührte. Kein Wunder, daß sie dieses unverhofft gefundene Instrument (vielleicht unwillkürlich, aber um so öfter) einzusetzen begann. Denn nur in den Momenten, da er sich in ihrem schmerzensvollen Gesicht spiegelte, konnte sie sich einigermaßen sicher sein, daß in seinem Kopf keine andere Frau mit ihr rivalisierte.

Denn diese wunderschöne Frau fürchtete die Frauen und witterte sie überall. Niemals und nirgends entgingen sie ihr. Sie konnte sie im Tonfall seiner Begrüßung finden, wenn er nach Hause kam. Sie konnte sie im Geruch seiner Kleider riechen. Kürzlich hatte sie auf seinem Schreibtisch einen Papierschnipsel gefunden, den er von einem Zeitungsrand abgerissen hatte; darauf war von seiner Hand ein Termin notiert. Natürlich konnte dieser die verschiedensten Anlässe betreffen, eine Konzertprobe, eine Verabredung mit dem Agenten, sie aber mußte den ganzen Monat daran denken, mit welcher Frau sich Klima an diesem Tag wohl treffen würde, und sie schlief den ganzen Monat schlecht.

Wenn die heimtückische Welt der Frauen sie so sehr entsetzte, konnte sie zum Trost nicht in die Welt der Männer flüchten?

Schwerlich. Die Eifersucht hat die wundersame Macht, den Einzigen mit grellem Licht anzustrahlen und die Massen der übrigen Männer in völliger Finsternis versinken zu lassen. Frau Klimas Gedanken konnten sich nur in Richtung dieser quälenden Strahlen bewegen, und ihr Mann wurde zum einzigen Mann auf der Welt.

Jetzt hörte sie den Schlüssel im Schloß, und sie sah ihren Trompeter mit einem Rosenstrauß.

Im ersten Augenblick empfand sie Freude, unmittelbar danach aber meldeten sich Zweifel: warum brachte er die Blumen schon heute, wenn sie erst morgen Geburtstag hatte? Was hatte das schon wieder zu bedeuten?

»Bist du morgen nicht da?« hieß sie ihn willkommen.

9.

Daß er die Rosen bereits heute gebracht hatte, bedeutete noch keineswegs, daß er morgen nicht zu Hause sein würde. Ihre argwöhnischen, ewig wachsamen und ewig eifersüchtigen Fühler verstanden es aber, jede heimliche Absicht ihres Mannes lange im voraus zu erraten. Wann immer sich Klima der Existenz dieser fürchterlichen Fühler bewußt wurde, die ihn beobachteten, entblößten und entlarvten, wurde er von einem Gefühl hoffnungsloser Müdigkeit übermannt. Er haßte diese Fühler und war überzeugt, daß seine Ehe, wenn überhaupt, nur durch sie gefährdet war. Er war sich sicher (und hatte diesbezüglich immer ein kämpferisch reines Gewissen), daß er seine Frau nur deshalb manchmal belog, um sie zu schonen, vor jeglicher Beunruhigung zu bewahren, und daß sie sich ihre Qualen durch ihren Argwohn selbst bereitete.

Er sah ihr ins Gesicht und las Verdächtigung, Traurigkeit und Mißmut heraus. Er hatte Lust, den Strauß auf den Boden zu schmeißen, beherrschte sich aber. Er wußte, daß er in den nächsten Tagen viel schwierigere Situationen würde meistern müssen.

»Hast du etwas dagegen, daß ich dir die Blumen schon heute bringe?« sagte er, und seine Frau hörte die Gereiztheit in seiner Stimme. Also bedankte sie sich und füllte eine Vase mit Wasser.

»Verfluchter Sozialismus«, sagte Klima.

»Wieso?«

»Ich bitte dich. Ständig zwingt man uns, gratis aufzutreten. Einmal für den Kampf gegen den Imperialismus, ein andermal zum Jahrestag der Revolution, dann wieder zum Geburtstag irgendeines Potentaten, und wenn ich nicht will, daß wir liquidiert werden, muß ich zu allem Ja und Amen sagen. Du ahnst gar nicht, wie sehr ich mich heute wieder geärgert habe.«

»Warum denn?« sagte sie teilnahmslos.

»Während der Probe hat uns eine Referentin vom Nationalausschuß besucht, um uns zu belehren, was wir spielen dürfen und was nicht, und zum Schluß hat sie uns gezwungen, ein Gratiskonzert für den Jugendverband zu geben. Das schlimmste aber ist, daß ich morgen den ganzen Tag auf einer blöden Konferenz verbringen muß, wo man uns abermals belehren wird, wie die Musik mithelfen kann, den Sozialismus aufzubauen. Ein verpfuschter Tag, ein völlig verpfuschter Tag! Und das ausgerechnet an deinem Geburtstag!«

»Man wird dich doch nicht bis in die Nacht hinein dort festhalten?«

»Das nicht. Aber du kannst dir vorstellen, in was für einer Stimmung ich heimkommen werde. Deshalb wollte ich wenigstens heute einen ruhigen Abend mit dir verbringen«, sagte er und nahm ihre Hände.

»Du bist lieb«, sagte Frau Klima, und er erkannte am Ton ihrer Stimme, daß sie ihm kein Wort von dem glaubte, was er über die morgige Konferenz gesagt hatte. Frau Klima wagte es allerdings nicht, ihm zu verstehen zu geben, daß sie ihm nicht glaubte. Sie wußte, daß ihr Argwohn ihn wütend machte. Aber Klima hatte längst schon den Glauben in ihr Vertrauen verloren. Ob er die Wahrheit sagte oder log, immer verdächtigte er sie, daß sie ihn verdächtigte. Es half jedoch nichts, er mußte weiterreden, als glaubte er, daß sie ihm glaubte, und sie stellte ihm (mit traurigem, fremdem

Gesicht) Fragen über die Konferenz, um ihm zu beweisen, daß sie nicht an deren Existenz zweifelte.

Dann ging sie in die Küche und machte das Abendessen. Sie versalzte es. Sie kochte immer gern und gut (das Leben hatte sie nicht verwöhnt und es ihr nie abgewöhnt, den Haushalt selbst zu besorgen), und Klima wußte, wenn das Essen ihr diesmal mißraten war, so nur deshalb, weil sie sich quälte. Er sah im Geist die schmerzliche, abrupte Bewegung, mit der sie zuviel Salz ins Essen schüttete, und sein Herz krampfte sich zusammen. Es kam ihm vor, als kostete er in den salzigen Bissen den Geschmack ihrer Tränen, als schluckte er seine eigenen Verfehlungen herunter. Er wußte, daß Kamila sich vor Eifersucht quälte, er wußte, daß sie wieder nicht würde schlafen können, er wollte sie liebkosen, küssen, beschwichtigen, aber er machte sich sogleich klar, daß es zwecklos war, denn ihre Fühler hätten in seiner Zärtlichkeit nur das schlechte Gewissen entdeckt.

Schließlich gingen sie ins Kino. Klima fand eine Art Ermutigung in dem Helden, der auf der Leinwand mit einer hinreißenden Sicherheit verräterischen Gefahren entrann. Er sah sich selbst an dessen Stelle und glaubte zeitweise, Rosa zur Abtreibung zu überreden, sei eine Kleinigkeit, die er dank seines Charmes und seiner guten Sterne mit der linken Hand meistern könne.

Dann legten sie sich nebeneinander ins breite Bett. Er schaute sie an. Sie lag auf dem Rücken, den Kopf ins Kissen gepreßt, das Kinn leicht angehoben und den Blick an die Decke geheftet, und er sah in der straffen Gespanntheit ihres Körpers (die ihn immer an Saiten erinnerte, er sagte ihr, sie habe ›Seelensaiten‹) in einem einzigen Augenblick ihr ganzes Wesen. Ja, manchmal glaubte er (es waren wundervolle Momente), in einer einzigen Geste oder Bewegung gleichsam die ganze Geschichte ihres Körpers und ihrer Seele zu sehen. Es waren Augenblicke absoluter Hellsichtigkeit, aber auch absoluter Gerührtheit; diese Frau hatte ihn nämlich schon geliebt, als er noch unbedeutend gewesen war, sie war immer bereit gewesen, alles für ihn zu opfern, sie verstand seine Gedanken blind, er konnte mit ihr über Armstrong und über Strawinsky, über Belangloses und über Sorgen sprechen, sie stand ihm von allen am nächsten ... Er stellte sich vor, daß dieser süße Körper, dieses süße Gesicht tot wären, und es schien ihm, als könnte er sie keinen einzigen Tag überleben. Er wußte, daß er fähig war, sie bis zu seinem letzten Atemzug zu beschützen, fähig, sein Leben für sie hinzugeben.

Aber dieses Gefühl atemberaubender Liebe war nur ein sekundenlanges, kraftloses Aufflackern, denn sein Denken blieb von Angst und Furcht erfüllt. Er lag neben Kamila, wußte, daß er sie grenzenlos liebte, und war doch abwesend. Er streichelte ihr Gesicht, als streichelte er es aus einer unermeßlichen Entfernung von Hunderten von Kilometern.

Zweiter Tag

1.

Es war gegen neun Uhr morgens, auf dem Parkplatz am Rand des Badestädtchens (weiter durften Autos nicht fahren) hielt ein eleganter weißer Wagen, und Klima stieg aus.

In der Mitte des Städtchens erstreckte sich ein langer Park mit schütter gepflanzten Bäumen, Rasen, sandbestreuten Wegen, bunten Bänken. Zu beiden Seiten standen die Badehäuser, darunter auch das *Marxhaus*, in dem Schwester Rosa ein Zimmer bewohnte und der Trompeter die zwei schicksalhaften Nachtstunden verbracht hatte. Gegenüber dem Marxhaus, auf der anderen Seite des Parks, lag, im Jugendstil der Jahrhundertwende, mit vielen Stukkaturverzierungen und einem Mosaik über dem Eingang, das schönste Gebäude des Bades. Dieses Haus besaß als einziges das Privileg, seinen ursprünglichen Namen *Richmond* unverändert weiterführen zu dürfen.

»Wohnt Herr Bertlef noch hier?« fragte Klima den Portier, und als er eine bejahende Antwort erhielt, lief er über den roten Teppich in den ersten Stock und klopfte an die Tür.

Als er eintrat, sah er, daß Bertlef ihm im Pyjama entgegenkam. Er entschuldigte sich verlegen für sein unangemeldetes Kommen, doch Bertlef unterbrach ihn:

»Mein Freund! Entschuldigen Sie sich nicht! Das ist die größte Freude, die mir hier je jemand in diesen frühen Morgenstunden gemacht hat.«

Er schüttelte Klimas Hand und fuhr fort: »In diesem Land schätzt man den Morgen nicht. Die Leute erwachen gewaltsam mit Hilfe eines Weckers, der ihren Schlaf wie mit einem Axthieb abhackt, und dann geben sie sich sofort einer trübsinnigen Eile hin. Sagen Sie mir, was ist das für ein Tag, der mit einem solchen Gewaltakt beginnt! Was muß in Menschen vorgehen, denen tagtäglich mit Hilfe eines Weckers ein kleiner Elektroschock verpaßt wird! Sie werden täglich an Gewalt gewöhnt und täglich der Lust entwöhnt. Glauben Sie mir, es sind die Morgenstunden, die über den Charakter eines Menschen entscheiden.«

Bertlef faßte Klima sanft an der Schulter, setzte ihn in einen Sessel und fuhr fort: »Ich aber liebe diese Morgenstunden der Muße sehr, in denen ich wie über eine von Statuen gesäumte Brücke allmählich von der Nacht in den Tag, vom Schlafen ins Wachen schreite. Es ist die Zeit des Tages, da ich dankbar wäre für ein kleines Wunder, für eine unverhoffte Begegnung, die mich davon überzeugte, daß die Träume meiner Nacht sich fortsetzen und zwischen dem Abenteuer des Schlafes und dem Abenteuer des Tages nicht ein Abgrund klafft.«

Der Trompeter beobachtete Bertlef, wie er im Pyjama durch das Zimmer spazierte und sich mit der Hand die ergrauten Haare glattstrich; ihm wurde bewußt, daß seine klangvolle Stimme einen unverlierbaren amerikanischen Akzent hatte und seine Wortwahl liebenswert altmodisch war, was man leicht erklären konnte, hatte er doch nie in seiner ursprünglichen Heimat gelebt und die Muttersprache nur im Kreise der Familie erlernt.

»Und niemand, mein Freund«, sagte er und neigte sich vertrauensvoll über Klima, »niemand in diesem Badestädtchen ist imstande, mir entgegenzukommen. Sogar die sonst so nachgiebigen Krankenschwestern zeigen sich entrüstet, wenn ich sie dazu verführen will, in der Frühstückszeit fröhliche Augenblicke mit mir zu verbringen, so daß ich alle Begegnungen auf den Abend verschieben muß, wenn ich doch schon etwas müde bin.«

Dann trat er zum Tischchen mit dem Telefon und fragte: »Wann sind Sie angekommen?«

»Heute morgen«, sagte Klima. »Mit dem Wagen.«

»Sie sind gewiß hungrig«, sagte Bertlef und hob den Hörer. Er bestellte das Frühstück: »Zweimal Ei im Glas, Käse, Butter, Hörnchen, Milch, Schinken und Tee.«

Klima sah sich inzwischen im Zimmer um. Ein großer, runder Tisch, Stühle, Sessel, ein Spiegel, zwei Sofas, Türen zum Bad und zu einem weiteren angrenzenden Raum, in dem, wie er sich erinnerte, ein kleines Schlafzimmer war. Hier, in diesem prächtigen Appartement, hatte alles angefangen. Hier hatten die betrunkenen Jungs seiner Kapelle gesessen, zu deren Vergnügen der reiche Amerikaner einige Krankenschwestern eingeladen hatte.

»Ja«, sagte Bertlef, »das Bild, das Sie betrachten, war letztes Mal noch nicht hier.«

Erst jetzt bemerkte der Trompeter das Bild, auf dem ein bärtiger Mann mit einer sonderbaren, blaßblauen Scheibe um den Kopf und Pinsel und Palette in der Hand zu sehen war. Das Bild sah nicht aus wie ein Kunstwerk, der Trompeter wußte jedoch, daß viele Bilder, die so aussahen, berühmt waren.

»Wer hat es gemalt?«

»Ich selbst«, antwortete Bertlef.

»Ich wußte nicht, daß Sie malen.«

»Ich male sehr gern.«

»Und was ist es?« wagte der Trompeter zu fragen.

»Der Heilige Lazarus.«

»War Lazarus Maler?«

»Es ist nicht der biblische Lazarus, sondern der Heilige Lazarus, ein Mönch, der im neunten Jahrhundert in Konstantinopel gelebt hat. Er ist mein Schutzpatron.«

»Ja«, sagte der Trompeter.

»Er war ein sehr sonderbarer Heiliger. Er wurde nicht von Heiden gequält, weil er an Jesus glaubte, sondern von schlechten Christen, weil er zu gern malte. Wie Sie vielleicht wissen, herrschte im achten und neunten Jahrhundert im griechischen Teil der Kirche ein strenges Asketentum, das keinerlei weltliche Freuden duldete. Sogar Bilder und Skulpturen wurden als etwas sündhaft Genußsüchtiges angesehen. Kaiser Theophil ließ Tausende von herrlichen Bildern vernichten und verbot meinem geliebten Lazarus das Malen.

Lazarus wußte aber, daß er mit seinen Bildern Gott pries, und er hörte nicht auf. Theophil kerkerte ihn ein und folterte ihn, er wollte, daß Lazarus sich von seinem Pinsel lossagte, doch Gott war ihm gnädig und verlieh ihm die Kraft, die grausamen Qualen zu ertragen.«

»Eine schöne Geschichte«, sagte der Trompeter höflich.

»Eine wunderbare Geschichte. Sie sind aber bestimmt nicht zu mir gekommen, um meine Bilder zu betrachten.«

In diesem Moment klopfte es, und in der Tür erschien ein Kellner mit einem großen Tablett. Er stellte es auf den Tisch und richtete für die beiden Männer das Frühstück her.

Bertlef bat den Trompeter zu Tisch und sagte: »Das Frühstück ist nicht so exquisit, daß wir unser Gespräch dabei nicht fortsetzen könnten. Erzählen Sie, was Sie auf dem Herzen haben!«

Und so schilderte der Trompeter kauend seine Geschichte, die Bertlef an einigen Stellen zu prüfenden Fragen provozierte.

2.

Vor allem nahm er Anstoß daran, daß Klima Schwester Rosa keinen ihrer Briefe beantwortet, sich vor ihr verleugnet und selber keine freundschaftliche Geste gezeigt hatte, um die Liebesnacht in einem stillen, versöhnlichen Echo zu verlängern.

Klima gab zu, weder anständig noch weise gehandelt zu haben. Er könne sich aber nicht helfen. Jede weitere Beziehung zu diesem Mädchen sei ihm zuwider.

»Eine Frau verführen«, sagte Bertlef unzufrieden, »das kann jeder Dummkopf. An der Art aber, wie man sie verläßt, erkennt man die Reife eines Mannes.«

»Ich weiß«, gestand der Trompeter traurig, »aber dieser Widerwille, dieser unüberwindliche Ekel in mir ist stärker als jeder gute Vorsatz.«

»Ich bitte Sie«, wunderte sich Bertlef, »sind Sie ein Misogyn?«

»Das sagt man.«

»Aber woher kommt das bei Ihnen? Sie sehen schließlich weder impotent noch homosexuell aus!«

»Ich bin in der Tat weder impotent noch homosexuell. Es ist etwas viel Schlimmeres«, gestand der Trompeter melancholisch. »Ich liebe meine eigene Frau. Das ist mein erotisches Geheimnis, das den meisten Leuten völlig unverständlich ist.«

Dieses Geständnis war so rührend, daß die beiden Männer für eine Weile verstummten. Dann erst fuhr der Trompeter fort: »Niemand versteht das, am wenigsten meine eigene Frau. Sie denkt, eine große Liebe manifestiere sich darin, daß man nichts mit anderen Frauen hat. Das ist aber Unsinn. Immer wieder treibt es mich zu irgendeiner fremden Frau, in dem Moment aber, da ich sie nehme, schleudert mich eine starke Sprungfeder wieder zu Kamila zurück. Manchmal sage ich mir, daß ich diese anderen Frauen nur dieser Sprungfeder wegen suche, dieses Schleuderns wegen, dieses herrlichen Fluges (voller Zärtlichkeit, Sehnsucht und Demut) hin zur eigenen Frau, die ich mit jedem neuen Seitensprung nur noch mehr liebe.«

»Dann war Schwester Rosa für Sie also nur eine Bekräftigung Ihrer monogamen Liebe.«

»Ja«, sagte der Trompeter, »aber eine sehr angenehme Bekräftigung. Schwester Rosa hat nämlich auf den ersten Blick ziemlich viel Charme und außerdem den Vorteil, daß dieser Charme sich innerhalb von zwei Stunden völlig verflüchtigt, so daß einen nichts zu längerem Verweilen verlockt und man von der Sprungfeder gewaltsam zum herrlichen Rückflug hochgeschleudert wird.«

»Lieber Freund, es gibt kaum jemanden, an dem ich besser

beweisen könnte als an Ihnen, daß übermäßige Liebe sündhaft ist.«

»Ich dachte, die Liebe zu meiner Frau sei das einzig Gute an mir.«

»Und Sie irren sich. Die übermäßige Liebe zu Ihrer Frau ist nicht der ausgleichende Gegenpol zu Ihrer Gefühllosigkeit, sonderen deren Quell. Da Ihre Frau alles für Sie ist, sind alle anderen Frauen für Sie nichts, oder anders gesagt, sie sind Huren. Und das ist eine große Versündigung und eine Verachtung für die Kreaturen, die Gott geschaffen hat. Lieber Freund, diese Art von Liebe ist Ketzerei.«

3.

Bertlef schob die leere Tasse von sich, stand vom Tisch auf und ging ins Badezimmer, aus dem Klima zuerst das Geräusch von fließendem Wasser und dann Bertlefs Stimme hörte: »Glauben Sie, daß der Mensch das Recht hat, ein ungeborenes Kind umzubringen?«

Schon als er das Bild des Bärtigen mit dem Heiligenschein gesehen hatte, war er stutzig geworden. Er hatte Bertlef als leutseligen Bonvivant in Erinnerung und wäre niemals auf den Gedanken gekommen, er könnte ein gläubiger Mensch sein. Nun krampfte sich sein Herz zusammen, denn er befürchtete, daß er eine Moralpredigt zu hören bekäme und sich seine einzige Oase in der Wüste dieses Badestädtchens in Sand verwandelte. Er sagte mit beklommener Stimme: »Gehören Sie zu denen, die das Mord nennen?«

Bertlef antwortete lange nicht. Dann trat er aus dem Bad, angekleidet und sorgfältig gekämmt.

»Mord ist ein Wort, das zu sehr nach elektrischem Stuhl riecht«, sagte er. »Es geht mir um etwas anderes. Wissen Sie, ich denke, daß man das Leben mit allem Für und Wider annehmen muß. Das ist das erste Gebot, noch vor den zehn anderen. Alle Ereignisse liegen in Gottes Hand, und wir wissen nichts über ihr morgiges Schicksal, womit ich sagen will, das Leben mit allem Für und Wider anzunehmen bedeutet, auch Unvorhergesehenes anzunehmen. Und ein Kind ist eine Konzentration von Unvorhergesehenem. Ein Kind ist das Unvorhergesehene selbst. Sie wissen nicht, was aus ihm wird, was es Ihnen bringen kann, und gerade deshalb müssen Sie es annehmen. Sonst leben Sie nur halb, Sie leben wie ein Nichtschwimmer, der am Ufer herumplanscht, obwohl das wirkliche Meer erst dort ist, wo es Tiefe hat.«

Der Trompeter wandte ein, das Kind sei nicht von ihm.

»Nehmen wir das einmal an«, sagte Bertlef. »Geben Sie aber aufrichtig zu, daß Sie Rosa auch dann hartnäckig zu einer Abtreibung überreden würden, wenn das Kind von Ihnen wäre. Sie würden es wegen Ihrer Frau tun, und wegen der sündigen Liebe, die Sie für sie hegen.«

»Ja, ich gebe es zu«, sagte der Trompeter, »ich würde sie unter allen Umständen zu einer Abtreibung zwingen.«

Bertlef stand an die Badezimmertür gelehnt und lächelte: »Ich verstehe Sie und werde Sie gar nicht zu überreden versuchen. Ich bin zu alt, um die Welt verbessern zu wollen. Ich habe Ihnen gesagt, was ich denke, das ist alles. Ich bleibe Ihr Freund, auch wenn Sie gegen meine Überzeugung handeln und werde Ihnen behilflich sein, auch wenn ich nicht mit Ihnen übereinstimme.«

Der Trompeter sah Bertlef an, der die letzten Sätze mit der Samtstimme eines weisen Predigers vorgetragen hatte. Er kam ihm großartig vor. Ihm schien, als könnte alles, was Bertlef sagte, eine Legende sein, ein Gleichnis, ein Kapitel aus einem modernen Evangelium. Er hatte Lust (verstehen wir ihn, er war aufgeregt und neigte zu übertriebenen Gesten), sich tief vor ihm zu verneigen.

»Ich werde Ihnen helfen, so gut ich kann«, fuhr Bertlef fort. »Wir gehen zu meinem Freund, dem Chefarzt Skreta, der die medizinische Seite der ganzen Angelegenheit für Sie erledigen wird. Sagen Sie mir nur noch, wie Sie Rosa zu einer Entscheidung bewegen wollen, gegen die sie sich sträubt!«

4.

Das war das dritte Thema, über das sie sich unterhielten. Als der Trompeter seinen Plan dargelegt hatte, sagte Bertlef:

»Das erinnert mich an eine Geschichte, die ich selbst erlebt habe, als ich in meiner abenteuerlichen Jugendzeit als Docker in einem Hafen arbeitete, wo ein Mädchen die Verpflegung austrug, das ein ungewöhnlich gutes Herz hatte und niemandem etwas abschlagen konnte. Eine solche Güte des Herzens (und des Körpers) vergelten Männer aber eher mit Grobheit denn mit Dankbarkeit, so daß ich der einzige war, der sich ihr gegenüber freundlich und ehrfurchtsvoll verhielt, obwohl ausgerechnet ich nichts mit ihr hatte. Meine Freundlichkeit bewirkte, daß sie sich in mich verliebte. Ich hätte sie verletzt und gedemütigt, wenn ich schließlich nicht doch mit ihr geschlafen hätte. Ich habe es aber nur ein einziges Mal getan und ihr sogleich erklärt, daß ich sie auch weiterhin in großer geistiger Liebe lieben, wir aber nicht mehr miteinander schlafen würden. Sie begann zu weinen, lief davon, grüßte mich nicht mehr und gab sich noch offensichtlicher allen anderen hin. Dann vergingen zwei Monate, und sie eröffnete mir, daß sie von mir schwanger sei.«

»Da ist es Ihnen ja genauso ergangen wie mir!« rief der Trompeter.

»Ach, mein Freund«, sagte Bertlef, »wissen Sie denn nicht, daß das, was Sie durchmachen, die Geschichte aller Männer dieser Welt ist?«

»Und was haben Sie getan?«

»Ich habe mich ähnlich verhalten, wie Sie sich zu verhalten

gedenken, mit einem einzigen Unterschied. Sie wollen Rosa Liebe vorheucheln, während ich damals wirkliche Liebe für dieses arme Mädchen empfand. Ich sah sie vor mir, von allen erniedrigt und von allen mißhandelt, ein armes Mädchen, das bisher nur von einem einzigen Menschen Freundlichkeit erfahren hatte und diese nicht verlieren wollte. Ich begriff, daß sie mich liebte, und konnte ihr nicht böse sein, daß sie es so zum Ausdruck brachte, wie sie es eben verstand, mit den Mitteln, die ihre unschuldige Niedrigkeit ihr gab. Hören Sie, was ich zu ihr sagte: Ich weiß sehr gut, daß du von einem anderen schwanger bist. Ich weiß aber auch, daß du diese List aus Liebe benutzt hast, und ich will dir Liebe mit Liebe vergelten. Mir ist es egal, von wem du dieses Kind hast, wenn du willst, werde ich dich heiraten.«

»Das war Wahnsinn!«

»Vielleicht aber trotz allem wirksamer als Ihr durchdachtes Vorgehen. Als ich diesem Hürchen noch mehrmals wiederholte, daß ich sie liebte und auch mit Kind heiraten wollte, brach sie in Tränen aus und gestand, daß sie mich belogen hatte. Angesichts meiner Güte sei ihr klar geworden, daß sie meiner nicht würdig sei und mich niemals heiraten dürfe.«

Der Trompeter schwieg nachdenklich, und Bertlef fügte hinzu: »Ich wäre froh, wenn diese Geschichte Ihnen als Gleichnis dienen könnte. Versuchen Sie nicht, Rosa Liebe vorzutäuschen, sondern sie tatsächlich zu lieben. Versuchen Sie, Mitleid mit ihr zu haben. Gesetzt den Fall, daß sie Sie angelogen hat, versuchen Sie, in dieser Lüge ihre Art der Liebe zu sehen. Ich bin sicher, daß sie dann der Kraft Ihrer Güte nicht wird widerstehen können und von sich aus alles unternimmt, um Ihnen nicht zu schaden.«

Bertlefs Worte beeindruckten den Trompeter sehr. Als er sich aber Rosas Gestalt schärfer und lebendiger in Erinnerung rief, begriff er, daß der Weg der Liebe, den Bertlef ihm wies, für ihn nicht gangbar war; daß es ein Weg für Heilige, nicht aber für gewöhnliche Menschen war.

5.

Rosa saß an einem Tischchen in der großen Badehalle, an den Wänden entlang standen Liegen, auf denen die Frauen nach der Behandlung ausruhten. Sie nahm die Badeausweise zweier neu eingetroffener Patientinnen entgegen. Sie trug das Datum ein und händigte den Damen die Schlüsselchen der Garderoben, ein Handtuch und ein langes Laken aus. Dann sah sie auf die Uhr und schritt (sie trug nur einen weißen Kittel auf dem nackten Körper, denn die gefliesten Hallen waren voll von warmem Dampf) in die hintere Halle zum Schwimmbecken, in dessen wundertätigem Quellwasser etwa zwanzig nackte Frauen herumspritzten. Sie rief drei von ihnen beim Namen, um ihnen mitzuteilen, daß die für das Bad bemessene Zeit zu Ende sei. Die Damen hopsten gehorsam aus dem Becken, schüttelten ihre großen Brüste, von denen es tropfte, und trippelten hinter Rosa her, die sie in den vorderen Raum führte. Dort legten sich die Damen auf freie Liegen, und Rosa wickelte eine nach der andern in ein Laken, wischte ihnen mit einem Zipfel die Augen trocken und deckte sie dann mit einer warmen Decke zu. Die Damen lächelten Rosa an, sie erwiderte ihr Lächeln aber nicht.

Es ist nicht angenehm, in einer kleinen Stadt geboren zu sein, in die jährlich zehntausend Frauen kommen und kaum ein junger Mann; eine Frau kann sich hier schon mit fünfzehn Jahren eine genaue Vorstellung von den erotischen Möglichkeiten machen, die ihr fürs ganze Leben gegeben sind, falls sie nicht den Wohnort wechselt. Und den Wohnort wechseln? Der Betrieb, in dem sie beschäftigt war, entließ seine Angestellten nur ungern, und auch Rosas Eltern waren empört, wenn sie einen Umzug auch nur erwähnte.

Nein, diese junge Frau hegte nicht viel Liebe für ihre Patientinnen, obwohl sie sich insgesamt bemühte, ihren Pflichten gewissenhaft nachzukommen. Führen wir dafür drei Gründe an:

Neid: die Frauen kamen von ihren Ehemännern, von ihren Liebhabern, sie kamen aus einer Welt, die ihr in Tausenden von Möglichkeiten zu blühen schien, in Möglichkeiten, die ihr verwehrt waren, obwohl sie schönere Brüste, längere Beine und ein ebenmäßigeres Gesicht hatte.

Neben Neid Ungeduld: sie kamen hierher mit ihren fernen Schicksalen, und sie war hier ohne Schicksal, im letzten Jahr genauso wie in diesem Jahr; sie war entsetzt, daß an diesem kleinen Ort eine ereignislose Zeit existierte, und obwohl sie noch jung war, dachte sie ständig daran, daß das Leben ihr davonlief, noch bevor sie es überhaupt zu leben begonnen hatte.

Drittens verspürte sie einen instinktiven Widerwillen gegen die Menge, die den Wert jeder einzelnen Frau verminderte. Sie war umgeben von einer traurigen Inflation weiblicher Brüste, unter denen selbst ein so schöner Busen, wie sie ihn hatte, an Wert verlor.

Sie hatte gerade ohne ein Lächeln die letzte der drei Damen eingewickelt, als ihre magere Kollegin den Kopf in den Saal streckte und rief: »Telefon!«

Sie machte dabei eine so feierliche Miene, daß Rosa sofort wußte, wer sie anrief. Mit rotem Kopf ging sie zur Kabine, hob den Hörer ab und sagte ihren Namen.

Klima begrüßte sie und fragte, wann sie für ihn Zeit habe.

»Ich bin um drei fertig«, antwortete sie, »um vier könnten wir uns treffen.«

Dann diskutierten sie über den Ort der Verabredung. Rosa schlug das größte Weinlokal des Städtchens vor, das ganztägig geöffnet war. Die magere Kollegin, die hinter ihr stand und die ganze Zeit keinen Blick von ihren Lippen ließ, nickte zustimmend. Der Trompeter wandte ein, daß er Rosa lieber anderswo sehen wolle, wo sie allein seien, und er schlug vor, mit dem Wagen aus dem Städtchen hinauszufahren.

»Das ist nicht nötig. Wohin sollten wir fahren«, sagte Rosa.

»Wir wären allein.«

»Wenn du dich mit mir schämst, hättest du nicht herzukommen brauchen«, sagte Rosa, und ihre Kollegin nickte abermals zustimmend.

»So habe ich es nicht gemeint«, sagte Klima. »Ich warte also um vier vor dem Lokal.«

»Ausgezeichnet«, sagte die magere Kollegin, als Rosa eingehängt hatte, »er möchte dich irgendwo im Verborgenen treffen, du mußt aber versuchen, daß euch möglichst viele Leute sehen.«

Rosa war noch immer sehr aufgeregt, hatte Lampenfieber vor der Begegnung. Sie konnte sich Klima überhaupt nicht mehr vorstellen. Wie sieht er aus, wie lächelt er, wie benimmt er sich? Von ihrer einzigen Begegnung war ihr nur eine sehr unklare Erinnerung geblieben. Die Kolleginnen hatten sie damals genau nach dem Trompeter ausgefragt, sie wollten wissen, wie er war, was er gesagt hatte, wie er nackt aussah und wie er liebte. Sie aber wußte nichts zu sagen und wiederholte nur immer wieder, es sei *wie ein Traum* gewesen.

Das war keine bloße Phrase: Der Mann, mit dem sie zwei Stunden im Bett verbracht hatte, war von den Plakaten zu ihr herabgestiegen. Seine Photographie wurde für einen Augenblick dreidimensionale Materie, Wärme und Gewicht, um sich unmittelbar danach wieder in ein unmaterielles, farbloses Bild zu verwandeln, das in Tausenden von Reproduktionen vervielfältigt und so noch abstrakter und unwirklicher war.

Dank der Tatsache, daß er ihr damals so schnell wieder in sein graphisches Abbild entschwunden war, hatte sie das unangenehme Gefühl seiner Vollkommenheit zurückbehalten. Sie konnte sich an kein Detail klammern, das ihn niedriger gemacht und ihn ihr näher gebracht hätte. Wenn er weit weg war, empfand sie eine entschlossene Kampfeslust, jetzt aber, da sie seine Nähe spürte, verlor sie den Mut.

»Kopf hoch«, sagte die Magere zu ihr. »Ich werde dir die Daumen drücken.«

6.

Als Klima sein Gespräch mit Rosa beendet hatte, faßte Bertlef ihn beim Arm und führte ihn zum Marxhaus, wo Doktor Skreta arbeitete und wohnte. Im Wartezimmer saßen einige Frauen, Bertlef klopfte jedoch ohne Zögern viermal kurz an die Tür des Behandlungszimmers. Nach einer Weile erschien ein hochgewachsener Mann im weißen Kittel, mit Brille und mächtiger Nase. Er sagte zu den wartenden Frauen *Einen Moment bitte* und führte die beiden Männer in den Flur und von dort in seine Wohnung, die ein Stockwerk höher lag.

»Wie geht es Ihnen, Maestro?« sprach er den Trompeter an, nachdem alle drei Platz genommen hatten. »Wann sieht man Sie hier wieder in einem Konzert?«

»Nie mehr im Leben«, antwortete Klima, »dieser Badeort bringt mir Unglück.«

Bertlef erklärte Doktor Skreta, was dem Trompeter widerfahren war, und Klima sagte: »Ich wollte Sie bitten, mir zu helfen. Vor allem möchte ich wissen, ob sie tatsächlich was hat. Vielleicht ist es nur eine Verspätung. Oder sie will mir etwas in die Schuhe schieben. Das hat vor langer Zeit schon einmal eine andere versucht. Auch eine Blondine.

»Sie sollten sich nicht mit Blondinen einlassen«, sagte Doktor Skreta.

»Ja«, pflichtete Klima bei, »Blondinen sind mein Unglück. Herr Doktor, das war schrecklich damals. Ich habe sie gezwungen, sich von einem Arzt untersuchen zu lassen. Nur ist in einem so frühen Stadium der Schwangerschaft nichts mit Sicherheit zu erkennen. Dann wollte ich, daß man mit ihr den Mäusetest macht. Da spritzt man den Urin einer Maus ein, und wenn die Eierstöcke des Mäusleins anschwellen . . .«

». . . dann ist es bei der Dame soweit«, ergänzte Doktor Skreta.

»Sie brachte ihren Morgenurin in einem Fläschchen mit,

ich begleitete sie, aber vor der Poliklinik ließ sie das Fläschchen auf den Gehsteig fallen. Ich stürzte mich auf die Scherben, um wenigstens noch ein paar Tröpfchen zu retten! Ich führte mich auf, als hätte sie den heiligen Gral fallengelassen. Sie hatte es absichtlich zerschlagen, weil sie wußte, daß sie nicht schwanger war und meine Qualen so lange wie nur möglich verlängern wollte.«

»Typische Verhaltensweise einer Blondine«, sagte Doktor Skreta, ohne sich zu wundern.

»Glauben Sie, Blondinen seien anders als Brünette?« sagte Bertlef.

»Aber gewiß«, sagte Doktor Skreta. »Helles und dunkles Haar, das sind die beiden Pole des menschlichen Charakters. Dunkles Haar bedeutet Männlichkeit, Mut, Direktheit und Tatendrang, während helles Weiblichkeit, Zärtlichkeit, Hilflosigkeit und Passivität symbolisiert. Eine Blondine ist folglich zweimal Frau. Eine Prinzessin muß hellhaarig sein. Deshalb färben die Frauen, um so weiblich wie möglich zu sein, ihre Haare auch gelb und niemals schwarz.«

»Es würde mich sehr interessieren, auf welchem Weg Pigmente die menschliche Seele beeinflussen«, sagte Bertlef skeptisch.

»Es geht nicht um Pigmente. Eine Blondine, vor allem eine künstliche, paßt sich unwillkürlich ihren Haaren an. Sie will ihrer Farbe treu sein und macht aus sich ein zerbrechliches Wesen, eine Puppe zum Spielen, sie verlangt Zärtlichkeit und Zuvorkommenheit, Galanterie und Alimente, sie kann nichts allein machen, ist nach außen die Zartheit selbst, innen aber ordinär. Würden dunkle Haare zur weltweiten Mode, so ließe es sich wesentlich besser leben auf der Welt. Das wäre die nützlichste Sozialreform, die je verwirklicht worden wäre.«

»Also ist es gut möglich, daß auch Rosa mir alles bloß vorspielt.« Klima versuchte, aus Skretas Worten Hoffnung zu schöpfen.

»Nein. Ich habe sie vorgestern untersucht. Sie ist gravid«, sagte Doktor Skreta.

Bertlef bemerkte, wie das Gesicht des Trompeters sich grünlich verfärbte und sagte: »Herr Doktor, Sie sind doch Vorsitzender der Abtreibungskommission.«

»Ja«, sagte Skreta. »Freitag haben wir Sitzung.«

»Das trifft sich gut«, sagte Bertlef, »Eile tut Not in dieser Sache, denn unser Freund könnte uns noch zusammenbrechen. Ich weiß, daß man Abtreibungen in diesem Land nicht gern bewilligt.«

»Gar nicht gern«, sagte Doktor Skreta. »Ich habe in der Kommission zwei Weiber, Vertreterinnen der Volksherrschaft, sie sind ungemein häßlich und hassen alle Frauen, die zu uns kommen. Wissen Sie, wer die größten Misogyne auf der Welt sind? Die Frauen. Meine Herren, kein Mann, nicht einmal ein Herr Klima, der schon von zwei Damen mit einer Schwangerschaft geleimt wurde, verspürt Frauen gegenüber einen solchen Haß, wie Frauen ihn untereinander hegen. Warum, meinen Sie, bemühen sie sich überhaupt um uns? Nur, um ihre Kolleginnen zu verletzen und zu demütigen. Gott hat den Frauen den Haß auf andere Frauen ins Herz gelegt, weil er wollte, daß die Menschheit sich vermehrt.«

»Ich will Ihnen Ihre Worte lieber sofort verzeihen«, sagte Bertlef, »weil ich auf die Angelegenheit unseres Freundes zurückkommen möchte. Sie haben in dieser Kommission immerhin das letzte Wort, und diese häßlichen Weiber hören auf Sie.«

»Das letzte Wort habe ich dort, aber ich will das nicht mehr machen. Es bringt mir keinen Heller ein. Wieviel, Maestro, verdienen Sie mit einem Konzert?«

Die Summe, die Klima nannte, faszinierte Doktor Skreta: »Ich denke oft darüber nach, daß ich mit Musik noch etwas dazuverdienen könnte. Ich spiele ganz leidlich Schlagzeug.«

»Sie spielen Schlagzeug?« fragte der Trompeter mit eifrigem Interesse.

»Na ja«, sagte Doktor Skreta, »in unserem Volkshaus stehen ein Klavier und ein Schlagzeug. Also trommle ich in der Freizeit.«

»Das ist phantastisch«, rief der Trompeter, dankbar für die Gelegenheit, dem Chefarzt schmeicheln zu können.

»Ich habe hier aber keine Partner, um ein richtiges Orchester zu gründen. Nur der Apotheker spielt ganz ordentlich Klavier. Wir haben schon mehrmals zusammen geprobt. Wissen Sie was?« überlegte er, »wenn diese Rosa vor die Kommission kommt . . .«

»Falls sie überhaupt kommt!« seufzte Klima.

Doktor Skreta winkte ab: »Die kommen alle gern. Die Kommission verlangt allerdings, daß sich auch der Vater einfindet, Sie müßten also mitkommen. Und damit Sie nicht nur einer solchen Torheit wegen hierherfahren, könnten Sie schon einen Tag früher kommen, wir würden am Abend dann ein Konzert veranstalten. Trompete, Klavier und Schlagzeug. Tres faciunt orchestrum. Steht Ihr Name auf dem Plakat, ist der Saal voll. Was sagen Sie dazu?«

Klima war stets fast übertrieben ängstlich auf die professionelle Perfektion seiner Auftritte bedacht, und er hätte den Vorschlag des Chefarztes noch vor zwei Tagen für völlig absurd gehalten. Heute interessierten ihn aber nur die Eingeweide einer Krankenschwester, und er beantwortete die Frage mit höflicher Begeisterung: »Das wäre phantastisch!«

»Wirklich? Sind Sie dafür?«

»Natürlich.«

»Was meinen Sie dazu?« wandte Skreta sich an Bertlef.

»Ein glänzender Einfall. Ich weiß nur nicht, wie Sie innerhalb von zwei Tagen die Vorbereitungen schaffen wollen.«

Statt zu antworten, ging Skreta zum Telefon. Er wählte eine Nummer, doch es meldete sich niemand. »Das wichtigste ist, sofort Plakate anzufertigen, unsere Sekretärin ist aber offensichtlich beim Mittagessen«, sagte er. »Den Saal freizumachen ist eine Kleinigkeit. Die Gesellschaft für Volksbildung veranstaltet am Donnerstag einen Vortrag über Alkoholismus, den einer meiner Kollegen halten soll. Er wird sehr glücklich sein, wenn ich ihn bitte, sich krankheitshalber zu entschuldigen. Sie müßten allerdings schon am Donnerstag Mittag kommen, damit wir unser Zusammenspiel ein bißchen proben können. Oder ist das nicht nötig?«

»Doch, doch«, sagte Klima, »es ist nötig. Wir müssen es vorher etwas durchspielen.«

»Das meine ich auch«, pflichtete Skreta bei. »Wir werden das effektvollste Repertoire üben. Ich kann den Saint Louis Blues und When The Saints Go Marching In sehr gut. Ich habe auch einige Soli auf Lager und bin gespannt, was Sie dazu sagen werden. Was machen Sie übrigens heute nachmittag? Wollen wir es nicht gleich versuchen?«

»Heute nachmittag muß ich leider Rosa dazu überreden, daß sie mit der Kürettage einverstanden ist.«

Skreta winkte ab: »Vergessen Sie das. Die wird auch ohne Überredung einwilligen.«

»Herr Doktor«, sagte Klima bittend, »lieber am Donnerstag.«

»Ich denke auch, Sie sollten besser am Donnerstag proben«, kam Bertlef zu Hilfe. »Unser Freund könnte sich heute wohl kaum konzentrieren. Außerdem hat er, wie mir scheint, seine Trompete gar nicht dabei.«

»Das stimmt«, sagte Skreta beipflichtend und begleitete die beiden Freunde persönlich ins gegenüberliegende Restaurant. Auf der Straße wurde er jedoch von seiner Sprechstundenhilfe eingeholt, die ihn anflehte, doch wieder in die Praxis zurückzukehren. Doktor Skreta entschuldigte sich bei seinen Freunden und ließ sich von der Schwester zu seinen unfruchtbaren Patientinnen zurückführen.

7.

Rosa war vor ungefähr einem halben Jahr von ihren Eltern, die in einer Gemeinde der näheren Umgebung wohnten, in das Zimmerchen im Marxhaus gezogen. Sie hatte sich weiß Gott was vom unabhängigen Wohnen versprochen, während dieser Zeit aber erkannt, daß sie ihr Zimmer wie auch ihre Freiheit weniger glücklich und weniger ausgiebig nutzte, als sie sich das vorher in ihren Träumen vorgestellt hatte.

Als sie heute nach drei Uhr vom Badehaus zurückkehrte, war sie unangenehm davon überrascht, daß ihr Vater es sich auf ihrer Couch gemütlich gemacht hatte und auf sie wartete. Das paßte ihr überhaupt nicht, denn sie hatte sich auf ihre Garderobe konzentrieren, sich frisieren und sorgfältig das Kleid auswählen wollen, das sie anziehen würde.

»Was machst du hier?« fragte sie ungehalten und war wütend auf den Portier, der ihren Vater kannte und bereit war, ihm in ihrer Abwesenheit jederzeit das Zimmer aufzuschließen.

»Ich habe einen Moment frei«, sagte der Vater. »Wir haben heute eine Übung hier.«

Der Vater war Mitglied des freiwilligen Ordnungsdienstes. Die Ärzteschaft lachte über die alten Herren, die mit einer Binde um den Arm wichtigtuerisch in den Straßen patroullierten, und Rosa schämte sich deshalb für die Tätigkeit ihres Vaters.

»Daß dir das Spaß macht«, brummte sie.

»Sei froh, daß du einen Vater hast, der nie gefaulenzt hat und nie faulenzen wird. Wir Rentner werden euch Jungen noch zeigen, wozu wir imstande sind!«

Rosa sagte sich, sie müsse ihn reden lassen und sich dabei auf die Auswahl ihrer Garderobe konzentrieren. Sie öffnete den Schrank.

»Ich möchte gern wissen, wozu ihr imstande seid«, sagte sie.

»Zu allerhand. Das ist ein weltberühmter Badeort, mein Mädel. Und wie es hier aussieht! Kinder tollen sich auf dem Rasen!«

»Na mein Gott . . .«, sagte Rosa und stöberte in den Kleidern. Keines gefiel ihr.

»Wenn es nur die Kinder wären, aber diese Hunde! Der Nationalausschuß hat schon längst befohlen, daß Hunde nur an der Leine und mit einem Maulkorb spazierengeführt werden dürfen! Hier aber gehorcht keiner, jeder tut, was er will. Schau dir bloß den Park an.«

Rosa zog ein Kleid hervor und begann, hinter der Schranktür versteckt, sich umzuziehen.

»Die pissen überall hin! Sogar in den Sand auf dem Kinderspielplatz! Und jetzt stell dir vor, ein Kind spielt dort, und sein Butterbrot fällt in den Sand. Dann wundert man sich, daß es so viele Krankheiten gibt! Da schau nur!«

Der Vater trat zum Fenster: »Allein in diesem Augenblick laufen dort vier Hunde frei herum.«

Rosa kam hinter der Schranktür hervor und blickte in den Spiegel. Sie hatte aber nur einen kleinen Wandspiegel, in dem sie sich kaum bis zur Taille sah.

»Dich interessiert das anscheinend nicht, oder?« fragte der Vater.

»Doch«, sagte Rosa, während sie auf den Zehenspitzen vom Spiegel zurücktrat, um zu erraten, wie ihre Beine in diesem Kleid wirkten, »du darfst mir aber nicht böse sein, ich muß gleich weg und habe es eilig.«

»Ich lasse nur Polizeihunde und Jagdhunde gelten«, sagte der Vater, »Leute, die in ihren Wohnungen Hunde halten, verstehe ich nicht. Die Frauenzimmer werden bald nicht mehr gebären, sondern Pudel in den Kinderwagen spazierenfahren!«

Rosa war unzufrieden mit dem Bild, das der Spiegel zurückwarf. Sie kehrte wieder zum Schrank zurück und suchte ein Kleid, das ihr besser stand.

»Wir haben beschlossen, daß nur dann ein Hund in einem Haus sein darf, wenn alle Bewohner sich auf einer Mieterversammlung damit einverstanden erklären. Außerdem werden wir die Hundesteuer erhöhen.«

»Ich sehe, du hast große Sorgen«, sagte Rosa und dachte, daß sie froh sei, nicht mehr zu Hause wohnen zu müssen. Von Kindheit an hatte der Vater sie mit seinen Belehrungen und seinem Herumkommandieren abgestoßen. Sie sehnte sich nach einer Welt, in der die Menschen eine andere Sprache sprachen als die seine.

»Du darfst nicht lachen. Hunde sind wirklich ein sehr ernstes Problem, und das denke nicht nur ich, sondern auch sehr hohe politische Persönlichkeiten. Vielleicht haben sie vergessen, dich zu fragen, was wichtig ist und was nicht. Du würdest ihnen selbstverständlich sagen, das wichtigste auf der Welt seien deine Kleider«, sagte er, als er bemerkte, daß seine Tochter sich wieder hinter der Schranktür versteckte und umzog.

»Sicher sind sie wichtiger als deine Hunde«, sagte sie schnippisch und stand wieder auf den Zehenspitzen vor dem Spiegel. Und wieder gefiel sie sich nicht. Die Unzufriedenheit mit sich selbst verwandelte sich aber allmählich in Trotz: sie dachte boshaft, daß der Trompeter sie auch in diesem billigen Kleid empfangen mußte, und sie empfand eine sonderbare Genugtuung.

»Es geht um die Hygiene«, fuhr der Vater fort. »Unsere Städte werden nie sauber sein, solange Hunde auf die Gehsteige kacken. Und es geht auch um die Moral. Es schickt sich nicht, daß die Leute in menschlichen Behausungen Hunde verzärteln.«

Da geschah etwas, was Rosa überhaupt nicht bewußt war: ihr Trotz verschmolz unauffällig und auf geheimnisvolle Weise mit der Entrüstung ihres Vaters. Sie verspürte für ihn nicht mehr den starken Widerwillen von vorher, im Gegenteil, sie schöpfte unwillkürlich Energie aus seinen zornigen Worten.

»Wir haben zu Hause nie Hunde gehabt, und sie haben uns nicht gefehlt«, sagte der Vater.

Sie blickte noch immer in den Spiegel und fühlte, daß die Schwangerschaft ihr eine noch nie dagewesene Überlegenheit verlieh. Ob sie sich gefiel oder nicht, der Trompeter war ihretwegen hierhergekommen und hatte sie mehr als freundlich in das Weinlokal eingeladen. Übrigens (sie sah auf die Uhr) wartete er in diesem Moment bereits auf sie.

»Aber wir werden hier Ordnung schaffen, Mädel, das wirst du noch sehen!« lachte der Vater, und sie sagte friedlich, fast lächelnd:

»Da bin ich aber froh, Vati. Nur muß ich jetzt gehen.«

»Ich auch. Gleich wird die Übung fortgesetzt.«

Sie verließen gemeinsam das Marxhaus und verabschiedeten sich voneinander. Rosa ging langsam auf das Weinlokal zu.

8.

Klima hatte sich nie ganz mit der mondänen Rolle des populären Künstlers, den jeder kannte, identifizieren können, und er empfand sie besonders in diesem Moment privater Sorgen als Nachteil und Belastung. Als er mit Rosa das Vestibül des Lokals betrat und an der Wand gegenüber der Garderobe sein großes Photo auf dem Plakat sah, das noch vom letzten Konzert hier hing, überkam ihn ein beklemmendes Gefühl. Er führte das Mädchen in den Saal und schätzte unwillkürlich ab, wer von den Gästen ihn wohl erkannt hatte. Er fürchtete die Augen, es kam ihm vor, als beobachteten und kontrollierten sie ihn von überall her und bestimmten, wie er sich aufzuführen und wie er zu sein hatte. Er spürte einige neugierige Blicke auf sich ruhen. Er versuchte, sie nicht zu beachten und ging nach hinten zu einem Tisch, von dem aus man durch ein großes Fenster auf die Baumkronen im Park blickte.

Als sie Platz genommen hatten, lächelte er Rosa an, streichelte ihre Hand und sagte, das Kleid stehe ihr gut. Sie widersprach ihm bescheiden, er bestand aber auf seiner Meinung und bemühte sich, eine Weile über das Thema ihres Charmes zu sprechen. Er sei überrascht von ihrer Erscheinung. Die ganzen zwei Monate habe er an sie gedacht, bis die visuellen Bemühungen seiner Erinnerung eine Gestalt geschaffen hätten, die der Wirklichkeit fern lag. Sonderbar sei, daß ihre wirkliche Gestalt, obwohl er sehnsuchtsvoll an sie gedacht habe, die imaginäre bei weitem überrage.

Rosa wandte ein, der Trompeter habe sich zwei Monate lang überhaupt nicht gemeldet, es schiene ihr also nicht, daß er allzu oft an sie gedacht habe.

Auf diesen Vorwurf hatte er sich gut vorbereitet. Er winkte müde ab und sagte dem Mädchen, sie könne sich gar nicht vorstellen, was für zwei schreckliche Monate er hinter sich habe. Das Mädchen fragte, was ihm widerfahren sei, doch der Trompeter mochte nicht ins Detail gehen. Er sagte nur, er habe großen Undank geerntet und sei nun ganz allein auf der Welt, ohne Freunde, ohne einen einzigen Menschen.

Er hatte Bedenken, Rosa könnte ausführlicher nach den Einzelheiten seiner Qualen fragen, denn dann hätte er sich in Lügen verstricken müssen. Seine Bedenken waren unbegründet. Rosa zeigte sich zwar sehr berührt davon, daß der Trompeter zwei schlechte Monate hinter sich hatte; und sie akzeptierte diese Begründung für sein zweimonatiges Schweigen gern, der eigentliche Inhalt seiner Qualen war ihr aber völlig gleichgültig. An seinen traurigen Monaten war für sie nur die Trauer als solche wichtig.

»Ich habe viel an dich gedacht und hätte dir gern geholfen«, sagte sie.

»Ich hatte die ganze Welt dermaßen satt, daß ich fürchtete, wem auch immer unter die Augen zu treten. Ein trauriger Gesellschafter ist ein schlechter Gesellschafter«, sagte er.

»Ich war auch traurig«, sagte sie.

»Ich weiß.« Er streichelte ihre Hand.

»Ich habe schon lange gedacht, daß ich ein Kind von dir erwarte. Und du hast dich nicht gemeldet. Ich hätte das Kind aber auch behalten, wenn du nicht gekommen wärst, selbst wenn du mich nie mehr hättest sehen wollen. Ich habe mir gesagt, auch wenn ich ganz allein bleibe, werde ich wenigstens dein Kind haben. Ich hätte es mir niemals nehmen lassen. Nein, niemals . . .«

In diesem Moment verschlug es Klima die Sprache, und sein ganzes Denken wurde von stillem Grauen erfüllt.

Zum Glück blieb der Kellner, der träge die Gäste bediente, nun an ihrem Tisch stehen und fragte sie nach ihren Wünschen.

»Einen Cognac«, seufzte der Trompeter und verbesserte sich sogleich: »Zwei.«

Wieder war es still, und Rosa flüsterte von neuem: »Für nichts in der Welt würde ich es mir nehmen lassen.«

»Sag das nicht.« Endlich hatte er sich wieder gefaßt: »Das ist schließlich nicht nur deine Sache. Ein Kind ist nicht nur eine Angelegenheit der Frau. Es ist eine Angelegenheit von beiden. Und beide müssen sich darin einig sein. Sonst kann alles ein schlimmes Ende nehmen.«

Kaum hatte er zu Ende gesprochen, wurde ihm klar, daß er soeben indirekt zugegeben hatte, der Vater des Kindes zu sein, und daß er von diesem Moment an nur noch auf der Basis dieses Geständnisses mit Rosa reden konnte. Er wußte zwar, daß er plangemäß vorgegangen und dies ein Rückzug war, mit dem er von vornherein gerechnet hatte, aber er war trotzdem über seine Worte erschrocken.

Da neigte sich bereits der Kellner mit den beiden Cognacs über sie: »Sie sind doch der Herr Trompeter Klima!«

»Ja«, sagte Klima.

»Die Mädchen in der Küche haben Sie erkannt. Sind Sie das auf diesem Plakat?«

»Ja«, sagte Klima.

»Sie sind angeblich das Idol aller Frauen zwischen zwölf und siebzig!« sagte der Kellner, und für Rosa fügte er hinzu: »Alle Weiber werden dir die Augen auskratzen vor Neid!« Als er sich entfernte, blickte er noch mehrmals zurück und lächelte in zudringlicher Vertraulichkeit.

Rosa wiederholte: »Ich könnte es niemals wegmachen lassen. Und du wirst auch einmal glücklich sein, daß du es hast. Ich will ja gar nichts von dir. Du denkst doch nicht etwa, daß ich etwas von dir will. Du kannst vollkommen beruhigt sein. Das ist nur meine Sache, und wenn du willst, brauchst du dich um nichts zu kümmern.«

Nichts kann einen Mann mehr aufregen als solche beruhigenden Worte. Klima hatte plötzlich das Gefühl, es übersteige seine Kräfte, etwas retten zu wollen, und es sei besser, alles aufzugeben. Er schwieg, Rosa schwieg ebenfalls, so daß die Worte, die sie ausgesprochen hatte, in der Stille weiter wuchsen und der Trompeter sich vor ihnen immer hilfloser und kläglicher vorkam.

Aber dann tauchte in seinen Gedanken das Bild seiner Frau auf. Er wußte, daß er nicht aufgeben durfte. Er schob also seine Hand über die Marmorplatte des Tisches, bis er Rosas Finger berührte. Er drückte sie und sagte:

»Vergiß dieses Kind für einen Augenblick. Das Kind ist nicht das wichtigste. Denkst du, wir beide hätten uns nichts anderes zu sagen? Denkst du, ich sei nur wegen dieses Kindes zu dir gekommen?«

Rosa zuckte mit den Schultern.

»Das wichtigste ist, daß mir traurig zumute war ohne dich. Wir haben uns nur so kurz gesehen. Und dabei gab es keinen einzigen Tag, an dem ich nicht an dich gedacht hätte.«

Er verstummte, und Rosa sagte: »Die ganzen zwei Monate hast du nichts mehr von dir hören lassen, und ich habe dir zweimal geschrieben.«

»Nimm mir das nicht übel«, sagte der Trompeter. »Ich habe absichtlich nichts mehr von mir hören lassen. Ich wollte nicht. Ich hatte Angst vor dem, was in meinem Innern vorging. Ich wehrte mich gegen die Liebe. Ich wollte dir einen langen Brief schreiben, schrieb sogar viele Blätter voll, doch zum Schluß warf ich sie alle weg. Es ist mir noch nie passiert, daß ich mich dermaßen verliebt habe, und ich war entsetzt darüber. Aber warum sollte ich es nicht zugeben. Ich wollte mich auch prüfen, ob mein Gefühl nicht nur eine momentane Verzauberung war. Ich habe mir gesagt: wenn ich noch einen weiteren Monat dermaßen davon besessen bin, ist das, was ich für sie empfinde, nicht nur ein Wahn, sondern die Wahrheit.«

Rosa sagte leise: »Und was denkst du jetzt? Ist es nur ein Wahn?«

Nach diesem Satz Rosas begriff der Trompeter, daß sein Plan zu gelingen begann. Deshalb ließ er die Hand des Mädchens nicht mehr los, er redete und redete, immer leichter und leichter: in diesem Moment, da er ihr gegenübersitze, begreife er, daß es nicht nötig sei, sein Gefühl einer weiteren Prüfung zu unterziehen, da alles klar sei. Und über dieses Kind wolle er nicht sprechen, weil für ihn Rosa und nicht ihr Kind wichtig sei. Die Bedeutung dieses ungeborenen Kindes liege einzig und allein darin, daß es ihn jetzt zu Rosa gerufen habe. Ja, das Kind in ihr habe ihn hierher in den Badeort gerufen und ihm zu verstehen gegeben, wie sehr er Rosa liebe und deshalb (er hob das Glas) sollten sie nun auf das Kind trinken.

Im selben Augenblick erschrak er, zu was für einem ungeheuerlichen Trinkspruch ihn seine verbale Begeisterung verführt hatte. Das Wort war aber schon ausgesprochen. Rosa hob das Glas und flüsterte: »Ja. Auf unser Kind«, und trank den Cognac.

Der Trompeter bemühte sich, den unglücklichen Trinkspruch zu zerreden und erklärte nochmals, er habe jeden Tag und jede Stunde an Rosa gedacht.

Sie sagte, der Trompeter sei in der Hauptstadt gewiß von viel interessanteren Frauen umgeben, als sie es sei.

Er antwortete, er sei deren Unnatürlichkeit und Aufgeblasenheit längst überdrüssig. Er ziehe Rosa allen anderen vor und bedaure nur, daß sie so weit weg von ihm arbeite. Ob sie denn nicht lieber in die Hauptstadt möchte?

Sie antwortete, sie würde der Hauptstadt den Vorzug geben. Es sei jedoch nicht leicht, dort eine Stelle zu finden.

Er lächelte und sagte, er habe in den Krankenhäusern viele Bekannte, es wäre also nicht schwierig, ihr eine Arbeit zu verschaffen.

Dann redete er noch lange, hielt dabei immer ihre Hand und hatte überhaupt nicht bemerkt, daß ein unbekanntes Mädchen zu ihm getreten war. Ohne sich darum zu kümmern, daß sie störte, sagte sie enthusiastisch: »Sie sind Herr Klima! Ich habe Sie gleich erkannt! Ich wollte nur, daß Sie mir hier unterschreiben!«

Klima errötete. Es wurde ihm bewußt, daß er Rosas Hand hielt und ihr in einem öffentlichen Lokal vor aller Augen eine Liebeserklärung machte. Es kam ihm vor, als säße er auf der Bühne eines Amphitheaters, als verfolgte die ganze Welt, verwandelt in ein amüsiertes Publikum, seinen Lebenskampf mit boshaftem Lachen.

Das Mädchen streckte ihm ein Stück Papier hin, und Klima wollte so schnell wie möglich unterschreiben, nur hatten weder das Mädchen noch er einen Kugelschreiber.

»Hast du einen Kugelschreiber?« flüsterte er Rosa zu, und er flüsterte wirklich, weil er nicht wollte, daß das Mädchen hörte, wie er Rosa duzte. Unmittelbar darauf begriff er, daß das Duzen längst nicht so vertraulich war wie die Tatsache, daß er ihre Hand hielt, und deshalb wiederholte er die Frage lauter: »Hast du einen Kugelschreiber?«

Rosa schüttelte den Kopf, und das Mädchen kehrte an den Tisch zurück, an dem sie mit einigen Jungen und Mädchen saß; diese nutzten sofort die Gelegenheit und drängten sich zusammen mit ihr zu Klima. Sie reichten ihm einen Kugelschreiber und rissen Seiten aus einem kleinen Notizblock, auf die er seinen Namen schreiben mußte.

Vom Gesichtspunkt des vorgenommenen Planes aus war alles in Ordnung. Je mehr Leute Zeugen ihrer Vertraulichkeit waren, desto eher konnte Rosa glauben, daß sie geliebt wurde. Die Irrationalität der Angst jedoch versetzte den Trompeter seinem Verstand zum Trotz in Panik. Es fiel ihm ein, Rosa könnte sich mit allen abgesprochen haben. In einer verworrenen Vorstellung sah er, wie alle diese Leute beim Vaterschaftsprozeß gegen ihn aussagten: *Ja, wir haben sie gesehen, sie saßen sich gegenüber wie ein Liebespärchen, er streichelte ihre Hände und sah ihr verliebt in die Augen* . . .

Diese Ängste wurden noch gesteigert durch die Eitelkeit des Trompeters; er hielt Rosa nicht für schön genug, daß er es sich hätte erlauben können, ihre Hand zu halten. Er tat ihr ein bißchen unrecht. Sie war viel hübscher, als sie ihm in diesem Moment schien. Wie die Verliebtheit eine geliebte Frau schöner macht, läßt die Angst vor einer gefürchteten Frau jeden einzelnen ihrer nachteiligen Züge in unverhältnismäßiger Größe hervortreten.

Endlich waren sie alle gegangen, und Klima sagte: »Mir gefällt dieses Lokal überhaupt nicht. Möchtest du nicht ein bißchen spazierenfahren?«

Sie war neugierig auf seinen Wagen und willigte ein. Klima bezahlte, und sie verließen das Weinlokal. Gegenüber war ein kleiner Park mit einem breiten, mit gelbem Sand bestreuten Weg. Mit dem Gesicht zum Weinlokal gewandt, stand dort eine Reihe von etwa zehn Männern. Es waren größtenteils ältere Herren, um die Ärmel ihrer zerknitterten Anzüge trug jeder eine rote Binde, und jeder hielt eine lange Stange in der Hand.

Klima stutzte: »Was ist das?«

Aber Rosa sagte rasch: »Das ist nichts, zeig mir, wo du dein Auto hast«, und zog ihn schnell fort.

Klima konnte jedoch den Blick nicht von diesen Männern

lösen. Er begriff absolut nicht, wozu diese langen, weißen Stangen dienten, an deren Ende Drahtschlingen angebracht waren. Diese Männer sahen aus wie Gaslampenanzünder, wie Fischer fliegender Fische, wie eine mit Geheimwaffen ausgestattete Heimwehr.

Als er sie so anschaute, schien ihm, als lächelte einer von ihnen ihm zu. Er erschrak darüber, ja er erschrak sogar über sich selbst und sagte sich, er habe Halluzinationen und sehe in jedem Menschen jemanden, der ihn verfolgte und beobachtete. Deshalb ließ er sich von Rosa mit raschen Schritten zum Parkplatz führen.

9.

»Ich möchte weit weg mit dir«, sagte er. Die rechte Hand lag auf Rosas Schulter, mit der linken hielt er das Lenkrad. »Irgendwohin in den Süden. Auf langen Straßen, an den Küsten entlang. Kennst du Italien?«

»Nein.«

»Dann versprich mir, daß du mit mir hinfährst.«

»Übertreibst du nicht?«

Rosa hatte das nur aus Bescheidenheit gesagt, der Trompeter erschrak aber sofort, daß das *übertreibst du nicht* sich auf seine ganze Demagogie bezog, die sie gerade enthüllt hatte. Er konnte jedoch nicht mehr zurück:

»Ja, ich übertreibe. Ich habe immer übertriebene Einfälle. Ich bin nun mal so. Im Unterschied zu anderen verwirkliche ich meine übertriebenen Einfälle aber auch. Glaub mir, es gibt nichts Schöneres, als übertriebene Einfälle zu verwirklichen. Ich wollte, mein Leben wäre ein einziger übertriebener Einfall. Ich möchte, daß wir jetzt nicht mehr ins Städtchen zurück, sondern immer weiter und weiter fahren, bis wir ans Meer kommen. Ich würde dort eine Stelle in einer Kapelle finden, und wir würden zusammen von einer Hafenstadt zur anderen ziehen.«

Er hielt den Wagen an einer Stelle an, wo sich ein schöner Ausblick in die Landschaft öffnete. Sie stiegen aus. Er schlug einen Waldspaziergang vor. Sie gingen nebeneinander her und setzten sich nach einer Weile auf eine Holzbank, die noch aus den Zeiten stammte, da man weniger Auto fuhr und mehr Wanderungen im Wald machte. Er hielt sie noch immer um die Schultern und sagte auf einmal mit trauriger Stimme:

»Alle denken, ich hätte ein ungemein lustiges Leben. Das ist der größte Irrtum. In Wirklichkeit bin ich sehr unglücklich. Nicht nur die letzten Monate, schon seit vielen Jahren.«

Waren die Worte des Trompeters über die Italienreise ihr hochgestochen vorgekommen (aus ihrem Land durften nur sehr wenige Menschen frei ins Ausland reisen!) und hatte sie ein unbestimmtes Mißtrauen darüber empfunden, so duftete die Trauer, die nun aus seinen Sätzen wehte, für sie zu süß. Sie schnupperte daran wie an einem Schweinebraten.

»Wie kannst du unglücklich sein?«

»Wie kann ich unglücklich sein ...«, seufzte der Trompeter.

»Du bist berühmt, hast ein schönes Auto, Geld und eine schöne Frau ...«

»Schön vielleicht schon ...«, sagte der Trompeter bitter.

»Ich weiß«, sagte Rosa. »Sie ist nicht mehr jung. Sie ist so alt wie du, nicht wahr?«

Dem Trompeter wurde klar, daß Rosa sich eingehend über seine Frau erkundigt haben mußte, und er wurde wütend. Er fuhr aber fort: »Ja, sie ist so alt wie ich.«

»Das hat nichts zu bedeuten. Du bist nicht alt. Du siehst aus wie ein Junge«, sagte Rosa.

»Nur brauchen Männer jüngere Frauen«, sagte Klima. »Und Künstler ganz besonders. Ich brauche die Jugend, du kannst gar nicht ahnen, Rosa, wie sehr ich deine Jugend an dir liebe. Manchmal scheint mir, als könnte ich es nicht mehr aushalten. Ich habe ein unbändiges Verlangen, mich zu befreien. Alles neu und anders anzufangen. Rosa, dein Anruf gestern . . . ich hatte plötzlich das Gefühl, er sei eine Botschaft, die das Schicksal mir gesandt hat.«

»Wirklich?« sagte sie leise.

»Und warum, glaubst du, habe ich dich sofort zurückgerufen? Auf einmal habe ich gespürt, daß ich nichts mehr hinausschieben darf. Dich sofort sehen muß, sofort, sofort . . .« Er verstummte und sah ihr lange in die Augen: »Liebst du mich?«

»Ja. Und du?«

»Ich hab dich wahnsinnig lieb«, sagte er.

»Ich dich auch.«

Er neigte sich zu ihr hinab und legte seine Lippen auf die ihren. Es war ein reiner Mund, ein junger Mund mit schön geschwungenen, weichen Lippen und sauber geputzten Zähnen, alles an ihm war in Ordnung, schließlich hatte dieser Mund ihn vor zwei Monaten dazu verlockt, ihn zu küssen. Aber gerade weil er ihn damals so verlockte, hatte er ihn durch einen Nebel des Verlangens hindurch wahrgenommen und nichts von seiner wirklichen Form gewußt: die Zunge darin hatte einer Flamme geglichen, der Speichel war ein berauschendes Getränk gewesen. Erst der Mund, der ihn nicht mehr lockte, war plötzlich ein *wirklicher* Mund (nur ein Mund), jene emsige Öffnung also, durch die hindurch schon Zentner von Knödeln, Kartoffeln und Suppen in das Mädchen gewandert waren, die Zähne hatten kleine Plomben, und der Speichel war kein berauschendes Getränk mehr, sondern der leibliche Bruder der Spucke. Der Trompeter hatte den Mund voll von ihrer Zunge, als wäre diese ein widerwärtiger Bissen, den er nicht herunterschlucken konnte und nicht ausspucken durfte.

Endlich war der Kuß zu Ende, sie standen auf und gingen weiter. Rosa war nahezu glücklich, sie war sich aber trotzdem bewußt, daß der Grund, aus dem sie den Trompeter angerufen und herzukommen gezwungen hatte, in ihren Gesprächen seltsam unberührt blieb. Sie hatte keine Lust, lange darüber zu reden. Im Gegenteil, sie hielt das, worüber sie jetzt sprachen, für erfreulicher und wichtiger. Sie wollte aber, daß dieser übergangene Grund trotz allem anwesend war, sei es auch nur diskret, unauffällig und bescheiden. Und deshalb bemerkte sie, als Klima nach verschiedenen Liebesbeteuerungen verkündete, er wolle alles tun, um mit Rosa leben zu können:

»Du bist sehr lieb, wir müssen schließlich auch daran denken, daß ich nicht mehr allein bin.«

»Ja«, sagte Klima und wußte, nun war der Augenblick gekommen, vor dem er sich die ganze Zeit gefürchtet hatte:

»Ja, das stimmt«, sagte er, »du bist nicht allein, aber das ist gar nicht das Wichtigste. Ich will mit dir zusammen sein, weil ich dich liebe, und nicht, weil du schwanger bist.«

»Ja«, seufzte Rosa.

»Nichts ist peinlicher als Ehen, die nur geschlossen werden, weil irrtümlicherweise ein Kind gezeugt wurde. Übrigens, Liebling, wenn ich ehrlich bin, ich möchte, daß du wieder bist wie vorher. Daß wir wieder nur zu zweit sind und kein dritter zwischen uns steht. Verstehst du mich?«

»Aber nein, das geht nicht, das kann ich nicht, das könnte ich nie«, wehrte sich Rosa.

Sie sagte das nicht, weil sie wirklich in tiefster Seele davon überzeugt gewesen wäre. Die definitive Gewißheit, die Doktor Skreta ihr vorgestern gegeben hatte, war noch so frisch, daß sie nicht damit umzugehen verstand. Sie verfolgte keinen genau berechneten Plan, sie war nur erfüllt vom Bewußtsein ihrer Schwangerschaft und erlebte diese als großes Ereignis und mehr noch als Chance und Gelegenheit, die sich so schnell nicht wieder bieten würde. Sie fühlte sich wie ein Bauer im Schachspiel, der gerade am anderen Ende des Bretts angelangt und zur Dame geworden war. Sie empfand ihre unverhoffte, nie dagewesene Macht mit Wonne. Sie sah, daß die Dinge sich auf ihren Ruf hin in Bewegung gesetzt hatten, der berühmte Trompeter war aus der Hauptstadt zu ihr gekommen, er chauffierte sie in seinem tollen Wagen herum und gestand ihr seine Liebe. Sie zweifelte nicht daran, daß zwischen der Schwangerschaft und dieser plötzlichen Macht ein Zusammenhang bestand. Wollte sie nicht auf die Macht verzichten, durfte sie auch nicht auf die Schwangerschaft verzichten.

Der Trompeter mußte seinen Felsblock also weiter vor sich herschieben: »Liebling, ich sehne mich nicht nach einer Familie. Ich sehne mich nach Liebe. Du bist für mich die Liebe, und ein Kind verwandelt jede Liebe in Familie. In Langeweile. In Sorgen. In Verdruß. Und es verwandelt jede Geliebte in eine Mutter. Du bist für mich keine Mutter. Du bist meine Geliebte, und ich will dich mit niemandem teilen. Auch nicht mit einem Kind.«

Es waren schöne Worte. Rosa hörte sie gern, schüttelte aber trotzdem den Kopf: »Nein, ich könnte das nicht. Es ist schließlich dein Kind. Ich kann dein Kind doch nicht wegmachen lassen.«

Es fiel ihm kein neues Argument mehr ein, er wiederholte ständig die gleichen Worte und hatte Angst, sie könnte deren Unaufrichtigkeit durchschauen.

»Du bist doch schon dreißig«, sagte sie, »hast du dir nie ein Kind gewünscht?«

Tatsächlich hatte er sich bisher noch nie ein Kind gewünscht. Er liebte Kamila so sehr, daß ihn ein Kind neben ihr gestört hätte. Als er dies eben Rosa gegenüber behauptet hatte, war es nicht frei erfunden. Dieselben Sätze sagte er schon viele Jahre lang aufrichtig und arglos zu seiner Frau.

»Du bist schon seit sechs Jahren verheiratet, und ihr habt keine Kinder. Ich war so glücklich, daß ich dir ein Kind schenken kann.«

Es wurde ihm klar, daß sich alles gegen ihn wendete. Das Außergewöhnliche seiner Liebe für Kamila hielt Rosa für Kamilas Unfruchtbarkeit, was sie zu forscher Kühnheit herausforderte.

Es wurde kühler, die Sonne neigte sich zum Horizont, die Zeit lief davon, und er wiederholte immer wieder, was er ihr schon gesagt hatte, sie jedoch wiederholte ihr *nein, nein, das könnte ich nicht.* Er fühlte sich wie in einer Sackgasse, er wußte nicht mehr aus noch ein, und es schien ihm, als hätte er alles verspielt. Er war so nervös, daß er vergaß, ihre Hand zu halten, vergaß, sie zu küssen und Zärtlichkeit in seine Stimme zu legen. Mit Schrecken wurde ihm das klar, und er versuchte, sich wieder zu fangen. Er blieb stehen, lächelte ihr zu und umarmte sie. Es war eine Umarmung der Erschöpfung. Er preßte sie an sich, den Kopf an ihre Wange gedrückt, im Grunde genommen stützte er sich, er ruhte sich aus und verschnaufte, denn es schien ihm, als läge noch ein weiter Weg vor ihm, für den ihm die Kraft fehlte.

Rosa war aber ebenfalls am Ende. Auch sie hatte keine Argumente mehr und spürte, daß man einem Mann gegenüber, den man erobern wollte, nicht zu lange ein bloßes *nein* wiederholen durfte.

Sie standen lange so da, und als Klima sie aus seiner Umarmung entließ, senkte sie den Kopf und sagte mit ergebener Stimme: »Dann sag mir, was ich tun soll.«

Klima wollte seinen Ohren nicht trauen. Es war so plötzlich und so unerwartet eingetroffen, und es war eine grenzenlose Erleichterung. Sie war so grenzenlos, daß er sich sehr beherrschen mußte, um sie sich nicht anmerken zu lassen. Er strich dem Mädchen übers Gesicht und sagte, der Chefarzt Skreta sei ein guter Bekannter von ihm und es genüge, in drei Tagen vor der Kommission zu erscheinen. Er würde mitkommen. Sie brauche keine Angst zu haben.

Rosa leistete keinen Widerstand, und er hatte erneut Lust, seine Rolle weiterzuspielen. Er hielt ihre Schultern umarmt, blieb immer wieder stehen und küßte sie (seine Freude war so groß, daß der Kuß erneut von einem Nebelschleier verhüllt wurde). Er wiederholte seine Reden darüber, daß Rosa in die Hauptstadt ziehen müsse. Er wiederholte sogar seine Reden von der Reise ans Meer.

Dann versteckte sich die Sonne hinter dem Horizont, die Dämmerung senkte sich über den Wald, und über den Wipfeln der Tannen stieg rund der Mond empor. Sie gingen zum

Wagen zurück. Als sie auf die Straße traten, standen sie beide in einem Scheinwerferlicht. Zuerst dachten sie, ein Auto fahre vorbei, doch dann wurde ihnen klar, daß der Scheinwerfer sie verfolgte. Er kam von einem Motorrad, das auf der anderen Straßenseite geparkt hatte; darauf saß ein Mann, der sie beobachtete.

»Bitte, komm schnell«, sagte Rosa.

Als sie sich dem Auto näherten, stieg der Mann vom Motorrad und kam auf sie zu. Der Trompeter sah nur seine dunkle Silhouette, da das stehende Motorrad dem Mann in den Rücken strahlte, während es den Trompeter und Rosa von vorn blendete.

»Komm her!« Der Mann stürmte auf Rosa zu. »Ich muß mit dir reden! Wir haben uns etwas zu sagen! Wir haben uns viel zu sagen!« schrie er aufgeregt und verwirrt.

Auch der Trompeter war aufgeregt und verwirrt, konnte aber über das nicht sehr ehrerbietige Benehmen nichts anderes als eine Art Betroffenheit empfinden: »Das Fräulein ist mit mir hier, nicht mit Ihnen«, erklärte er.

»Mit Ihnen habe ich ebenfalls zu reden, damit Sie es wissen!« schrie der unbekannte Mann den Trompeter an. »Sie glauben, Sie könnten alles, nur weil Sie berühmt sind! Sie glauben, Sie könnten das Mädchen verrückt machen! Ihr den Kopf verdrehen! Für Sie ist das alles sehr einfach! Aber ich könnte das an Ihrer Stelle auch!«

Rosa nutzte den Augenblick, als der Motorradfahrer sich dem Trompeter zuwandte, und schlüpfte ins Auto. Der Motorradfahrer sprang auf das Auto zu. Das Fenster war aber geschlossen, und das Mädchen schaltete das Radio ein. Im Wagen ertönte laute Musik. Dann setzte sich auch der Trompeter in den Wagen und schlug die Tür hinter sich zu. Das Auto war erfüllt von lauter Musik. Durch das Glas hindurch sahen sie nur die Umrisse des schreienden Mannes und seine gestikulierenden Arme.

»So ein Irrer, der mich ständig verfolgt«, sagte Rosa. »Ich bitte dich, fahr schnell!«

10.

Er parkte das Auto, begleitete Rosa zum Marxhaus, küßte sie, und als sie in der Tür verschwunden war, fühlte er sich müde wie nach vier durchwachten Nächten. Es war schon spät am Abend, er war hungrig und spürte, daß er nicht die Kraft hatte, sich ans Lenkrad zu setzen und loszufahren. Er sehnte sich nach Bertlefs beruhigenden Worten und überquerte den Park in Richtung Richmond.

Als er zum Eingang kam, fiel ihm ein großes Plakat ins Auge, das vom Licht der Straßenlampe beleuchtet wurde. In großen, ungelenken Lettern stand dort sein Name, darunter in kleineren die von Skreta und dem Apotheker. Das Plakat war von Hand gemalt und mit einer Amateurzeichnung von einer goldenen Trompete versehen.

Die Schnelligkeit, mit der Doktor Skreta die Werbung für das Konzert organisiert hatte, hielt der Trompeter für ein gutes Zeichen, denn sie schien für die Zuverlässigkeit des Arztes zu sprechen. Er lief die Treppe hinauf und klopfte an Bertlefs Tür.

Es war nichts zu hören.

Er klopfte wieder, doch es blieb still.

Noch bevor ihm einfiel, daß er ungelegen kommen könnte (der Amerikaner war berühmt für seine zahlreichen Frauenbeziehungen), hatte seine Hand die Klinke gedrückt. Die Tür war unverschlossen. Der Trompeter betrat das Zimmer und erstarrte. Er sah nichts. Nichts außer einem Schein, der aus einer Ecke des Raums kam. Es war ein sonderbarer Schein; er glich weder dem weißen Licht einer Neonröhre noch dem gelben einer Glühbirne. Es war ein bläuliches Licht, und es erfüllte den ganzen Raum.

In diesem Moment wurde die närrische Hand des Trompeters mit Verspätung von dem Gedanken eingeholt, der ihm sagte, er tue etwas Indiskretes, wenn er zu so später Stunde unangemeldet und auch noch unaufgefordert ein fremdes

Zimmer betrete. Er erschrak über seine Unverfrorenheit, ging in den Flur zurück und schloß schnell die Tür hinter sich.

Er war aber dermaßen verwirrt, daß er nicht wegging, sondern vor der Tür stehenblieb und versuchte, das wunderliche Licht zu verstehen. Er kam auf den Gedanken, der Amerikaner könnte nackt im Zimmer sein und sich von den Ultraviolettstrahlen einer Höhensonne anstrahlen lassen. Da ging die Tür auf, und Bertlef erschien. Er war nicht nackt, er trug denselben Anzug, den er schon am Morgen getragen hatte. Er lächelte den Trompeter an: »Ich bin froh, daß Sie vorbeigekommen sind. Treten Sie ein.«

Neugierig betrat der Trompeter den Raum, der aber von einer gewöhnlichen Lampe, die von der Decke herabhing, erleuchtet wurde.

»Ich fürchte, ich habe Sie gestört«, sagte der Trompeter.

»Ach woher«, sagte Bertlef und wies auf das Fenster, wo der Trompeter eben noch die Quelle jenes bläulichen Lichts gesehen hatte. »Ich habe nachgedacht. Sonst nichts.«

»Als ich eintrat, verzeihen Sie, daß ich einfach so eingedrungen bin, habe ich hier einen ganz sonderbaren Schein gesehen.«

»Einen Schein?« Bertlef lachte: »Sie dürfen sich diese Schwangerschaft nicht so zu Herzen nehmen. Sie bekommen ja Halluzinationen davon.«

»Oder es war, weil ich aus dem finsteren Flur eingetreten bin.«

»Möglich«, sagte Bertlef. »Aber erzählen Sie, wie die Sache ausgegangen ist!«

Der Trompeter erzählte, und nach einer Weile unterbrach ihn Bertlef: »Sind Sie hungrig?«

Der Trompeter nickte, und Bertlef nahm aus dem Schrank eine Schachtel Kekse und eine Schinkenkonserve, die er sofort öffnete.

Klima erzählte weiter, verschlang gierig sein Abendessen und sah Bertlef fragend an.

»Ich denke, daß alles gut enden wird«, beschwichtigte ihn Bertlef.«

»Und was meinen Sie, was war das für ein Mensch, der beim Auto auf uns wartete?« fragte Klima.

Bertlef zuckte mit den Schultern: »Ich weiß nicht. Darauf kommt es jetzt ohnehin nicht mehr an.«

»Das stimmt. Ich sollte besser überlegen, wie ich Kamila erkläre, daß diese Konferenz so lange gedauert hat.«

Es war schon sehr spät. Gestärkt und beruhigt setzte sich der Trompeter in seinen Wagen und fuhr zur Hauptstadt zurück. Auf dem Weg leuchtete ihm ein großer, runder Mond.

Dritter Tag

1.

Es ist Mittwoch morgen, und das Badestädtchen ist wieder zu regem Leben erwacht. Wasserstrahlen sprudeln in die Wannen, Masseure stemmen sich gegen entblößte Rücken, und auf den Parkplatz ist gerade ein Personenauto gefahren. Keine Luxuslimousine, wie sie gestern an demselben Ort stand, sondern ein gewöhnliches Auto, wie es die meisten Leute in diesem Land haben. Hinter dem Lenkrad sitzt ein ungefähr fünfundvierzigjähriger Mann, und er ist allein. Die Rücksitze sind von einigen Koffern verbarrikadiert.

Der Mann stieg aus, schloß das Auto ab, gab dem Parkwächter fünf Kronen und ging auf das Marxhaus zu; er schritt durch die Gänge bis zu einer Tür, auf der Doktor Skretas Name stand. Er betrat das Wartezimmer und klopfte an die Tür des Behandlungszimmers. Eine Schwester streckte den Kopf heraus, der Mann stellte sich vor, und nach einer Weile erschien Doktor Skreta:

»Jakub! Wann bist du angekommen?«

»Gerade jetzt!«

»Das ist großartig! Wir haben so viel zu besprechen! . . . Weißt du was . . .«, sagte er und fügte nach kurzem Nachdenken hinzu: »Ich kann jetzt nicht weg. Komm mit mir ins Behandlungszimmer. Ich leih dir einen Kittel.«

Jakub war kein Arzt, und ein gynäkologisches Behandlungszimmer hatte er noch nie betreten. Doktor Skreta nahm ihn aber schon am Arm und führte ihn in einen weißen Raum, wo eine entblößte Frau mit gespreizten Beinen auf dem Untersuchungsstuhl lag.

»Leihen Sie dem Herrn Doktor einen Kittel«, sagte Skreta zur Schwester, die den Schrank öffnete und Jakub einen weißen Ärztekittel reichte. »Komm, schau mal. Ich möchte, daß du mir meine Diagnose bestätigst«, sagte er zu Jakub und bat ihn näher zu der Frau, die offensichtlich sehr erfreut darüber war, daß das Geheimnis ihrer Eierstöcke, die bisher allen Anstrengungen zum Trotz keinen Nachkommen hervorgebracht hatten, gleich von zwei Kapazitäten untersucht wurde.

Doktor Skreta begann wieder, das Innere der Patientin abzutasten, er sprach einige lateinische Wörter aus, auf die Jakub zustimmend etwas brummte, und fragte dann: »Wie lange bleibst du?«

»Einen Tag.«

»Einen Tag? Das ist wahnsinnig wenig, da werden wir nichts besprechen können!«

»Wenn Sie mich da berühren, tut es weh«, sagte die Frau mit hochgehobenen Beinen.

»Es muß ein bißchen weh tun, das macht nichts«, sagte Jakub, um seinen Freund zu amüsieren.

»Ja, der Herr Doktor hat recht«, sagte Skreta, »das macht nichts. Das ist in Ordnung. Ich werde Ihnen eine Spritzenkur verschreiben. Sie werden jeden Morgen um sechs Uhr hierher zur Schwester kommen. Jetzt können Sie sich anziehen.«

»Ich bin eigentlich gekommen, um mich von dir zu verabschieden«, sagte Jakub.

»Was heißt verabschieden?«

»Ich fahre weg. Man hat mir die Ausreise bewilligt.«

Die Frau hatte sich inzwischen angezogen und von Doktor Skreta und seinem Kollegen verabschiedet.

»Das ist eine Neuigkeit! Das habe ich nicht erwartet!« wunderte sich Doktor Skreta. »Ich schicke die Weiber heute nach Hause, wenn du gekommen bist, um dich von mir zu verabschieden.«

»Herr Doktor«, mischte sich die Schwester ins Gespräch, »Sie haben sie schon gestern weggeschickt. Wir werden am Ende der Woche einen großen Überhang haben!«

»Dann rufen Sie die nächste«, sagte Doktor Skreta seufzend.

Die Schwester rief eine weitere Patientin herein, die beiden Männer musterten sie mit zerstreutem Blick und stellten dabei fest, daß sie hübscher war als ihre Vorgängerin. Doktor Skreta fragte sie, wie sie sich nach den Bädern fühle und forderte sie dann auf, sich auszuziehen.

»Es hat wahnsinnig lange gedauert, bis sie mir den Paß gegeben haben. Dann war ich aber innerhalb von zwei Tagen fertig für die Abreise. Ich hatte nicht einmal mehr Lust, mich von jemandem zu verabschieden.«

»Umso mehr freut es mich, daß du hier vorbeigekommen bist«, sagte Doktor Skreta und forderte die junge Frau auf, auf den Untersuchungsstuhl zu steigen. Er streifte Gummihandschuhe über und schob eine Hand in das Innere der Patientin.

»Ich wollte nur dich und Olga sehen«, sagte Jakub. »Ich hoffe, es geht ihr gut.«

»Sei unbesorgt«, sagte Skreta, seiner Stimme konnte man aber anhören, daß er nicht wußte, was er Jakub antwortete. Er konzentrierte sich ganz auf die Patientin: »Wir werden einen kleinen Eingriff vornehmen müssen«, sagte er. »Haben Sie keine Angst, es wird überhaupt nicht weh tun.« Dann ging er zu einer Vitrine und nahm eine Spritze heraus, die statt einer Nadel einen kurzen Kunststoffaufsatz hatte.

»Was ist das?« fragte Jakub.

»Ich bin im Laufe dieser langen Jahre auf einige neue Methoden gekommen, die sehr wirksam sind. Du kannst es als meinen Egoismus sehen, aber ich behalte mein Geheimnis vorerst für mich.«

»Brauche ich mich nicht zu fürchten?« fragte die Frau, die mit gespreizten Beinen dalag, mit eher koketter als ängstlicher Stimme.

»Kein bißchen«, antworte Doktor Skreta und tauchte die Injektionsspitze in ein Reagenzglas, dem er sich mit peinlicher Sorgfalt zuwandte. Dann trat er zu der Frau, schob ihr die Spritze zwischen die Beine und drückte den Kolben. »Hat es weh getan?«

»Nein«, sagte sie.

»Ich bin auch gekommen, um dir die Tablette zurückzugeben«, sagte Jakub.

Doktor Skreta hatte diesen Satz nicht richtig wahrgenommen. Er war noch immer mit seiner Patientin beschäftigt. Er betrachtete sie von Kopf bis Fuß und sagte dann mit ernstem, nachdenklichem Gesicht: »In Ihrem Fall wäre es wirklich schade, wenn Sie keine Kinder hätten. Sie haben herrlich lange Beine, ein gut gebautes Becken, einen schönen Brustkorb und sehr angenehme Gesichtszüge.«

Dann berührte er die Wange der Patientin, tastete ihr Kinn ab und sagte: »Ein schöner Kiefer, alles sehr gut modelliert.«

Er faßte sie auch noch am Schenkel an. »Und Sie haben herrlich feste Knochen. Als leuchteten sie unter Ihren Muskeln.«

Noch eine Weile lobte er die Patientin, während er ihren Körper betastete, und sie protestierte nicht einmal, sie lachte auch nicht kokett, denn der Ernst ärztlichen Interesses versetzte seine Berührungen weit hinter die Grenze irgendwelcher Unsittlichkeit.

Dann wies er sie endlich an, sich anzuziehen, und wandte sich seinem Freund zu: »Was hast du eben gesagt?«

»Daß ich gekommen bin, um dir die Tablette zurückzugeben.«

»Was für eine Tablette?«

Die Frau zog sich an und sagte: »Sie glauben also, Herr Doktor, daß ich Hoffnung haben darf?«

»Ich bin sehr zufrieden«, sagte Doktor Skreta. »Ich denke, daß sich die Dinge zum Guten wenden werden und wir beide, Sie und ich, uns auf den Erfolg freuen dürfen.«

Die Frau bedankte sich und verließ den Raum, und Jakub sagte: »Du hast mir seinerzeit eine Tablette gegeben, die kein anderer mir geben wollte. Nun, da ich wegfahre, scheint es mir, daß ich sie nie mehr brauchen werde und sie dir zurückgeben sollte.«

»Behalte sie nur. So eine Pille kann hier wie anderswo gleich nützlich sein.«

»Nein, nein. Diese Tablette gehört zu diesem Land. Ich will diesem Land alles lassen, was seines ist«, sagte Jakub.

»Herr Doktor, ich rufe die nächste Patientin«, sagte die Schwester.

»Schicken Sie die Weiber nach Hause«, sagte Doktor Skreta. »Ich habe heute ein schönes Stück Arbeit geleistet. Sie werden sehen, diese letzte Patientin wird bestimmt gebären. Das genügt für einen Tag, nicht wahr?«

Die Schwester sah Doktor Skreta liebevoll an, aber ohne die Bereitschaft, ihm zu gehorchen.

Doktor Skreta verstand diesen Blick: »Gut, dann schicken Sie sie nicht weg und sagen Sie, ich sei in einer halben Stunde wieder da.«

»Herr Doktor, gestern war es auch bloß eine halbe Stunde, und ich mußte Sie auf der Straße einfangen.«

»Seien Sie unbesorgt, Schwester, in einer halben Stunde bin ich zurück«, sagte Skreta und forderte seinen Freund auf, den Kittel auszuziehen. Dann führte er ihn aus dem Gebäude und durch den Park ins gegenüberliegende Richmond.

2.

Sie stiegen in den ersten Stock und schritten über einen langen, roten Teppich bis zum Ende des Flurs. Dort öffnete Doktor Skreta eine Tür und trat mit seinem Freund in ein kleines, aber angenehmes Zimmer.

»Es ist nett von dir«, sagte Jakub, »daß du hier für mich immer ein Zimmer hast.«

»Für meine Protektionspatienten habe ich jetzt die Zimmer am Ende dieses Flurs reserviert. Daneben liegt ein schönes Eckappartement, in dem in alten Zeiten Minister und Fabrikanten wohnten. Ich habe meinen kostbarsten Patienten dort untergebracht, einen reichen Amerikaner, dessen

Familie von hier stammt. Er ist gewissermaßen mein Freund.«

»Und wo wohnt Olga?«

»Im Marxhaus, wie ich. Sie hat es dort nicht schlecht, hab keine Angst.«

»Hauptsache, du hast dich ihrer angenommen. Wie geht es ihr?«

»Die üblichen Beschwerden nervlich labiler Frauen.«

»Ich habe dir ja geschrieben, was für ein Leben sie hatte.«

»Die meisten Frauen fahren in dieses Bad, damit wir ihnen zur Fruchtbarkeit verhelfen. Im Fall deines Schützlings wäre es freilich besser, sie hätte nicht allzu großen Überfluß an Fruchtbarkeit. Hast du sie nackt gesehen?«

»Um Himmels willen, nein«, sagte Jakub.

»Dann schau sie dir an! Die Brüstchen sind winzig und hängen wie zwei Pflaumen am Brustkorb. Man kann alle Rippen zählen. Achte in Zukunft mehr auf die Brustkörbe. Ein richtiger Brustkorb muß aggressiv sein, nach außen weisen, sich ausweiten, als wollte er möglichst viel Raum verschlingen. Dagegen gibt es Brustkörbe, die in der Defensive sind, vor der Welt zurückweichen und wie in einer Zwangsjacke liegen, die sich immer stärker zusammenzieht, bis sie einen ganz erdrosselt. So sieht der ihre aus. Sag ihr, sie soll ihn dir zeigen.«

»Das werde ich ihr nicht sagen«, sagte Jakub.

»Du befürchtest, sie nicht mehr als deinen Schützling ansehen zu können, wenn du ihn gesehen hast.«

»Im Gegenteil«, sagte Jakub, »ich fürchte, sie täte mir dann noch mehr leid.«

»Mensch«, sagte Skreta, »dieser Amerikaner ist ein sehr interessanter Mensch.«

Jakub fragte: »Wo kann ich sie finden?«

»Wen?«

»Olga.«

»Jetzt findest du sie nicht. Sie ist in der Therapie. Sie sollte den ganzen Vormittag im Schwimmbecken verbringen.«

»Ich würde sie ungern verpassen, kann man sie dort nicht anrufen?«

Doktor Skreta hob den Hörer ab, wählte eine Nummer, redete dabei aber mit seinem Freund weiter: »Ich werde ihn dir vorstellen, und du mußt ihn für mich studieren. Du bist ein ausgezeichneter Psychologe. Du wirst ihn durchschauen. Ich habe nämlich Pläne mit ihm.«

»Was für Pläne?« fragte Jakub, doch in diesem Moment redete Doktor Skreta bereits in den Hörer:

»Schwester Rosa? Wie geht es? . . . Machen Sie sich nichts daraus, solche Unpäßlichkeiten sind normal für Ihren Zustand. Ich wollte Sie fragen, ob meine Patientin, die neben Ihnen wohnt, nicht im Becken ist . . . Ja? Dann richten Sie ihr aus, daß sie Besuch aus der Hauptstadt hat und nicht weggehen soll . . . Ja, er wird sie um zwölf vor der Badehalle erwarten.«

Skreta hängte ein. »Du hast es gehört. Um zwölf triffst du sie. Herrgott, worüber haben wir eben gesprochen?«

»Über diesen Amerikaner.«

»Ja«, sagte Skreta. »Er ist ein sehr interessanter Kerl. Ich habe seine Frau kuriert. Sie konnten keine Kinder kriegen.«

»Und was kuriert er hier?«

»Sein Herz.«

»Du hast gesagt, du hättest mit ihm irgendwelche Pläne.«

»Es ist unwürdig«, sagte Skreta böse, »was ein Arzt in diesem Land alles tun muß, um auf einem bestimmten Standard zu leben! Morgen kommt der berühmte Trompeter Klima. Ich muß ihn am Schlagzeug begleiten!«

Jakub nahm Skretas Behauptung nicht ernst, tat aber trotzdem so, als wundere er sich: »Was? Du spielst Schlagzeug?«

»Na ja, Mensch! Was soll ich tun, jetzt, wo ich eine Familie haben werde!«

»Was?« wunderte sich Jakub diesmal ehrlich. »Eine Familie? Du hast doch nicht etwa geheiratet!«

»Doch«, sagte Skreta.

»Die Mimi?«

Mimi war eine Ärztin des Badestädtchens, mit der Skreta schon lange zusammen war, bisher war es ihm jedoch stets gelungen, einer Heirat im letzten Moment zu entrinnen.

»Ja, die Mimi«, sagte Skreta. »Du weißt doch, wie ich jeden Sonntag mit ihr zum Aussichtsturm spaziert bin.«

»So hast du also doch geheiratet«, sagte Jakub wehmütig.

»Jedesmal, wenn wir hinaufstiegen«, fuhr Skreta fort, »versuchte Mimi, mich zur Heirat zu überreden. Und ich war jedesmal so erschöpft durch diesen Aufstieg, daß ich mich alt fühlte und mir schien, als bliebe mir nichts anderes übrig, als zu heiraten. Schließlich beherrschte ich mich aber immer, und wenn wir dann vom Aussichtsturm hinunterstiegen, wurde ich wieder munter und hatte keine Lust mehr zu heiraten. Nur machte Mimi einmal einen Umweg, und der Aufstieg dauerte so lange, daß ich noch weit unter dem Gipfel in die Hochzeit einwilligte. Und jetzt erwarten wir ein Kind, und ich muß ein bißchen ans Geld denken. Dieser Amerikaner malt auch Heiligenbilder. Das könnte man prächtig in Geld umsetzen. Was meinst du dazu?«

»Du denkst, man findet einen Absatz für Heiligenbilder?«

»Und was für einen! Mensch, hier neben der Kirche während der Kirmes einen Stand aufstellen und sie für einen Hunderter verkaufen, dann sind wir reich! Ich würde sie verkaufen und mit ihm fifty fifty machen.«

»Und er?«

»Der Typ hat so viel Geld, daß er nicht weiß, was er damit anfangen soll, den werde ich zu keinem Geschäft überreden«, sagte Skreta und fluchte.

3.

Olga sah sehr wohl, daß Schwester Rosa ihr vom Rand des Beckens her zuwinkte, aber sie schwamm weiter und tat, als sähe sie sie nicht.

Die beiden Frauen mochten sich nicht. Doktor Skreta hatte Olga in dem Zimmerchen einquartiert, das an Rosas Raum grenzte. Rosa hatte die Angewohnheit, das Radio laut aufzudrehen, und Olga wollte ihre Ruhe haben. Sie hatte einige Male an die Wand geklopft, und die Krankenschwester hatte als Antwort den Ton des Radios noch lauter gestellt.

Rosa winkte geduldig, bis es ihr schließlich gelang, der Patientin auszurichten, daß ein Besuch aus der Hauptstadt sie um zwölf erwartete.

Olga kam sofort der Gedanke, daß es Jakub war, und sie freute sich unendlich. Im selben Augenblick wunderte sie sich über diese Freude: Wie ist es möglich, daß ich mich so freue, wenn ich erfahre, daß er kommt?

Olga gehört nämlich zu jenen modernen Frauen, die sich gerne spalten: in ein Wesen, das erlebt, und ein Wesen, das beobachtet.

Aber auch die beobachtende Olga freute sich. Sie war sich nämlich bestens bewußt, daß es völlig unangemessen war, wenn die erlebende Olga sich so ungestüm freute, und da sie boshaft war, verursachte ihr auch diese Unangemessenheit Freude. Sie amüsierte sich bei der Vorstellung, wie erschrocken Jakub wäre, wenn er erführe, wie sehr sie sich freute.

Der Zeiger der Uhr über dem Schwimmbecken zeigte Viertel vor zwölf. Olga überlegte, wie Jakub sich verhalten würde, wenn sie ihm um den Hals fiele und ihn verliebt küßte. Dann schwamm sie zum Rand des Beckens, stieg aus dem Wasser und ging in die Kabine, um sich umzuziehen. Es ärgerte sie ein bißchen, daß sie am Morgen nichts von seiner

Ankunft gewußt hatte. Sie hätte sich besser angezogen. Jetzt hatte sie nur ein graues, langweiliges Kostüm an, und das verdarb ihr die gute Laune.

In gewissen Momenten, zum Beispiel, als sie eben im Becken schwamm, vergaß sie vollkommen, wie sie aussah. Jetzt stand sie aber vor dem kleinen Spiegel in der Kabine und sah sich im grauen Kostüm. Noch vor ein paar Minuten hatte sie boshaft gelächelt über ihren Einfall, Jakub um den Hals zu fallen und ihn leidenschaftlich zu küssen. Nur war ihr das im Becken eingefallen, wo sie körperlos schwamm, als freier Gedanke. Plötzlich mit einem Körper und einem Kostüm beschenkt, war sie unendlich weit von dieser fröhlichen Vorstellung entfernt, und sie wußte, daß sie wieder genau so war, wie Jakub sie zu ihrem Verdruß stets sah: ein hilfsbedürftiges Mädchen.

Wäre Olga nur ein bißchen dümmer gewesen, hätte sie sich ganz hübsch gefunden. Da sie aber klug war, sah sie sich viel häßlicher, als sie in Wirklichkeit war, denn ehrlich gesagt war sie weder hübsch noch häßlich, und jeder Mann mit durchschnittlichen ästhetischen Ansprüchen hätte gern eine Nacht mit ihr verbracht.

Weil Olga sich gern spaltete, übertönte die Beobachtende jetzt die andere, die etwas erlebte: Was ist schon dabei, ob sie so oder so aussieht? Warum quält sie sich mit dem Blick in den Spiegel? Ist sie denn wirklich nicht mehr als ein Objekt für Männeraugen? Nur eine Ware, die sich selbst zu Markte trägt? Kann sie nicht von ihrem Aussehen unabhängig sein, wenigstens in dem Maße, wie jeder Mann es ist?

Sie verließ das Gebäude und sah, wie sein gutmütiges Gesicht zärtlicher wurde. Sie wußte, daß er ihr wie einem artigen Töchterchen übers Haar streichen würde, statt ihr die Hand zu geben. Selbstverständlich tat er es.

»Wohin gehen wir essen?« fragte er.

Sie schlug den Speisesaal der Patienten vor, wo an ihrem Tisch ein Platz frei war.

Der Speisesaal war ein riesiger Raum, dicht gefüllt mit Tischen und Essenden. Jakub und Olga setzten sich und warteten lange, bis eine Serviererin ihnen die Suppe in die tiefen Teller schöpfte. An ihrem Tisch saßen noch zwei Personen; sie versuchten, mit Jakub, den sie augenblicklich der geselligen Patientenfamilie zugeordnet hatten, ein Gespräch anzuknüpfen. Und so konnte er Olga während des gemeinsamen Gesprächs nur ab und zu wenigstens nach einigen praktischen Informationen fragen: wie sie mit der Verpflegung, wie sie mit der Kur zufrieden sei. Als er sie fragte, wie sie wohnte, sagte sie, sie habe eine abscheuliche Nachbarin. Sie wies mit einer Kopfbewegung zu einem der Nebentische, an dem Rosa zu Mittag aß.

Dann gingen die Tischgenossen mit einem Gruß weg, und Jakub sagte, während er Rosa ansah: »Bei Hegel gibt es eine interessante Betrachtung über das sogenannte griechische Profil, dessen Schönheit seines Erachtens darin beruht, daß die Nase in einer Linie mit der Stirn verbunden ist, wodurch die obere Hälfte des Kopfs, der Sitz von Geist und Verstand, betont wird. Ich sehe deine Nachbarin an und stelle fest, daß sich bei ihr im Gegenteil das ganze Gesicht auf den Mund konzentriert. Schau, wie intensiv sie kaut und wie laut sie dabei spricht! Die Betonung auf dem unteren, animalischen Teil des Gesichts würde Hegel mißfallen, dabei ist das Mädchen, obwohl sie mir igendwie unsympathisch ist, ganz hübsch.«

»Findest du?« fragte Olga, und aus ihrer Stimme klang Mißfallen.

Deshalb sagte Jakub rasch: »Vor diesem Mund hätte ich allerdings Angst, daß er mich zermalmte.« Und er fügte noch hinzu: »Mit dir wäre Hegel zufriedener. Die Dominante deines Gesichts liegt in der Stirn, was jeden sogleich über deine Intelligenz in Kenntnis setzt.«

»Solche Betrachtungen ärgern mich schrecklich«, sagte Olga heftig. »Daraus soll immer irgendwie hervorgehen, daß die Physiognomie eines Menschen ein Ausdruck seines Geistes ist. Das ist doch purer Unsinn. Ich stelle mir meine Seele mit großem Kinn und sinnlichem Mund vor, und dabei habe ich ein kleines Kinn und auch einen kleinen Mund. Hätte ich mich nie im Spiegel gesehen und müßte ich mein Äußeres schildern, wie ich mich innen kenne, würde das meinem Aussehen überhaupt nicht ähneln! Ich bin ganz anders, als ich aussehe!«

4.

Es ist schwer, ein Wort zu finden, mit dem man Jakubs Verhältnis zu Olga charakterisieren könnte. Sie war die Tochter eines Freundes, der hingerichtet worden war, als sie sieben Jahre alt war. Jakub hatte sich damals vorgenommen, eine schützende Hand über das verwaiste Mädchen zu halten. Er hatte selbst keine Kinder, und es reizte ihn, eine Art unverbindlicher Vaterschaft zu übernehmen. Er nannte sie scherzhaft sein Ziehtöchterchen.

Sie saßen bereits in Olgas Zimmer. Olga machte den Kocher an, setzte einen Topf mit Wasser auf, und Jakub stellte fest, daß er unfähig war, ihr den Grund seines Besuches zu verraten. Jedesmal, wenn er ihr sagen wollte, daß er gekommen war, um sich von ihr zu verabschieden, erschrak er, daß diese Mitteilung zu pathetisch klingen und zwischen ihnen eine unpassende emotionale Atmosphäre erzeugen könnte. Er verdächtigte sie seit langem, ihn insgeheim zu lieben.

Olga nahm zwei Tassen aus dem Schrank, schüttete feingemahlenen Kaffee hinein und übergoß ihn mit kochendem Wasser. Jakub verrührte seinen Würfelzucker und hörte dann, wie Olga sagte: »Jakub, bitte, wie war mein Vater wirklich?«

»Warum?«

»Hatte er tatsächlich nichts Schlimmes auf dem Gewissen?«

»Ich bitte dich, was fällt dir ein?« wunderte sich Jakub. Olgas Vater war schon vor einiger Zeit öffentlich rehabilitiert und für unschuldig hingerichtet erklärt worden. Niemand zweifelte an seiner Unschuld.

»So habe ich es nicht gemeint«, sagte Olga. »Ich habe das Gegenteil gemeint.«

»Ich verstehe dich nicht«, sagte Jakub.

»Mir ist eingefallen, ob er nicht jemand anderem genau das angetan hat, was sie ihm angetan haben. Diejenigen, die ihn an den Galgen brachten, waren doch um kein Haar besser als er. Sie hatten den gleichen Glauben, waren die gleichen Fanatiker. Sie waren überzeugt, daß jede nur geringfügig abweichende Meinung eine tödliche Gefahr für die Revolution darstellte, und sie waren mißtrauisch. Sie schickten ihn im Namen jener heiligen Dinge in den Tod, zu denen auch er sich bekannt hatte. Warum also hätte er nicht imstande sein können, sich anderen gegenüber genau so zu verhalten, wie sie sich ihm gegenüber?«

»Die Zeit verfliegt sehr schnell, und die Vergangenheit wird immer unverständlicher«, sagte Jakub zögernd. »Was weißt du von deinem Vater, außer einigen Briefen, einigen Seiten seines Tagebuchs, die man dir gnädigerweise zurückgegeben hat, und einigen Erinnerungen seiner Freunde?«

»Warum weichst du mir aus?« insistierte Olga. »Ich habe dich sehr klar gefragt. War mein Vater genau so wie diejenigen, die ihn in den Tod geschickt haben?«

»Mag sein«, sagte Jakub und zuckte mit den Schultern.

»Warum also hätte nicht auch er die gleichen Grausamkeiten begehen können?«

»Theoretisch«, antwortete Jakub sehr bedächtig, »theoretisch hätte er ihnen genau das antun können, was sie ihm angetan haben. Es gibt keinen Menschen auf der Welt, der nicht imstande wäre, seinen Nächsten verhältnismäßig leichten Sinnes in den Tod zu schicken. Wenigstens bin ich keinem begegnet. Sollten sich die Menschen in dieser Hinsicht einmal ändern, würden sie die wesentlichste menschliche Eigenschaft verlieren. Es wären dann nicht mehr Menschen, sondern eine andere Art von Geschöpfen.«

»Ihr gefallt mir ausgezeichnet!« stieß Olga hervor und sprach in diesem Plural Tausende von Jakubs an: »Dadurch, daß ihr aus allen Menschen Mörder macht, hören eure eigenen Morde auf, Verbrechen zu sein und sind bloß noch ein unerläßliches Kennzeichen des Menschengeschlechts.«

»Die meisten Menschen bewegen sich in einem idyllischen Kreis zwischen Zuhause und Arbeit«, sagte Jakub. »Sie leben in einem sicheren Bereich außerhalb von Gut und Böse. Sie sind ehrlich entsetzt beim Anblick eines mordenden Menschen. Dabei genügt es, sie aus diesem friedlichen Bereich hinauszuführen, und sie werden zu Mördern, ehe sie wissen, wie ihnen geschieht. Es gibt Prüfungen und Verführungen, die kommen in der Geschichte nur ab und zu vor, und niemand widersteht ihnen. Aber es ist völlig überflüssig, darüber zu reden. Für dich ist nicht wichtig, was dein Vater theoretisch hätte tun können, weil sich das ohnehin nicht nachweisen läßt. Dich sollte lediglich interessieren, was er getan und was er nicht getan hat. Und in dieser Hinsicht hatte er ein reines Gewissen.«

»Bist du dir dessen so sicher?«

»Absolut sicher. Niemand weiß mehr über ihn als ich.«

»Ich bin wirklich froh, das von dir zu hören«, sagte Olga. »Was ich dich gefragt habe, ist mir nämlich nicht einfach so eingefallen. Ich erhalte seit längerer Zeit anonyme Briefe. Man schreibt mir, ich solle nicht die Tochter eines Märtyrers spielen, denn mein Vater habe, bevor er hingerichtet wurde, selbst viele unschuldige Menschen ins Gefängnis geschickt, Menschen, die sich nur dadurch schuldig gemacht hatten, daß sie anders über die Welt dachten als er.«

»Unsinn«, sagte Jakub.

»Man schildert ihn in diesen Briefen als rasenden Fanatiker

und grausamen Menschen. Die Briefe sind zwar anonym und boshaft, aber nicht primitiv. Die Verfasser äußern sich ohne Übertreibungen, sachlich und präzise, so daß ich ihnen fast schon geglaubt hätte.«

»Es ist immer die gleiche Rache«, sagte Jakub. »Ich will dir etwas erzählen. Als dein Vater verhaftet wurde, waren die Gefängnisse voll von Leuten, die die Revolution im ersten Ansturm dorthin geschickt hatte. Die Häftlinge erkannten in ihm einen bekannten kommunistischen Politiker, stürzten sich bei der erstbesten Gelegenheit auf ihn und schlugen ihn bewußtlos. Und die Wärter schauten boshaft lächelnd zu.«

»Ich weiß«, sagte Olga, und Jakub wurde klar, daß er ihr etwas erzählt hatte, was sie schon oft gehört hatte. Er hatte sich längst schon vorgenommen, nicht mehr über all diese Dinge zu sprechen, doch es gelang ihm nicht. Wer einen Autounfall erlebt hat, verbietet sich vergeblich, nicht mehr daran zu denken.

»Ich weiß«, wiederholte Olga, »aber ich wundere mich nicht über diese Leute. Sie waren ohne Gerichtsverhandlung, oft ohne den geringsten Anlaß inhaftiert worden. Und auf einmal sahen sie einen von denen, die sie für verantwortlich hielten, vor sich.«

»In dem Augenblick, da dein Vater die Gefängnismontur anzog, war er einer von ihnen. Es war sinnlos, ihn zu mißhandeln, und das auch noch vor den zufriedenen Augen der Wärter. Es war nichts anderes als feige Rache. Das niedrigste Bedürfnis, ein wehrloses Opfer zu zertrampeln. Und diese Briefe, die du erhältst, sind eine Frucht derselben Rache, die, wie ich sehe, stärker ist als die Zeit.«

»Aber Jakub! Es saßen doch an die Hunderttausend in den Kerkern! Tausende, die nie mehr zurückgekehrt sind! Und nie ist dafür ein Schuldiger bestraft worden! Dieses Bedürfnis nach Rache ist doch nichts anderes als ein ungestilltes Bedürfnis nach Gerechtigkeit!«

»An der Tochter Rache für den Vater zu nehmen, hat nichts mit Gerechtigkeit zu tun. Denk daran, daß du wegen deines Vaters dein Zuhause verloren hast, die Stadt verlassen mußtest, nicht studieren durftest. Deines toten Vaters wegen, den du kaum gekannt hast! Und deines Vaters wegen sollst du jetzt wieder von diesen anderen verfolgt werden? Ich sage dir, was die traurigste Entdeckung meines Lebens ist: diejenigen, die zu Opfern wurden, waren um nichts besser als diejenigen, die sie geopfert hatten. Ich kann mir ihre Rollen vertauscht vorstellen. Du magst darin ein Alibi sehen, durch das ein Mensch sich seiner Verantwortung entziehen und sie den Schultern des Schöpfers aufbürden will, weil dieser sich den Menschen so ausgedacht hat, wie er ist. Und es ist vielleicht gut, daß du es so siehst. Denn wenn man begriffen hat, daß es zwischen dem Schuldigen und dem Opfer keinen Unterschied gibt, bedeutet dies, *alle Hoffnung zu verlieren*. Und das nennt man die *Hölle*, mein Kleines.«

5.

Die beiden Kolleginnen konnten es nicht erwarten, bis sie erfuhren, wie Rosas gestrige Verabredung ausgegangen war, sie hatten an diesem Tag aber am anderen Ende des Badestädtchens Dienst, trafen ihre Freundin erst gegen drei Uhr und überschütteten sie mit Fragen.

Rosa zögerte mit den Antworten und sagte unsicher: »Er hat gesagt, daß er mich liebt und mich heiraten will.«

»Siehst du! Ich habe es dir gesagt!« sagte die Magere. »Und läßt er sich scheiden?«

»Er hat es gesagt.«

»Er wird müssen«, sagte die Mittdreißigerin fröhlich, »Kind ist Kind. Und seine Frau ist kinderlos.«

Jetzt mußte Rosa damit herausrücken. »Er hat gesagt, daß er mich nach Prag mitnimmt. Mir dort eine Stelle verschafft. Er hat gesagt, wir würden zusammen nach Italien in den

Urlaub fahren. Aber er will nicht gleich mit einem Kind anfangen. Und er hat recht. Die ersten Jahre sind die schönsten, und wenn wir Kinder hätten, hätten wir nichts mehr voneinander.«

Die Mittdreißigerin erstarrte: »Was, du willst es dir wegmachen lassen?«

Rosa nickte.

»Du bist wohl verrückt geworden!« schrie die Magere sie an.

»Der hat dir den Kopf verdreht«, sagte die Mittdreißigerin. »In dem Moment, in dem du es wegmachen läßt, wird er dich sitzenlassen.«

»Warum sollte er mich sitzenlassen?«

»Wetten wir!« sagte die Magere.

»Wenn er mich liebt?«

»Und woher weißt du, daß er dich liebt?« sagte die Mittdreißigerin.

»Er hat es gesagt.«

»Und warum hat er die ganzen zwei Monate nichts von sich hören lassen?«

»Er hatte Angst vor der Liebe«, sagte Rosa.

»Wie bitte?«

»Wie soll ich es dir erklären. Er fürchtete, daß er sich in mich verliebt hatte.«

»Und darum hat er nichts von sich hören lassen?«

»Er wollte sich prüfen, ob er mich vergessen könnte. Das kann man doch verstehen, oder?«

»Aha«, fuhr die Mittdreißigerin fort, »und als er erfuhr, daß er dich dickgemacht hat, stellte er urplötzlich fest, daß er dich nicht vergessen kann.«

»Er hat gesagt, er sei froh, daß ich schwanger bin. Aber nicht wegen des Kindes, sondern, weil ich mich gemeldet habe. Es sei ihm bewußt geworden, daß er mich liebe.«

»Mein Gott, bist du dämlich!« sagte die Magere.

»Ich weiß nicht, weshalb ich dämlich sein sollte.«

»Weil das Kind das einzige ist, was du hast«, sagte die

Mittdreißigerin. »Wenn du dir das Kind nehmen läßt, hast du nichts mehr, und er wird dich sitzenlassen.«

»Ich möchte, daß er mich meinetwegen und nicht des Kindes wegen will!«

»Ich bitte dich, für wen hältst du dich? Warum sollte er dich deinetwegen wollen?«

Lange diskutierten sie erregt, und die beiden Frauen wiederholten Rosa immer wieder, das Kind sei ihr einziger Trumpf, den sie sich nicht nehmen lassen dürfe.

»Ich würde mir nie ein Kind wegmachen lassen. Das sage ich dir. Niemals, verstehst du, niemals«, sagte die Magere.

Rosa fühlte sich plötzlich wie ein kleines Mädchen, und sie sagte (es war derselbe Satz, der Klima tags zuvor die Lebenslust wiedergegeben hatte): »Dann sagt mir, was ich tun soll!«

»Auf deinem Standpunkt beharren«, sagte die Mittdreißigerin, öffnete die Schublade ihres Schränkchens und zog ein Röhrchen mit Tabletten hervor. »Da, nimm das! Du bist fürchterlich aufgeregt. Das wird dich beruhigen.«

Rosa steckte sich eine Tablette in den Mund und schluckte sie.

»Und behalte das Röhrchen. Es steht dreimal täglich darauf, aber nimm nur davon, wenn du dich beruhigen mußt. Nicht, daß du in der Aufregung irgendeine Dummheit machst. Vergiß nicht, daß er ein durchtriebener Kerl ist. Der hat schon einiges hinter sich! Aber diesmal wird er sich nicht so leicht aus der Affäre ziehen können!«

Sie wußte wieder nicht mehr, was sie tun sollte. Noch vor einer Weile hatte sie gedacht, sie sei entschlossen, aber die Argumente ihrer Kolleginnen klangen überzeugend und brachten sie wieder ins Wanken. Aufgewühlt stieg sie die Treppe der Badehalle hinab.

Im Vestibül stürzte ein aufgeregter junger Mann mit rotem Kopf auf sie zu.

Sie schnitt ein saures Gesicht: »Ich habe dir gesagt, daß du nie hier auf mich warten darfst. Und nach dem, was gestern vorgefallen ist, verstehe ich überhaupt nicht, wie du es wagst.«

»Bitte, sei mir nicht böse!« schrie der junge Mann verzweifelt.

»Psssst«, zischte sie. »Mach mir wenigstens *hier* keine Szene«, sagte sie und wollte gehen.

»Dann lauf mir nicht weg, wenn du keine Szenen willst!«

Es war nichts zu machen. Ringsum gingen Patienten, und jeden Augenblick kam jemand im weißen Kittel vorbei. Rosa wollte nicht auffallen, also mußte sie stehenbleiben und sich bemühen, ein ungezwungenes Aussehen zu bewahren. »Also, was willst du«, flüsterte sie.

»Nichts. Ich wollte dich nur um Verzeihung bitten. Es tut mir wirklich leid, was ich getan habe. Aber bitte, schwöre mir, daß du nichts mit ihm hast.«

»Ich habe dir schon gesagt, daß ich nichts mit ihm habe.«

»Dann schwöre es.«

»Sei kein Kindskopf, auf solchen Schwachsinn schwöre ich nicht.«

»Weil du etwas mit ihm gehabt hast.«

»Ich habe dir schon gesagt, nein. Und wenn du mir nicht glaubst, haben wir nichts mehr miteinander zu reden. Er ist ganz einfach ein Bekannter. Darf ich denn keine Bekannten haben? Ich schätze ihn. Ich bin froh, mit ihm bekannt zu sein.«

»Ich weiß. Ich werfe dir nichts vor«, sagte der junge Mann.

»Morgen gibt er hier ein Konzert. Ich hoffe, du wirst mir nicht wieder nachspionieren.«

»Wenn du mir dein Ehrenwort gibst, daß du nichts mit ihm hast!«

»Ich habe dir schon gesagt, daß es unter meinem Niveau ist, solche Ehrenworte zu geben. Aber ich gebe dir mein Ehrenwort, daß du mich nie wieder besuchen darfst, wenn du mir noch einmal nachspionierst.«

»Rosa, ich liebe dich«, sagte der junge Mann unglücklich.

»Ich dich auch«, sagte Rosa sachlich, »aber deswegen mache ich dir keine Szenen auf offener Straße.«

»Weil du mich nicht liebst. Du schämst dich für mich.«

»Quatsch keinen Unsinn«, sagte Rosa.

»Ich darf mich nirgends mit dir zeigen, nirgendwohin mit dir gehen . . .«

»Psssst«, zischte sie ihn wieder an, weil er die Stimme wieder gehoben hatte. »Mein Vater würde mich umbringen. Ich habe dir doch gesagt, daß er mich überwacht. Und jetzt sei mir nicht böse, ich muß gehen.«

Der junge Mann ergriff ihre Hand: »Geh noch nicht!«

Rosa blickte verzweifelt zur Decke empor.

Der junge Mann sagte: »Wenn wir heirateten, wäre alles anders. Er könnte nichts mehr sagen. Wir hätten eine Familie.«

»Ich will keine Familie«, sagte Rosa heftig. »Ich würde mir das Leben nehmen, wenn ich ein Kind bekäme!«

»Warum?«

»Darum. Ich will kein Kind.«

»Ich liebe dich, Rosa«, sagte der junge Mann noch einmal.

Und Rosa sagte: »Und deshalb willst du mich zum Selbstmord treiben, nicht war!«

»Zum Selbstmord?« fragte er verwundert.

»Ja! Zum Selbstmord!«

»Rosa«, sagte der junge Mann.

»Du wirst mich dazu treiben! Ich sage es dir! Du wirst mich sicher dazu treiben!«

»Darf ich am Abend kommen?« fragte er demütig.

»Nein, heute nicht«, sagte Rosa. Dann wurde ihr bewußt, daß sie ihn beruhigen mußte, und sie fügte versöhnlicher hinzu: »Du kannst mich wieder mal anrufen, Franta. Aber erst nach Sonntag.« Und sie wandte sich ab, um wegzugehen.

»Warte«, sagte der junge Mann, »ich habe dir etwas mitgebracht. Zur Versöhnung.« Er reichte ihr ein Päckchen.

Sie nahm es rasch und ging auf die Straße hinaus.

6.

»Ist Doktor Skreta wirklich so ein Kauz, oder tut er nur so?« fragte Olga Jakub.

»Darüber denke ich schon die ganze Zeit nach, seit ich ihn kenne«, antwortete Jakub.

»Käuze leben nicht schlecht, wenn es ihnen gelingt, daß ihre Kauzhaftigkeit von den anderen respektiert wird«, sagte Olga. »Doktor Skreta ist phantastisch zerstreut. Mitten im Gespräch vergißt er, wovon die Rede ist. Manchmal fängt er auf der Straße zu erzählen an und kommt zwei Stunden zu spät in die Praxis. Und dennoch wagt es niemand, ihm böse zu sein, denn der Herr Doktor ist schließlich ein offiziell anerkannter Kauz, und nur ein Rohling könnte ihm das Recht auf seine Kauzhaftigkeit absprechen.«

»Was für ein Kauz er auch sein mag, ich denke, er kuriert dich nicht schlecht.«

»Vermutlich nicht, nur scheint es uns allen, daß die ärztliche Praxis für ihn etwas Nebensächliches ist, was ihn in seinen viel wichtigeren Interessen stört. Morgen wird er zum Beispiel Schlagzeug spielen.«

»Warte«, unterbrach Jakub Olga, »stimmt das tatsächlich?«

»Es muß stimmen. Im ganzen Städtchen hängen Plakate, die ankündigen, daß der berühmte Trompeter Klima morgen hier spielen wird und der Herr Chefarzt Skreta am Schlagzeug auftritt.«

»Das ist unglaublich«, sagte Jakub. »Ich habe mich überhaupt nicht gewundert, daß Skreta die Absicht hat, Schlagzeug zu spielen. Skreta ist der größte Träumer, den ich kenne. Aber ich habe es noch nie erlebt, daß sich einer seiner Träume erfüllt. Als wir uns als Studenten kennenlernten, hatte Skreta wenig Geld. Er hatte immer wenig, und er träumte immer davon, wie er es verdienen könnte. Damals hatte er den Plan, sich ein Welshterrierweibchen anzuschaffen, weil jemand ihm gesagt hatte, daß man die Welpen für viertausend verkaufen könne. Sofort hatte er alles ausgerechnet. Das Weibchen würde zweimal im Jahr fünf Junge werfen. Zweimal fünf sind zehn, zehnmal viertausend sind vierzigtausend jährlich. Alles hatte er perfekt durchdacht. Er verschaffte sich mit viel Mühe die Protektion des Leiters der Studentenmensa, der ihm versprach, ihm täglich Küchenreste für den Hund zu geben. Er schrieb zwei Kolleginnen die Diplomarbeit, damit sie ihm dafür den Hund spazierenführten. Er wohnte in einem Studentenheim, wo das Halten von Hunden verboten war. Also kaufte er der Verwalterin jede Woche einen Rosenstrauß, bis sie ihm versprach, in seinem Fall eine Ausnahme zu machen. Etwa zwei Monate lang handelte er sich die Bedingungen für seine Hündin aus, aber wir wußten alle, daß er sie nie haben würde. Er brauchte viertausend, um sie zu kaufen, und niemand lieh ihm das Geld. Niemand nahm ihn ernst. Alle hielten ihn für einen reinen Träumer, der zwar unheimlich gerissen und geschäftstüchtig war, aber lediglich im Reich der Vorstellungen.«

»Das klingt alles sehr nett, aber ich verstehe deine merkwürdige Liebe für ihn trotzdem nicht. Er ist nicht einmal verläßlich. Er kommt nie pünktlich und hat morgen vergessen, was er heute verabredet hat.«

»Das ist nicht ganz wahr. Er hat mir einmal sehr geholfen. Eigentlich hat mir nie jemand so geholfen wie er.«

Jakub griff in die Tasche seines Sakkos und zog ein zusammengerolltes Seidenpapier hervor. Er wickelte es auf, und im Papier kam eine blaßblaue Tablette zum Vorschein.

»Was ist das?« fragte Olga.

»Gift.«

Jakub weidete sich eine Weile am fragenden Schweigen des Mädchens und fuhr dann fort: »Ich habe es schon mehr als fünfzehn Jahre. Als ich damals mein Jahr im Gefängnis verbrachte, wurde mir eines klar. Der Mensch muß wenigstens die eine Gewißheit haben: daß er Herr über seinen Tod bleibt und sich den Zeitpunkt und die Art seines Todes selbst wählen kann. Wenn du diese Gewißheit hast, kannst du sehr viel aushalten. Du weißt immer, daß du denen entrinnen kannst, wenn du dir den Moment dazu auswählst.«

»Du hattest es auch schon im Gefängnis?«

»Leider nicht, aber ich habe es mir gleich nach der Rückkehr besorgt.«

»Aber da hast du es doch nicht mehr gebraucht!«

»Hierzulande weiß der Mensch nie, wann er Gift brauchen kann. Und dann ist es für mich eine Sache des Prinzips. Der Mensch sollte am Tag seiner Volljährigkeit Gift bekommen. Es sollte ihm im Rahmen einer feierlichen Zeremonie überreicht werden. Nicht, um ihn zum Selbstmord zu verleiten. Im Gegenteil, damit er in größerer Ruhe und größerer Sicherheit leben kann. In dem Bewußtsein, Herr über sein Leben und seinen Tod zu sein.«

»Und wie hast du es dir beschafft?«

»Skreta hat als Biochemiker in einem Labor angefangen. Ich hatte mich vorher an jemand anders gewandt, aber der hatte es für seine moralische Pflicht gehalten, mich abzuweisen. Skreta stellte die Tablette ohne zu zögern selbst her.«

»Vielleicht, weil er ein Kauz ist.«

»Vielleicht. Vor allem aber, weil er mich verstand. Er wußte, daß ich kein Hysteriker bin, der sich an Selbstmordkomödien weidet. Er begriff, worum es mir ging. Ich will ihm die Tablette heute zurückgeben. Ich werde sie nicht mehr brauchen.«

»Sind denn alle Gefahren vorbei?«

»Ich verlasse dieses Land morgen früh für immer. Ich habe eine Einladung an eine Universität bekommen, und unsere Behörden haben mir die Ausreise bewilligt.«

Endlich war es draußen. Jakub blickte Olga an, und er sah, daß sie lächelte. Sie nahm seine Hand: »Wirklich? Das ist wunderbar! Das freut mich für dich!«

Sie äußerte die gleiche selbstlose Freude, die er gehabt hätte, wenn er erfahren hätte, daß Olga ins Ausland reiste und es dort gut haben würde. Das überraschte ihn, denn er hatte stets gefürchtet, daß sie viel sentimentaler an ihm hing. Er war nun froh, daß es nicht so war, sonderbarerweise war er aber auch ein bißchen betroffen.

Olga war so beschäftigt mit Jakubs Nachricht, daß sie nicht mehr weiter nach der blaßblauen Tablette fragte, die zwischen ihnen im zerknitterten Seidenpapier lag, und Jakub mußte ihr alle Umstände seines künftigen Wirkens schildern.

»Ich bin wahnsinnig froh, daß du es geschafft hast. Hier wärst du für den Rest des Lebens ein verdächtiges Element. Sie erlauben dir ja nicht einmal, deine Arbeit zu verrichten. Und dabei predigen sie ständig die Liebe zur Heimat. Wie kann man ein Land lieben, in dem man nicht arbeiten darf? Ich sage dir, ich verspüre keine Liebe zum Vaterland. Ist das schlecht von mir?«

»Ich weiß es nicht«, sagte Jakub. »Ich weiß es wirklich nicht. Wahr ist, daß ich selbst ziemlich an diesem Land gehangen habe.«

»Möglicherweise ist es schlecht«, fuhr Olga fort, »aber ich fühle mich durch nichts gebunden. Was sollte mich hier binden?«

»Auch traurige Erinnerungen verpflichten den Menschen.«

»Wozu verpflichten sie ihn? In derselben Landschaft zu bleiben, in der er geboren wurde? Ich verstehe nicht, wie jemand von Freiheit sprechen kann und nicht zugleich diese Last von sich wirft. Ein Baum ist schließlich nicht dort zu Hause, wo er nicht wachsen kann. Ein Baum ist dort zu Hause, wo er einen günstigen Nährboden hat.«

»Und hast du hier einen genügend günstigen Nährboden?«

»Alles in allem ja. Da man mich endlich studieren läßt, habe ich, was ich will. Ich werde mich mit meiner Naturwissenschaft beschäftigen und will von nichts anderem etwas wissen. Ich habe mir die hiesigen Verhältnisse nicht ausgedacht und trage dafür keine Verantwortung. Aber wann fährst du eigentlich weg?«

»Morgen.«

»So rasch?« Sie nahm seine Hand: »Bitte. Wenn du schon so lieb bist herzukommen, um dich von mir zu verabschieden, dann beeile dich nicht so.«

Es war immer noch anders, als er erwartet hatte. Sie benahm sich nicht wie ein Mädchen, das ihn insgeheim liebte, aber auch nicht wie sein Ziehtöchterchen, das eine kindlich unkörperliche Beziehung zu ihm hatte. Sie hielt seine Hand, zärtlich und vielsagend, sie sah ihm in die Augen und wiederholte: »Beeile dich nicht! Ich hätte nichts davon, wenn du bloß vorbeigekommen wärst, um mir Lebewohl zu sagen.«

Jakub wurde fast verlegen. »Wir werden sehen«, sagte er. »Skreta will mich auch zum Bleiben überreden.«

»Bestimmt mußt du noch bleiben«, sagte Olga. »Wir haben so wenig Zeit für uns. Jetzt müßte ich schon wieder zur Behandlung . . .«

Sie überlegte und verkündete dann, sie gehe nirgendwohin, solange Jakub hier sei.

»Nein, nein, du mußt gehen. Du darfst die Therapie nicht vernachlässigen«, sagte Jakub zu ihr. »Ich werde dich begleiten.«

»Ja?« fragte Olga mit glücklicher Stimme. Dann öffnete sie den Schrank und suchte etwas.

Auf dem Tisch lag im entfalteten Papier die blaßblaue Tablette, und Olga, der einzige Mensch, dem er deren Existenz anvertraut hatte, kehrte ihm den Rücken zu und beugte sich in den geöffneten Schrank. Jakub kam der Gedanke, diese blaßblaue Tablette sei das Drama seines Lebens, ein verlassenes, fast vergessenes und vermutlich uninteressantes Drama. Und er sagte sich, es sei höchste Zeit, dieses uninteressante Drama loszuwerden, sich schnell von ihm zu verabschieden und es hinter sich zu lassen. Er wickelte die Tablette wieder in das Papier und steckte sie in die Tasche seines Sakkos.

Olga zog eine Tasche aus dem Schrank, legte ein Handtuch hinein, schloß den Schrank und sagte zu Jakub: »Wir können gehen.«

7.

Rosa saß schon weiß Gott wie lange auf einem Bänkchen im Park und war unfähig, sich zu rühren, vielleicht, weil auch ihre Gedanken ständig an derselben Stelle verharrten.

Noch gestern hatte sie geglaubt, was der Trompeter ihr gesagt hatte. Nicht nur, weil es angenehm, sondern auch, weil es einfacher war: so konnte sie den weiteren Kampf, für den ihr die Kräfte fehlten, ruhigen Gewissens aufgeben. Nachdem die Kolleginnen sie aber ausgelacht hatten, glaubte sie dem Trompeter wieder nicht mehr, und sie dachte haßerfüllt an ihn, weil sie tief in ihrer Seele fürchtete, daß sie weder raffiniert noch hartnäckig genug war, um ihn zu bekommen.

Teilnahmslos riß sie das Papier des Päckchens auf, das Franta ihr gegeben hatte. Darin lag ein blaßblauer Stoff, und Rosa begriff, daß sie ein Nachthemd geschenkt bekommen hatte; ein Nachthemd, in dem er sie jeden Tag sehen mochte; jeden Tag und viele Tage und alle Tage des Lebens. Sie blickte auf die blaßblaue Farbe, und es schien ihr, als zerfließe dieser blaue Fleck, als weite er sich aus, verwandle sich in einen Sumpf, einen Sumpf der Güte und der Ergebenheit, einen Sumpf sklavischer Liebe, der sie zum Schluß verschlingen würde.

Wen haßte sie mehr? Denjenigen, der sie nicht wollte, oder denjenigen, der um sie kämpfte?

So saß sie auf dem Bänkchen, festgenagelt durch das zweifache Haßgefühl, und sie wußte nicht einmal, was um sie herum vorging. Neben dem Gehsteig hielt ein Kleinbus und dahinter ein geschlossener, grüner Transporter, aus dem das

Heulen und Bellen von Hunden bis zu Rosa hinüberdrang. Die Tür des Busses öffnete sich, und ein alter Mann mit roter Armbinde stieg aus. Rosa starrte stumpf vor sich hin und war sich zunächst nicht im klaren, was sie mit ansah.

Der Mann schrie einen Befehl ins Businnere, und aus der Tür stieg ein anderer alter Mann, er trug ebenfalls eine rote Binde um den Ärmel und hielt eine etwa drei Meter lange Stange in der Hand, an deren Ende eine Drahtschlinge befestigt war. Hinter ihm sprangen weitere Männer aus dem Bus und stellten sich davor auf. Alle waren alt, alle trugen rote Armbinden, und alle hielten eine lange Stange mit einer Drahtschlinge an der Spitze in der Hand.

Der Mann, der als erster ausgestiegen war und keine Stange hatte, erteilte Kommandos, worauf die älteren Herren wie eine Mannschaft von wunderlichen Lanzenträgern ein paarmal Habacht und Stillgestanden machten. Dann schrie der Mann ein weiteres Kommando, und die Mannschaft der Alten lief in den Park. Dort schwärmte sie aus, jeder rannte in eine andere Richtung, einige auf den Wegen, andere quer über die Rasenflächen. Im Park promenierten Kurgäste und Kinder liefen herum, jetzt aber blieben alle stehen und blickten verwundert auf die alten Herren, wie sie mit gezückten Stangen zum Angriff vorrückten.

Auch Rosa erwachte aus der Erstarrung ihrer Betrachtungen und beobachtete, was vor sich ging. In einem der alten Herren erkannte sie ihren Vater, und sie sah ihm mit Widerwillen, aber ohne Verwunderung zu.

Unter einer Birke mitten auf dem Rasen tummelte sich ein Köter. Einer der alten Herren lief auf ihn zu, und der Hund sah ihn überrascht an. Der Alte streckte seine Stange vor und versuchte, die Drahtschlinge über den Kopf des Hundes zu streifen. Doch die Stange war lang, und die greisen Hände waren schwach, so daß es dem Alten nicht gelang, den Kopf zu treffen. Die Drahtschlinge baumelte unsicher über dem Kopf des Hündchens, und das Hündchen beobachtete sie neugierig.

Aber da eilte dem Alten schon ein anderer Rentner zu Hilfe, der stärkere Hände hatte, so daß das Hündchen endlich im Drahthalsband steckte. Der Alte riß an der Stange, der Draht schnitt sich in den haarigen Hals, und der Hund heulte. Die beiden Rentner lachten und schleppten den Hund über den Rasen zu den geparkten Fahrzeugen. Sie öffneten die Tür des Transporters, aus dem sich eine gewaltige Welle von Hundegebell ergoß; sie warfen den Köter hinein.

Rosa nahm alles, was sie sah, nur als Teil ihrer eigenen Geschichte wahr: sie war eine unglückliche Frau zwischen zwei Welten: von Klimas Welt wurde sie zurückgewiesen, und Frantas Welt, der sie entfliehen wollte (der Welt der Banalität und der Langeweile, der Welt des Mißerfolgs und der Kapitulation), kam in Gestalt dieser angriffslustigen Mannschaft auf sie zu, als wollte sie sie in einer dieser Drahtschlingen wegschleifen.

Auf einem sandigen Weg des Parks stand ein etwa zwölfjähriger Junge und rief verzweifelt nach seinem Hündchen, das sich im Gebüsch tummelte. Statt des Hundes kam jedoch Rosas Vater mit der Stange angerannt. Der Junge verstummte auf der Stelle. Er hatte Angst, den Hund herbeizurufen, weil er wußte, daß der Alte ihn mit der Stange wegschleppen würde. Er lief also weiter auf dem Weg, um dem Alten zu entrinnen, doch der Alte lief ebenfalls los. Nun rannten sie nebeneinander her. Rosas Vater mit der Stange und der Junge, der im Laufen zu schluchzen begann. Dann kehrte der Junge um und lief wieder zurück. Auch Rosas Vater kehrte um. Wieder rannten sie nebeneinander her.

Da tauchte der Dackel aus dem Gebüsch auf. Rosas Vater streckte die Stange nach ihm aus, aber das Hündchen sprang zur Seite und rannte auf den Jungen zu, der es aufhob und an seinen Körper preßte. Andere Alte kamen Rosas Vater zu Hilfe, sie rissen dem Jungen den Dackel aus den Armen. Der Junge weinte, schrie und schlug um sich, so daß die Alten ihm die Arme auf den Rücken drehen und den Mund zuhalten mußten, da sein Geschrei zu sehr die Aufmerksamkeit der

Passanten auf sich zog, die sich umsahen, sich jedoch fürchteten einzugreifen.

Sie mochte ihrem Vater und seinen Kumpanen nicht mehr länger zusehen. Aber wohin sollte sie gehen? In ihrem Zimmer lag ein ungelesener Kriminalroman, der sie nicht lockte, im Kino wurde ein Film gespielt, den sie schon kannte, und in der Halle des Richmond lief ewig der Fernseher. Sie entschied sich für das Fernsehen. Sie stand von der Bank auf und im Geschrei der Alten, das ununterbrochen von allen Seiten auf sie eindrang, wurde sie sich des Inhalts ihres Bauches wieder intensiv bewußt, und es schien ihr, er sei heilig. Er veränderte und erhöhte sie. Er unterschied sie von den rasenden Hundejägern. In ihrer unklaren Betrachtung ging ihr durch den Kopf, daß sie nicht aufgeben und nicht kapitulieren durfte, da sie im Bauch ihre einzige Hoffnung trug; ihre einzige Eintrittskarte in die Zukunft.

Als sie zum Rand des Parkes kam, bemerkte sie Jakub. Er stand vor dem Richmond auf dem Gehsteig und beobachtete die Szene im Park. Sie hatte ihn erst einmal gesehen, heute beim Mittagessen, aber sie hatte ihn sich eingeprägt. Die Patientin, die für einige Zeit ihre Nachbarin war und jedesmal an die Wand klopfte, wenn sie das Radio etwas lauter drehte, war ihr sehr zuwider, so daß sie alles, was mit ihr zusammenhing, mit wachem Widerwillen verfolgte.

Das Gesicht dieses Mannes gefiel ihr nicht. Es kam ihr ironisch vor, und Rosa haßte Ironie. Es schien ihr immer, als stünde die Ironie (jede Ironie) wie eine bewaffnete Wache vor dem Tor zu ihrer Zukunft, als musterte sie sie prüfend und schüttelte dann verneinend den Kopf. Sie streckte den Brustkorb vor und wollte mit der geballten Herausforderung ihrer Brüste und dem Stolz ihres Bauches an ihm vorbeigehen.

Aber dieser Mensch (sie beobachtete ihn nur aus dem Augenwinkel) sagte auf einmal mit zärtlicher, friedvoller Stimme: »Komm her . . . ja, komm her zu mir . . .«

Im ersten Moment begriff sie nicht, wie es möglich war, daß er sie so ansprach. Die Zärtlichkeit in seiner Stimme verwirrte sie, und sie wußte nicht, wie sie ihm antworten sollte. Aber dann sah sie sich um und bemerkte, wie dicht hinter ihr ein dicker Boxer mit häßlicher menschlicher Schnauze trottete.

Jakubs Stimme hatte den Hund herbeigelockt. Er nahm ihn am Halsband: »Komm mit mir, sonst nimmt es mit dir ein schlimmes Ende.« Der Hund hob seinen zutraulichen Kopf, aus dem die Zunge wie ein fröhliches Fähnchen hing, zu Jakub empor.

Es war ein Augenblick der Erniedrigung, lächerlich, nichtig und dennoch deutlich: er hatte weder ihre Herausforderung noch ihren Stolz zur Kenntnis genommen. Sie hatte geglaubt, daß er zu ihr sprach, und dabei sprach er zu einem Hund. Sie ging an ihm vorbei und blieb auf den Eingangsstufen zum Richmond stehen.

Über die Straße stürmten zwei Alte mit Stangen auf Jakub zu. Sie beobachtete das boshaft und konnte nicht anders, als auf der Seite der Alten zu sein.

Jakub führte den Hund am Halsband die Treppe hinauf, und ein Alter schrie: »Lassen Sie diesen Hund sofort los!«

Und der zweite: »Im Namen des Gesetzes!«

Jakub beachtete die Alten nicht und schritt weiter aus, eine Stange neigte sich aber schon von hinten an seine Seite, und die Drahtschlinge baumelte unsicher über dem Kopf des Boxers.

Jakub packte das Ende der Stange und stieß es weg.

Da lief ein dritter Alter herbei und schrie: »Das ist Behinderung einer Amtshandlung! Ich rufe die Polizei!«

Und die hohe Stimme eines anderen Alten lamentierte: »Er ist im Park herumgelaufen! Er ist gesetzwidrig auf dem Kinderspielplatz herumgelaufen. Er hat den Kindern den Sand verpißt! Sind Ihnen Kinder lieber oder Hunde?«

Rosa beobachtete diese Szene vom oberen Treppenabsatz aus, und der Stolz, den sie eben noch in ihrem Bauch gespürt hatte, stieg in den ganzen Körper und erfüllte sie mit trotziger Kraft. Jakub stieg mit dem Hund die Treppe empor auf sie zu, und sie sagte: »Hier darf der Hund nicht herein.«

Jakub antwortete ihr mit ruhiger Stimme, sie konnte jedoch nicht mehr zurück. Sie stellte sich breitbeinig in die Tür des Richmond und wiederholte: »Dieses Gebäude ist für Patienten und nicht für Hunde bestimmt. Der Hund darf nicht herein.«

»Sie möchten wohl auch so eine Stange mit einer Schlinge in der Hand haben, Fräulein?« sagte Jakub und drängte sich mit dem Hund durch die Tür.

Rosa hörte in Jakubs Satz die verhaßte Ironie, die sie wie mit einem Fußtritt dorthin zurückstieß, wo sie hergekommen war und wo sie nicht sein wollte. Wut trübte ihren Blick. Sie packte den Hund am Halsband. Jetzt hielten beide ihn fest. Jakub zerrte ihn ins Innere und sie zerrte ihn nach draußen.

Jakub packte Rosa am Handgelenk und riß sie so heftig vom Halsband weg, daß sie taumelte.

»Sie würden auch lieber Hunde statt Kinder im Kinderwagen spazierenfahren!« schrie sie ihm nach.

Jakub sah sich nach ihr um, und ihre Blicke trafen sich in der Schwere eines plötzlichen, blanken Hasses.

8.

Der Boxer lief neugierig im Zimmer umher, als ahnte er nicht im geringsten, daß er einer Gefahr entronnen war. Jakub legte sich aufs Sofa und dachte nach, was er mit ihm machen sollte. Der Hund gefiel ihm, er war gutmütig und lustig. Die Sorglosigkeit, mit der er sich innerhalb weniger Minuten in einem fremden Zimmer heimisch fühlte, und die Art, wie er sich mit einem fremden Mann anfreundete, war fast verdächtig und schien an Dummheit zu grenzen. Als er alle Ecken des Raums beschnüffelt hatte, sprang er zu Jakub aufs Sofa und legte sich neben ihn. Jakub war überrascht, nahm diese Äußerung der Kameradschaft aber widerspruchslos an. Er legte seine Hand auf den Nacken des Hundes und spürte die Wärme des Tierkörpers mit Genuß. Hunde hatte er schon immer gemocht. Sie waren nahe, anschmiegsam, ergeben und zugleich völlig unverständlich. Nie würde der Mensch wissen, was in den Köpfen und Herzen dieser zutraulichen und fröhlichen Boten einer fremden, dem Menschen unverständlichen Natur vorging.

Er kraulte den Nacken des Hundes und dachte an die Szene, deren Zeuge er gerade geworden war. Die älteren Männer mit den langen Stangen verschwammen für ihn mit den Gefängniswärtern, den Untersuchungsbeamten und den Denunzianten, die schnüffelten, ob der Nachbar nicht etwa in einem Laden politische Reden hielt. Was trieb diese Menschen zu ihrer traurigen Tätigkeit? Boshaftigkeit? Gewiß, aber auch die Sehnsucht nach Ordnung. Denn die Sehnsucht nach Ordnung will die menschliche Welt in ein anorganisches Reich verwandeln, in dem alles klappt, funktioniert, einer überpersönlichen Ordnung unterworfen ist. Die Sehnsucht nach Ordnung ist zugleich eine Sehnsucht nach dem Tod, denn das Leben ist ein ständiges Übertreten von Ordnung. Oder umgekehrt: die Sehnsucht nach Ordnung ist ein tugendhafter Vorwand, mit dem der Haß auf die Menschen sein rasendes Tun entschuldigt.

Und dann rief er sich die junge blonde Frau in Erinnerung, die nicht gewollt hatte, daß er das Richmond mit dem Hund betrat, und er empfand für sie einen schmerzhaften Haß. Die Alten mit den Stangen hatten ihn nicht so sehr irritiert, er kannte sie gut, mit denen rechnete er, er hatte nie bezweifelt, daß sie existierten, existieren mußten und stets seine Verfolger sein würden. Aber diese Frau, das war seine ewige Niederlage. Sie war hübsch und hatte die Bühne durchaus nicht als Verfolgerin, sondern als Zuschauerin betreten, die vom Gesehenen mitgerissen wurde und sich mit den Verfolgern identifizierte. Jakub empfand stets ein Grausen darüber, daß diejenigen, die zuschauten, willig waren, das Opfer für den Henker festzuhalten. Aus dem Henker war nämlich im Laufe der Zeit eine nachbarlich vertraute Figur geworden, während der Verfolgte nach etwas Aristokratischem roch. Die Seele der Masse, die sich vielleicht früher mit den verfolgten Armseligen identifiziert hatte, identifizierte sich heute mit der Armseligkeit der Verfolger. Denn die Jagd auf den Menschen ist in unserem Jahrhundert zur Jagd auf die Privilegierten geworden: auf diejenigen, die Bücher lesen oder Hunde haben.

Er spürte den warmen Hundeleib unter seiner Hand und sagte sich, daß dieses blonde Mädchen gekommen war, um ihm in einer geheimen Anspielung zu verraten, daß er in diesem Land nie geliebt sein würde und sie, die Abgesandte des Volkes, ihn immer gern festhalten würde für Männer, die eine Stange mit einer Schlinge nach ihm ausstreckten. Er umarmte den Hund und drückte ihn an sich. Es schien ihm, als dürfte er ihn hier nicht ausgeliefert zurücklassen, als sollte er ihn aus diesem Land mitnehmen, als Erinnerung an die Verfolgungen, als einer der Entronnenen. Und dann stellte er sich vor, daß er diesen lustigen Köter bei sich verstecken würde, als wäre er ein von der Polizei Gejagter, und er hatte Lust zu lachen.

Es klopfte an die Tür und Skreta trat ein: »Höchste Zeit, daß du nach Hause kommst. Ich suche dich schon den ganzen Nachmittag. Wo treibst du dich herum?«

»Ich war mit Olga zusammen und . . .« Er wollte ihm die Geschichte mit dem Hund erzählen, doch Skreta unterbrach ihn:

»Das hätte ich mir denken können. So die Zeit zu vergeuden, wo wir so viele Dinge zu besprechen haben. Ich habe Bertlef bereits gesagt, daß du hier bist, und es arrangiert, daß er uns zu sich einlädt.«

In diesem Moment sprang der Hund vom Sofa, ging auf den Arzt zu, stellte sich auf die Hinterpfoten und legte ihm die Vorderpfoten auf die Brust. Skreta kraulte den Hund am Hals, und ohne sich über irgend etwas zu wundern, sprach er ihn an: »Na, Bobesch, ja, du bist artig . . .«

»Das ist Bobesch?«

»Ja, das ist Bobesch«, bekräftigte Skreta und erklärte, der Hund gehöre den Wirtsleuten eines Waldrestaurants in der Nähe des Badestädtchens; jeder kenne den Hund, da er gern herumstreune.

Der Hund begriff, daß von ihm die Rede war, und er freute sich. Er wedelte mit dem Schwanz und versuchte, Skreta das Gesicht zu lecken.

Doktor Skreta sagte: »Du bist ein hervorragender Psychologe. Du mußt ihn heute gut studieren. Ich weiß nicht, wie ich ihn nehmen soll. Ich habe große Pläne mit ihm.«

»Diese Heiligenbilder?«

»Heiligenbilder sind Blödsinn«, sagte Skreta. »Es geht um Wichtigeres. Ich möchte, daß er mich adoptiert.«

»Adoptiert?«

»Als Sohn. Das ist für mich das Ding meines Lebens. Bin ich erst sein Sohn, bekomme ich automatisch die amerikanische Staatsbürgerschaft.«

»Willst du auswandern?«

»Das nicht. Ich mache hier gerade ausgedehnte Versuche, und dic möchte ich nicht unterbrechen. Darüber will ich heute auch noch mit dir reden, weil ich dich dafür brauchen werde. Aber mit einem amerikanischen Paß könnte ich frei in der Welt herumreisen. Auf andere Weise kommt ein gewöhnlicher Mensch nicht fort von hier. Und ich würde mir wahnsinnig gern Island anschauen.«

»Warum ausgerechnet Island?«

»Nirgends kann man besser Lachse fangen«, sagte Skreta und fuhr fort: »Die Komplikation liegt darin, daß Bertlef nur sieben Jahre älter ist als ich. Ich werde ihm klarmachen müssen, daß eine Adoptivvaterschaft ein rechtlicher Status ist, der nichts mit einer natürlichen Vaterschaft zu tun hat, und daß er theoretisch auch mein Adoptivvater sein könnte, wenn er jünger wäre als ich. Er wird es vielleicht begreifen, aber seine Frau ist unglaublich jung. Sie ist eine meiner Patientinnen. Übermorgen kommt sie hier an. Ich habe Mimi in die Hauptstadt geschickt, damit sie sie am Flughafen erwartet.«

»Mimi kennt deinen Plan?«

»Natürlich. Ich habe ihr aufgetragen, um jeden Preis die Sympathie ihrer künftigen Schwiegermutter zu gewinnen.«

»Und dieser Amerikaner? Was meint der dazu?«

»Das ist das größte Problem. Dieser Kerl ist nicht imstande, etwas zu erraten. Darum brauche ich dich, damit du ihn studierst und mir rätst, wie ich es anstellen soll.«

Skreta sah auf die Uhr und verkündete, Bertlef warte bereits.

»Aber was machen wir mit Bobesch?«

»Wie bist du zu ihm gekommen?« sagte Skreta.

Jakub erzählte seinem Freund, wie er dem Hund das Leben gerettet hatte, doch Skreta war zu sehr in seine Gedanken versunken und hörte nur zerstreut zu. Als Jakub zu Ende gesprochen hatte, sagte er:

»Die Frau Wirtin ist eine Patientin von mir. Vor zwei Jahren hat sie ein schönes Kindlein geboren. Sie haben Bobesch sehr gern, du solltest ihn morgen zu ihnen bringen. Vorläufig geben wir ihm ein Schlafpulver, damit er uns nicht stört.«

Er nahm ein Röhrchen aus der Tasche und schüttete eine Tablette heraus. Er zog den Hund zu sich, öffnete ihm die Schnauze und warf die Tablette in seinen Schlund.

»Bald wird er süß schlafen«, sagte er und führte Jakub aus dem Zimmer.

9.

Bertlef begrüßte die beiden Gäste, und Jakub sah sich im Raum um. Dann trat er vor ein Bild, auf dem ein bärtiger Heiliger dargestellt war. »Ich habe gehört, Sie malen«, sagte er zu Bertlef.

»Ja«, antwortete Bertlef, »das ist der Heilige Lazarus, mein Schutzpatron.«

»Wie kommt es, daß Sie ihm einen blauen Heiligenschein gemalt haben?« wunderte sich Jakub.

»Ich bin froh, daß Sie fragen. Gewöhnlich schauen die Leute ein Bild an und wissen überhaupt nicht, was sie sehen. Ich habe den Heiligenschein ganz einfach blau gemalt, weil ein Heiligenschein in Wirklichkeit blau ist.«

Jakub wunderte sich wieder, und Bertlef fuhr fort: »Menschen, die durch besonders starke Liebe an Gott hängen, werden dafür mit einer heiligen Freude belohnt, die sich in ihrem Innern ausbreitet und nach außen strahlt. Das Licht dieser göttlichen Freude ist mild und ruhig, und es hat die Farbe des Himmels.«

»Moment«, unterbrach ihn Jakub, »Sie glauben, der Heiligenschein sei mehr als nur ein künstlerisches Symbol?«

»Natürlich«, sagte Bertlef. »Stellen Sie sich aber nicht vor, daß er unablässig über den Häuptern der Heiligen strahlt und die Heiligen wie wandelnde Laternen auf der Welt herumwandern. Natürlich nicht. Nur in bestimmten Momenten großer innerer Freude verbreiten sie einen bläulichen Schein. In den ersten Jahrhunderten nach Jesu Tod, als es noch viele Heilige gab und viele Menschen, die sie gut kannten, zweifelte niemand an der Farbe des Heiligenscheins, und Sie finden das Blau auf allen Gemälden und Fresken jener Zeit. Erst vom fünften Jahrhundert an begannen die Maler nach und nach, ihn auch in anderen Farben darzustellen, zum Beispiel in Orange und Gelb. In der Gotik nur noch golden. Das war dekorativer und brachte die irdische Macht und den

Ruhm der Kirche besser zum Ausdruck. Aber dem wirklichen Heiligenschein glich das so wenig wie die damalige Kirche dem ursprünglichen Christentum.«

»Das habe ich nicht gewußt«, sagte Jakub, und Bertlef ging zum Schrank, in dem die alkoholischen Getränke standen. Er beriet sich eine Weile mit den Gästen, welcher Flasche der Vorzug zu geben sei. Dann füllte er drei Gläser mit Cognac und wandte sich an Doktor Skreta:

»Ich hoffe, Sie vergessen diesen unglücklichen Vater nicht. Es liegt mir sehr viel daran.«

Skreta versicherte Bertlef, daß alles ein gutes Ende nehmen werde, und Jakub fragte, worum es gehe. Als er die Erklärung erhalten hatte (würdigen wir die noble Diskretion der beiden Männer: auch vor Jakub verrieten sie keinen Namen), äußerte er großes Mitgefühl mit dem unbekannten Schwängerer:

»Wer von uns hat ein solches Martyrium nicht schon durchgemacht! Das ist eine der schweren Prüfungen. Diejenigen, die dabei unterliegen und gegen ihren Willen Vater werden, erleiden eine lebenslängliche Niederlage. Sie werden dann böse wie alle Menschen, die verloren haben, und sie wünschen allen anderen dasselbe Los.«

»Mein Freund!« rief Bertlef, »so sprechen Sie vor einem glücklichen Vater! Wenn Sie noch zwei, drei Tage hier bleiben, werden Sie meinen hübschen Sohn sehen und widerrufen, was Sie eben gesagt haben!«

»Ich werde nicht widerrufen«, sagte Jakub, »weil Sie nicht wider Willen Vater geworden sind!«

»Nein, das schwöre ich. Ich bin aus eigenem Willen Vater, und aus dem Willen von Doktor Skreta.«

Doktor Skreta nickte zufrieden und verkündete, daß auch er über die Vaterschaft anderer Ansicht sei als Jakub, wovon übrigens der gesegnete Zustand seiner teuren Mimi zeuge. »Das einzige«, fügte er hinzu, »was mich zu einer gewissen Skepsis der Vermehrung gegenüber führt, ist die unvernünftige Auswahl der Eltern. Unglaublich, was für widerliche

Individuen beschließen, sich zu vermehren. Sie vermuten offensichtlich, die Last der Häßlichkeit wird leichter, wenn man sie mit der Nachkommenschaft teilt.«

Bertlef nannte Doktor Skretas Standpunkt ästhetischen Rassismus: »Vergessen Sie nicht, daß nicht nur Sokrates ein Scheusal war, sondern auch viele berühmte Mätressen sich nicht gerade durch körperliche Perfektion auszeichneten. Ästhetischer Rassismus ist fast immer ein Ausdruck von Unerfahrenheit. Diejenigen, die in der Welt der Liebesfreuden nicht sehr weit vorgedrungen sind, können die Frauen nur nach dem beurteilen, was sie sehen. Aber diejenigen, die sie wirklich kennen, wissen, daß die Augen nur fähig sind, einen unwesentlichen Bruchteil dessen zu erfassen, was eine Frau bieten kann. Als Gott die Menschen aufforderte, sich zu lieben und zu vermehren, meinte er damit, Herr Doktor, die häßlichen wie die schönen. Im übrigen bin ich davon überzeugt, daß die ästhetischen Kriterien vom Teufel und nicht von Gott stammen. Im Paradies hat niemand Häßlichkeit von Schönheit unterschieden.«

Dann mischte sich Jakub in die Debatte und sagte, daß ästhetische Gründe bei seinem Widerwillen, sich zu vermehren, keine Rolle spielten: »Ich könnte aber zehn andere Gründe dafür anführen, warum ich nicht Vater werden will.«

»Reden Sie, ich bin neugierig«, sagte Bertlef.

»Vor allem mag ich die Mutterschaft nicht«, sagte Jakub und wurde nachdenklich. »Die moderne Zeit hat schon alle Mythen demaskiert. Die Kindheit ist längst nicht mehr eine Zeit der Unschuld. Freud hat die Sexualität des Säuglings entdeckt und uns allen von Ödipus erzählt. Nur Jokaste ist noch immer verhüllt, und niemand wagt, ihr den Schleier abzureißen. Die Mutterschaft ist das letzte und größte Tabu, und in ihr verbirgt sich auch der größte Fluch. Es gibt keine stärkere Bindung als die der Mutter zum Kind. Diese Bindung verstümmelt die Seele des Kindes für immer, und das Erwachsenwerden eines Sohnes bereitet der Mutter die grausamsten Liebesqualen, die es gibt. Ich sage, Mutterschaft ist ein Fluch, und ich will sie nicht vergrößern.«

»Weiter«, sagte Bertlef.

»Noch aus einem anderen Grund will ich die Mütter nicht vermehren«, sagte Jakub irgendwie verlegen. »Ich liebe den weiblichen Körper, und mir ekelt vor der Vorstellung, wie aus einer geliebten Brust eine Milchtüte wird.«

»Weiter«, sagte Bertlef.

»Der Herr Doktor wird uns bestimmt bestätigen können, daß Ärzte und Schwestern Frauen, die nach einem Schwangerschaftsabbruch im Krankenhaus liegen, viel schlechter behandeln als Gebärende. Sie äußern für die ersteren eine gewisse Verachtung, obwohl auch sie mindestens einmal im Leben einen solchen Eingriff benötigen. Diese Verachtung ist in ihrem Innern aber stärker als jedes vernünftige Argument, da der Kult des Gebärens ein Diktat der Natur ist. Suchen Sie darum im Propagieren der Vermehrung kein vernünftiges Argument. Glauben Sie etwa, in der Populationsmoral der Kirche erklinge die Stimme Jesu oder in der kommunistischen Propagierung des Gebärens spreche Marx zu einem? Aus lauter Lust, das eigene Geschlecht zu erhalten, wird die Menschheit auf der kleinen Erde bald ersticken. Aber die Vermehrungspropaganda wird weitergeführt, und das Publikum ist zu Tränen gerührt, wenn es das Bild einer stillenden Mutter oder eines grinsenden Säuglings sieht. Davor ekelt mir. Wenn ich mir vorstelle, daß ich mich mit einer Million anderer Enthusiasten mit stumpfsinnigem Lächeln über einen Kinderwagen beugen soll, läuft mir ein Schauder über den Rücken.«

»Weiter«, sagte Bertlef.

»Und ich muß natürlich auch daran denken, in was für eine Welt ich das Kind stelle. Bald schon würde die Schule es mir wegnehmen und ihm Unwahrheiten eintrichtern, gegen die ich selbst mein Leben lang vergeblich gekämpft habe. Sollte ich zusehen, wie mein Nachkomme zu einem konformen Idioten heranwächst? Oder sollte ich ihm meine eigene Gedankenwelt vermitteln und dann mit ansehen, wie er unglücklich wird, weil er in die gleichen Konflikte verstrickt wird wie ich?«

»Weiter«, sagte Bertlef.

»Und ich muß freilich auch an mich denken. In diesem Land werden die Kinder für den Ungehorsam ihrer Eltern und die Eltern für den Ungehorsam ihrer Kinder bestraft. Wie viele junge Leute wurden vom Studium ausgeschlossen, weil ihre Eltern in Ungnade gefallen waren! Und wie viele Eltern fanden sich für das ganze Leben mit der Feigheit ab, nur, um ihren Kindern nicht zu schaden! Wer sich hier wenigstens eine gewisse Freiheit bewahren will, darf keine Kinder haben«, sagte Jakub und verstummte.

»Es bleiben Ihnen noch fünf Gründe, damit es zehn sind«, sagte Bertlef.

»Der letzte Grund wiegt so schwer, daß er für fünf zählt«, sagte Jakub. »Ein Kind zu haben, bedeutet absolute Zustimmung zum Menschen. Habe ich ein Kind, ist es, als sagte ich: ich bin geboren worden, habe das Leben gekostet und festgestellt, es ist so gut, daß es verdient, wiederholt zu werden.«

»Und Sie haben das Leben nicht für gut befunden?« fragte ihn Bertlef.

Jakub versuchte, präzise zu sein und sagte vorsichtig: »Ich weiß nur, daß ich nie aus der Tiefe meiner Überzeugung sagen könnte: der Mensch ist ein vorzügliches Geschöpf, und ich möchte ihn wiederholen.«

»Das kommt daher, weil du das Leben nur von einer und von der schlimmsten Seite kennengelernt hast«, sagte Doktor Skreta. »Du hast es nie verstanden zu leben. Hast immer gedacht, es sei deine Pflicht, dabei zu sein, wie man so sagt. Im Mittelpunkt des Geschehens zu stehen. Aber was war denn dein Geschehen? Die Politik. Und die Politik ist das Unwesentlichste, das am wenigsten Wertvolle im Leben. Die Politik ist der schmutzige Schaum auf dem Fluß, während sich das eigentliche Leben des Flusses in viel größerer Tiefe abspielt. Die Erforschung der weiblichen Fruchtbarkeit dauert schon Tausende von Jahren. Es ist eine verläßliche, solide Geschichte. Und es ist ihr völlig gleichgültig, welche Regierung gerade an der Macht ist. Ich, der ich einen Gummihandschuh überstreife und weibliche Organe untersuche, stehe viel eher im Mittelpunkt des Lebens als du, der du vor lauter Sorge um das Wohl der Menschheit fast ums Leben gekommen bist.«

Anstatt sich zu wehren, pflichtete Jakub den Vorwürfen seines Freundes bei, so daß Doktor Skreta ermutigt fortfuhr: »Archimedes vor seinen Kreisen, Michelangelo vor einem Stück Stein, Pasteur vor seinen Reagenzgläsern, nur sie haben das Leben der Menschen verändert und wirkliche Geschichte geschrieben, während die Politiker . . .« Skreta verstummte und winkte verächtlich ab.

»Während die Politiker?« fragte Jakub und fuhr fort: »Ich will es dir sagen. Wenn Wissenschaft und Kunst in Wirklichkeit die eigentliche, wahre Arena der Geschichte sind, ist die Politik im Gegensatz dazu ein geschlossenes wissenschaftliches Labor, in dem nie dagewesene Experimente mit dem Menschen gemacht werden. Menschliche Versuchsexemplare verschwinden dort in der Versenkung und werden wieder auf die Bühne geholt, verführt vom Applaus und erschreckt durch den Strang, denunziert und zur Denunziation gezwungen. Ich habe als Laborant in diesem Labor gearbeitet, und einige Male diente ich auch als Opfer der Vivisektion. Ich weiß, daß ich keine Werte geschaffen habe (ebensowenig wie jene, die dort mit mir arbeiteten), aber ich habe besser als andere erkannt, was der Mensch ist.«

»Ich verstehe Sie«, sagte Bertlef, »und ich kenne dieses Labor, obwohl ich selbst nie Laborant, sondern immer nur Meerschweinchen war. Der Krieg hat mich in Deutschland überrascht. Die Frau, die ich damals liebte, verriet mich an die Gestapo. Sie waren zu ihr gekommen und hatten ihr ein Foto gezeigt, auf dem ich eine andere Frau umarmte. Sie war verletzt, und Sie wissen, daß die Liebe oft die Form des

Hasses annimmt. Ich ging mit dem merkwürdigen Gefühl ins Gefängnis, daß die Liebe mich dorthin geführt hatte. Ist es nicht herrlich, in die Hände der Gestapo zu geraten und zu wissen, daß es sich eigentlich um ein Privileg eines Menschen handelt, der zu sehr geliebt wird?«

Jakub antwortete: »Wenn mich etwas am Menschen zutiefst anwidert, dann die Tatsache, daß seine Grausamkeit, Niedrigkeit und Beschränktheit es verstehen, sich ein lyrisches Antlitz aufzusetzen. Diese Frau schickte Sie in den Tod und erlebte es als sentimentale Tat verletzter Liebe. Und Sie kamen wegen einer beschränkten Frau unter den Galgen und hatten das Gefühl, eine Rolle in einer Tragödie zu spielen, die Shakespeare für Sie geschrieben hatte.«

»Nach dem Krieg ist sie weinend zu mir gekommen«, fuhr Bertlef fort, als hätte er Jakubs Einwände nicht gehört, »und ich sagte zu ihr: Fürchte dich nicht, Bertlef rächt sich nie.«

»Wissen Sie«, sagte Jakub, »ich denke oft an König Herodes. Sie kennen die Geschichte. Er hatte angeblich erfahren, daß der nächste König der Juden geboren worden war, so daß er aus Angst um seinen Thron alle Kleinkinder ermorden ließ. Ich stelle mir Herodes anders vor, obwohl ich weiß, daß es nur ein Spiel von Vorstellungen ist. Meines Erachtens war Herodes ein gebildeter, weiser und sehr edler König, der lange im Labor der Politik gearbeitet und erkannt hatte, was das Leben und was der Mensch ist. Dieser Mann hatte begriffen, daß der Mensch nicht hätte erschaffen werden dürfen. Im übrigen waren seine Bedenken nicht so unangebracht und sündhaft. Wenn ich mich nicht irre, hat der Herr selbst Zweifel am Menschen bekommen und mit dem Gedanken gespielt, dieses Werk wieder zu vernichten.«

»Ja«, pflichtete Bertlef bei, »darüber schreibt Moses im sechsten Kapitel der Genesis: Ich will die Menschen, die ich geschaffen habe, vertilgen von der Erde, denn es reut mich, daß ich sie gemacht habe.«

»Und es war vielleicht nur ein Moment der Schwäche des

Herrn, daß er am Ende Noah erlaubte, sich auf seine Arche zu retten und die Geschichte der Menschheit so von neuem zu beginnen. Können wir sicher sein, daß Gott diese Schwäche nie bereut hat? Nur, ob er es bereut hat oder nicht, ändern ließ sich nichts mehr. Gott kann sich nicht lächerlich machen, indem er seine Entscheidungen unablässig ändert. Was aber, wenn er es selbst war, der seinen Gedanken in den Kopf des Herodes gesandt hatte? Können wir das ausschließen?«

Bertlef zuckte mit den Schultern und sagte nichts.

»Herodes war ein König. Er trug nicht nur für sich allein die Verantwortung. Er konnte nicht wie ich sagen: sollen die andern tun, was sie wollen, ich werde mich nicht vermehren. Herodes war ein König und wußte, daß er nicht nur für sich, sondern auch für andere entscheiden mußte, und er entschied für die Menschheit, daß der Mensch sich nicht mehr wiederholen werde. Und so begann das Morden der Kleinkinder. Es geschah nicht aus niedrigen Beweggründen heraus, wie sie ihm die Tradition zuschreibt. Herodes wurde von der edelsten Bemühung geleitet, die Welt endlich aus den Klauen des Menschen zu befreien.«

»Ihre Interpretation von Herodes gefällt mir ganz gut«, sagte Bertlef. »Sie gefällt mir so gut, daß ich mir die Ermordung der Neugeborenen von heute an so vorstellen werde wie Sie. Aber vergessen Sie nicht, gerade zu der Zeit, da Herodes beschloß, daß die Menschheit aufhören sollte zu existieren, wurde zu Bethlehem ein Knäblein geboren, das seinem Messer entrann. Und dieser Knabe wuchs heran und sprach zu den Menschen, daß nur etwas vonnöten sei, damit es sich lohne zu leben: sich gegenseitig zu lieben. Vielleicht war Herodes gebildeter und erfahrener. Jesus war im Grunde genommen ein Jüngling und wußte vermutlich nicht viel vom Leben. Vielleicht läßt sich seine ganze Lehre nur durch seine Jugend und seine Unerfahrenheit erklären. Durch seine Naivität, wenn Sie so wollen. Und dennoch besaß er die Wahrheit.«

»Die Wahrheit? Und wer hat diese Wahrheit bewiesen?« fragte Jakub kämpferisch.

»Niemand«, sagte Bertlef. »Niemand hat sie bewiesen, und niemand wird sie beweisen. Jesus hat seinen Vater sehr geliebt, und er konnte es nicht zulassen, daß dessen Werk ein schlechtes Ende nahm. Zu diesem Schluß wurde er von der Liebe und nicht von der Vernunft geleitet. Den Streit zwischen ihm und Herodes kann also nur unser Herz entscheiden. Lohnt es sich, ein Mensch zu sein, oder lohnt es sich nicht? Ich habe keinen Beweis dafür, aber ich glaube mit Jesus, daß es sich lohnt.« Dann wies er lächelnd auf Doktor Skreta: »Deshalb habe ich schließlich meine Frau hierher geschickt, damit sie sich bei Doktor Skreta kuriert; er ist in meinen Augen einer der heiligen Jünger von Jesus, vermag er doch Wunder zu vollbringen und schlummernde weibliche Organe zum Leben zu erwecken. Ich trinke auf sein Wohl!«

10.

Jakub hatte sich Olga gegenüber stets väterlich seriös verhalten und nannte sich selbst gern scherzhaft »alter Herr«. Sie wußte aber, daß er viele Frauen hatte, die er ganz anders behandelte, und sie beneidete diese darum. Heute war ihr zum ersten Mal der Gedanke gekommen, daß Jakub doch etwas Altes an sich hatte. Sein Verhalten ihr gegenüber hatte den muffigen Geruch, den die ältere Generation auf junge Menschen oft ausstrahlt.

Ältere Herren erkennt man daran, daß sie mit vergangenen Qualen prahlen und diese in ein Museum verwandeln, in das sie Besucher einladen (ach, diese trostlosen Museen sind so schlecht besucht!). Olga begriff, daß sie das lebende Hauptexponat in Jakubs Museum war und seine edle, selbstlose Beziehung zu ihr dazu bestimmt war, die Besucher zum Weinen zu bringen.

Heute hatte sie das wertvollste nicht lebende Exponat des Museums kennengelernt: die blaßblaue Tablette. Als er sie vor ihr auspackte, wunderte sie sich, daß sie kein bißchen ergriffen war. Sie verstand zwar, daß Jakub in schweren Stunden an Selbstmord gedacht hatte. Das Pathos aber, mit dem er ihr das mitteilte, kam ihr lächerlich vor. Lächerlich schien ihr, mit welcher Vorsicht er die Tablette aus dem Seidenpapier wickelte, als handelte es sich um einen kostbaren Diamanten. Und sie begriff nicht, warum er sie am Tag seiner Abreise Doktor Skreta zurückgeben wollte, wenn er im selben Moment verkündete, jeder erwachsene Mensch sollte unter allen Umständen Herr über seinen Tod sein. Könnte Jakub denn im Ausland nicht an Krebs erkranken und das Gift ebenso benötigen? Aber nein, für Jakub war die Tablette nicht einfach ein simples Gift, sondern ein symbolisches Requisit, das er jetzt in einer Art sakralem Ritual dem Hohepriester abliefern mußte. Es war zum Lachen.

Sie kam vom Badehaus zurück und ging auf das Richmond zu. Trotz aller boshafter Gedanken freute sie sich auf Jakub. Sie hatte große Lust, sein Museum zu entwürdigen und sich darin nicht wie ein Exponat, sondern wie eine Frau zu benehmen. Darum war sie etwas enttäuscht, als sie an seiner Tür die Nachricht fand, sie möge ins Nebenzimmer kommen. Die Gesellschaft anderer Leute nahm ihr den Mut umso mehr, als sie Bertlef nicht kannte und Doktor Skreta sich ihr gegenüber gewöhnlich liebenswürdig, aber sichtlich gleichgültig verhielt.

Bertlef befreite sie aber rasch von ihrer Schüchternheit, er stellte sich ihr mit einer tiefen Verbeugung vor und tadelte Doktor Skreta, daß er ihn bisher noch nicht mit einer so interessanten Frau bekannt gemacht habe.

Skreta antwortete, das Mädchen sei ihm von Jakub anbefohlen worden und er habe sie Bertlef bewußt nicht vorgestellt, weil er wisse, daß keine Frau ihm widerstehen könne.

Bertlef akzeptierte diese Entschuldigung mit fröhlicher

Genugtuung. Dann hob er den Hörer und bestellte im Restaurant das Abendessen.

»Unglaublich«, sagte Doktor Skreta, »wie unser Freund es geschafft hat, in diesem Provinznest, wo man in keinem Gasthaus ein anständiges Essen erhält, so komfortabel zu leben.«

Bertlef griff mit der Hand in die geöffnete Zigarrenschachtel, die neben dem Telefon lag und voll von silbernen Halbdollars war. »Man darf eben nicht geizig sein . . .«, sagte er lächelnd.

Jakub sagte, er habe bisher noch keinen Menschen gesehen, der begeistert an Gott glaube und dabei so genießerisch zu leben verstehe.

»Das kommt vermutlich daher, daß Sie noch nie einem wahren Christen begegnet sind. Das Wort Evangelium bedeutet, wie Sie wissen, frohe Botschaft. Sich des Lebens zu freuen, ist das wesentlichste Vermächtnis Jesu.«

Olga schien die Gelegenheit gekommen, sich ins Gespräch einzumischen: »Soweit ich mich auf das verlassen kann, was die Lehrer uns erzählt haben, sahen die Christen im irdischen Leben nur ein Jammertal und freuten sich darauf, daß das wahre Leben nach dem Tod anfinge.«

»Liebes Fräulein«, sagte Bertlef, »glauben Sie den Lehrern nicht.«

»Und alle Heiligen«, fuhr Olga fort, »haben nichts anderes getan, als dem Leben zu entsagen. Statt einander zu lieben, geißelten sie sich, statt sich zu unterhalten wie wir, gingen sie in die Wüste, und statt sich telefonisch ein Abendessen zu bestellen, kauten sie Wurzeln.«

»Sie verstehen die Heiligen überhaupt nicht, Fräulein. Es waren Menschen, die unendlich an den Genüssen des Lebens hingen, nur erreichten sie diese auf anderen Wegen. Was glauben Sie, ist für den Menschen der höchste Genuß? Sie können raten, würden aber schlecht raten, weil Sie nicht aufrichtig genug sind. Das ist kein Vorwurf, denn zur Aufrichtigkeit gehört Selbsterkenntnis, und zur Selbsterkenntnis ein gewisses Alter. Wie könnte ein Mädchen aufrichtig sein, das vor Jugend strahlt wie Sie? Sie kann nicht aufrichtig sein, weil sie nicht einmal weiß, was in ihr steckt. Wüßte sie es aber, müßte sie mit mir übereinstimmen, daß der größte Genuß darin liegt, bewundert zu werden. Meinen Sie nicht?«

Olga gab zur Antwort, sie kenne bessere Genüsse.

»Das tun Sie nicht«, sagte Bertlef. »Nehmen Sie diesen Läufer, den hierzulande jedes Kind kennt, der dreimal hintereinander die Olympiade gewonnen hat. Glauben Sie, er habe den Freuden des Lebens entsagt? Und dabei mußte er zweifellos, statt zu plaudern, zu lieben und zu schmausen, ständig auf einem Sportplatz im Kreis herum laufen. Sein Training sah dem sehr ähnlich, was unsere großen Heiligen getan haben. Makarios der Ägypter füllte, als er in der Wüste lebte, regelmäßig einen Korb mit Sand, band ihn sich auf den Rücken und wanderte damit viele Tage lang über die endlosen Ebenen, bis zur völligen Erschöpfung. Aber offensichtlich gab es für Ihren Läufer und für Makarios den Ägypter irgendeine große Entschädigung, die alle Mühen bei weitem wettmachte. Wissen Sie, was es bedeutet, den Beifall eines riesigen olympischen Amphitheaters zu hören? Es gibt keine größere Freude! Der Heilige Makarios wußte genau, weshalb er einen Korb mit Sand auf dem Rücken trug. Der Ruhm seiner Rekordreisen durch die Wüste verbreitete sich bald in der ganzen christlichen Welt. Makarios der Ägypter war wie Ihr Läufer. Dieser siegte zunächst über fünftausend, dann über zehntausend Meter, und schließlich ließ es ihm keine Ruhe, und er siegte auch noch im Marathon. Der sehnliche Wunsch nach Bewunderung ist unstillbar. Der Heilige Makarios kam unerkannt ins Kloster von Tabenst und bat, man möge ihn als Mitglied aufnehmen. Als dort die vierzigtägige Fastenzeit anbrach, war sein großer Augenblick gekommen. Während die anderen im Sitzen fasteten, stand er vierzig Tage lang! Das war ein Triumph, den Sie sich nicht einmal im Traum vorstellen können. Oder denken Sie an Symeon Stylites. Er errichtete in der Wüste eine Säule, auf der es nur eine kleine Plattform gab. Man konnte darauf nicht sitzen, nur stehen. Und er stand sein ganzes Leben lang dort, und die ganze christliche Welt bewunderte begeistert diesen unglaublichen Rekord, mit dem der Mensch gleichsam die menschlichen Grenzen überschritten hatte. Symeon Stylites war der Gagarin des dritten Jahrhunderts. Können Sie sich überhaupt vorstellen, welche Wonne die Heilige Agnes von Paris erfüllte, als sie von einer gallischen Handelsgesandtschaft erfuhr, daß Symeon Stylites von ihr wußte und sie von seiner Säule herab segnete? Und warum, denken Sie, versuchte er, seinen eigenen Rekord zu brechen? Etwa, weil ihm nichts am Leben und an den Menschen lag? Seien Sie nicht naiv! Die Kirchenväter wußten sehr wohl, daß der Heilige Symeon auf seiner Säule eitel war, und sie stellten ihn auf die Probe. Im Namen der geistlichen Obrigkeit befahlen sie, daß er von seiner Säule herabsteige und seinen Wettbewerb beende. Das war ein Schlag für Symeon Stylites! Er war aber so weise oder so listig, daß er gehorchte. Die Kirchenväter hatten nichts gegen seine Rekorde, sie wollten nur sicher sein, daß Symeons Eitelkeit nicht größer war als sein Gehorsam. Als sie sahen, wie er traurig von seiner Säule herabstieg, befahlen sie ihm, sofort wieder hinaufzusteigen, so daß Symeon Stylites auf seiner Säule sterben durfte, überhäuft von der Liebe und der Bewunderung der Welt.«

Olga hatte aufmerksam zugehört und bei den letzten Worten angefangen zu lachen.

»Eine so große Sehnsucht nach Bewunderung ist nicht lächerlich, sondern rührend«, sagte Bertlef. »Wer eine solche Sehnsucht hat, bewundert zu werden, hängt an den Menschen, er fühlt sich mit ihnen verbunden und kann ohne sie nicht leben. Symeon Stylites ist allein auf zwei Ellen Säule. Und dennoch ist er mit allen Menschen vereint! Er sieht in seinen Vorstellungen Millionen von Augen, die zu ihm emporschauen. Er ist in Millionen von Gedanken gegenwärtig und freut sich darüber. Er ist ein großes Beispiel für die Liebe zu den Menschen und für die Liebe zum Leben. Sie ahnen nicht, liebes Fräulein, wie lebendig dieser Symeon Stylites ständig in uns allen ist. Und wie er bis heute den besseren Pol unseres Wesens darstellt.«

Es klopfte an die Tür, und es erschien der Kellner, der ein Wägelchen mit Speisen vor sich her stieß. Er legte ein Tischtuch über den Tisch und begann, das Abendessen zu servieren. Bertlef griff in seine Zigarrenschachtel und steckte ihm eine Handvoll Münzen in die Tasche. Dann begannen alle zu essen, und der Kellner blieb hinter ihren Rücken stehen, goß Wein nach und trug einen Gang nach dem andern auf.

Bertlef kommentierte feinschmeckerisch das Aroma der einzelnen Gerichte, und Skreta sagte, er erinnere sich nicht mehr, wann er das letzte Mal so gut gegessen habe. »Vielleicht, als meine Mutter noch für mich kochte, aber da war ich noch sehr klein. Ich bin seit meinem fünften Lebensjahr Waise. Die Welt, die mich umgab, war fremd, und fremd kam mir auch die Küche vor. Die Liebe zum Essen wächst aus der Liebe zu den Menschen.«

»Das ist tatsächlich so«, sagte Bertlef und hob die Gabel mit einem Stück Rindfleisch.

»Einem verlassenen Kind schmeckt auch das Essen nicht mehr. Glauben Sie mir, bis heute tut es mir irgendwie weh, daß ich weder Vater noch Mutter hatte. Und glauben Sie mir, daß ich noch heute als alter Mann weiß Gott was dafür gäbe, einen Vater zu haben.«

»Sie überschätzen die Familienbindungen«, sagte Bertlef. »Alle Menschen sind Ihre Nächsten. Vergessen Sie nicht, was Jesus sagte, als man ihn zu seiner Mutter und seinen Brüdern zurückrufen wollte. Er zeigte auf seine Jünger und sagte: hier sind meine Mutter und meine Brüder.«

»Die heilige Kirche«, versuchte Doktor Skreta einzuwenden, »neigt aber nicht im geringsten dazu, die Familie aufzulösen oder sie durch eine freie Gemeinschaft aller zu ersetzen.«

»Die heilige Kirche und Jesus sind nicht dasselbe. Und Paulus, erlauben Sie mir die Bemerkung, ist in meinen Augen ein Nachfolger, aber auch ein Verfälscher von Jesus. Allein seine jähe Verwandlung von Saulus in Paulus! Haben wir denn nicht genug solcher leidenschaftlicher Fanatiker gekannt, die über Nacht einen Glauben für einen anderen eintauschten? Und es soll mir niemand sagen, Fanatiker würden von Liebe geführt! Sie sind Moralisten, die ihre zehn Gebote herunterleiern. Jesus jedoch war kein Moralist. Erinnern Sie sich, was er sagte, als man ihm vorwarf, den Sabbat nicht zu heiligen. Der Sabbat ist für den Menschen da und nicht der Mensch für den Sabbat. Jesus liebte die Frauen! Aber können Sie sich Paulus als Liebhaber vorstellen? Paulus würde mich verurteilen, weil ich die Frauen liebe. Nicht aber Jesus. Ich sehe nichts Schlechtes darin, die Frauen, viele Frauen zu lieben und von Frauen, von vielen Frauen geliebt zu werden.« Bertlef lächelte in glückseligem Selbstgefallen: »Freunde, ich hatte kein leichtes Leben und habe einige Male dem Tod in die Augen geschaut. In einer Sache war Gott aber freigebig mit mir. Ich hatte eine Vielzahl von Frauen, und sie haben mich geliebt.«

Die Schlemmer hatten ihr Mahl beendet, und der Kellner war dabei, den Tisch abzuräumen, als wieder ein Klopfen an der Tür zu hören war. Es war ein schwaches, schüchternes Klopfen, als wartete es auf Ermutigung. Bertlef sagte: »Herein.«

Die Tür ging auf und ein Kind trat ein. Es war ein etwa fünfjähriges Mädchen in einem weißen Rüschenkleidchen. Das Kleid wurde in der Taille von einem breiten weißen Band zusammengehalten, das hinten zu einer großen Schleife gebunden war, die zwei Flügelchen glich. In der Hand hielt das Mädchen eine Blume: eine große Dahlie. Als es so viele Leute im Raum sah, die alle verstummten und ihm ihre Blicke zuwandten, blieb es stehen und wagte nicht weiterzugehen.

Bertlef erhob sich, begann zu strahlen und sagte: »Hab keine Angst, mein Engelchen, komm.«

Als das Kind Bertlefs Lächeln bemerkte, schien es sich

daran zu klammern, es begann zu lachen und lief zu ihm hin. Bertlef nahm die Blume entgegen und küßte das Mädchen auf die Stirn.

Alle Tafelgenossen und auch der Kellner blickten voll Verwunderung auf diese Szene. Das Kind mit der großen weißen Schleife auf dem Rücken glich tatsächlich einem kleinen Engel. Und Bertlef, der mit der Dahlie in der Hand leicht gebeugt dastand, erinnerte an eine barocke Heiligenstatue, wie sie auf den Plätzen kleiner Städte stehen.

»Liebe Freunde«, wandte er sich an seine Gäste, »es war mir ein Vergnügen, in Ihrer Gesellschaft zu sein, und ich hoffe, es ist Ihnen ebenso ergangen. Ich säße noch gern mit Ihnen bis tief in die Nacht zusammen, aber Sie sehen, ich kann nicht. Dieser schöne Engel ruft mich zu jemandem, der auf mich wartet. Ich habe Ihnen gesagt, das Leben hat mich in mancherlei Hinsicht verfolgt, die Frauen aber haben mich geliebt.«

Bertlef hielt die Dahlienblüte vor seiner Brust, berührte mit der anderen Hand die Schulter des Mädchens und verneigte sich vor der kleinen Gesellschaft. Olga kam er lächerlich und theatralisch vor, und sie war froh, daß er ging und sie endlich mit Jakub allein sein würde.

Bertlef drehte sich um und schritt mit dem Mädchen zur Tür. Vorher aber hatte er noch in die Zigarrenschachtel gegriffen und sich eine gute Handvoll Silbermünzen in die Tasche gesteckt.

11.

Der Kellner stellte die leergegessenen Teller und die leergetrunkenen Flaschen auf den Servierwagen, und als er den Raum verlassen hatte, sagte Olga:

»Wer war dieses kleine Mädchen?«

»Ich habe es noch nie gesehen«, sagte Skreta.

»Es sah wirklich wie ein kleiner Engel aus«, sagte Jakub.

»Ein Engel, der ihm Liebhaberinnen vermittelt?« lachte Olga.

»Ja«, sagte Jakub, »ein Vermittlerengel. Ein Kupplerengel. Genau so sollte sein Schutzengel aussehen.«

»Ich weiß nicht, ob es ein Engel war«, sagte Skreta, »aber sonderbar ist es schon, daß ich dieses Mädchen noch nie gesehen habe, obwohl ich hier fast jeden kenne.«

»Dann gibt es dafür nur eine Erklärung«, sagte Jakub lächelnd, »es war nicht von dieser Welt.«

»Ob es nun ein Engel oder das Töchterchen des Zimmermädchens war, für eines garantiere ich«, sagte Olga, »er ist überhaupt nicht zu einer Frau gegangen! Er ist ein wahnsinnig selbstgefälliger Mensch und tut nichts anderes, als zu prahlen.«

»Mir gefällt er«, sagte Jakub.

»Das mag sein«, sagte Olga, »ich bleibe aber dennoch dabei, daß er der selbstgefälligste Mensch ist, der auf dieser Welt herumstolziert. Ich möchte wetten, daß er eine Stunde vor unserem Besuch irgendeinem kleinen Mädchen eine Handvoll Halbdollars gegeben und es gebeten hat, zu einem bestimmten Zeitpunkt mit der Blume hier zu erscheinen. Fromme Menschen haben einen ausgeprägten Sinn für das Inszenieren von Wunderszenen.«

»Ich wäre sehr froh, wenn Sie recht hätten«, sagte Doktor Skreta. »Herr Bertlef ist nämlich sehr krank, und jede Liebesnacht bedeutet für ihn ein großes Risiko.«

»Sie sehen, ich hatte also recht. Alle diese Anspielungen auf Frauen, das war bloßes Gerede!«

»Liebes Fräulein«, sagte Doktor Skreta, »ich bin sein Arzt und sein Freund, und dennoch bin ich mir dessen nicht sicher. Ich weiß es nicht.«

»Und ist er wirklich so krank?« fragte Jakub.

»Warum, denkst du, lebt er schon seit fast einem Jahr in diesem Bad, und seine junge Frau, an der er schrecklich hängt, kommt nur von Zeit zu Zeit angeflogen?«

»Ohne ihn ist es hier auf einmal irgendwie traurig«, sagte Jakub.

Tatsächlich fühlten sich die drei auf einmal wie verwaist und hatten keine Lust mehr, sich länger in dem fremden Appartement aufzuhalten.

Skreta stand von seinem Stuhl auf: »Wir werden Fräulein Olga nach Hause begleiten und gehen dann noch etwas spazieren. Wir haben noch viel zu besprechen.«

»Ich will aber noch nicht schlafen!« protestierte Olga.

»Es ist höchste Zeit für Sie. Ich verordne es Ihnen als Ihr Arzt«, sagte Skreta streng.

Sie verließen das Richmond und durchquerten den Park. Unterwegs fand Olga die Gelegenheit, Jakub zuzuflüstern: »Ich wollte heute abend mit dir zusammen sein . . .«

Aber Jakub zuckte bloß mit den Schultern, denn Skreta hatte seinen Willen sehr autoritär durchgesetzt. Sie führten das Mädchen zum Marxhaus, und Jakub strich ihr vor seinem Freund nicht einmal über die Haare, wie er es sonst immer tat. Die Antipathie des Arztes gegen Brüste, die Pflaumen glichen, hatte ihn verunsichert. Er sah die Enttäuschung in Olgas Gesicht, und es tat ihm leid, daß er sie verletzt hatte.

»Was sagst du dazu?« sagte Skreta, als er mit dem Freund allein auf dem Parkweg war, »du hast gehört, wie ich gesagt habe, daß ich einen Vater brauche. Das hätte selbst einen Stein erweichen können. Und er kommt mit Paulus daher. Ist er denn tatsächlich so begriffsstutzig? Seit zwei Jahren erkläre ich ihm, daß ich Waise bin, und ich preise vor ihm die Vorzüge eines amerikanischen Passes. Tausendmal habe ich wie beiläufig verschiedene Fälle von Adoption erwähnt. Alle diese Anspielungen hätten sich meinen Berechnungen nach längst schon in die Idee verwandeln sollen, mich zu adoptieren.«

»Er ist zu stark mit sich selbst beschäftigt«, sagte Jakub.

»Das ist es«, pflichtete Skreta bei.

»Ist er ernsthaft krank, so darfst du dich nicht wundern«,

sagte Jakub und fügte hinzu: »Falls es so schlimm um ihn steht, wie du gesagt hast.«

»Noch schlimmer«, sagte Skreta. »Vor einem halben Jahr hatte er einen neuen, schweren Infarkt, und seitdem darf er keine längeren Reisen mehr wagen und lebt hier wie ein Gefangener. Sein Leben hängt an einem Faden. Und er weiß es.«

»Siehst du«, sagte Jakub nachdenklich, »dann hättest du allerdings längst begreifen sollen, daß deine Anspielungsmethode schlecht ist, da Anspielungen sich nur in die Betrachtungen mischen, die er über sich selbst anstellt. Du solltest ihm deinen Wunsch ohne Umschweife darlegen. Er wird ihn gern erfüllen, weil er den Menschen gern entgegenkommt. Das entspricht der Vorstellung, die er von sich selbst hat. Er möchte den Menschen Freude bringen.«

»Du bist ein Genie!« rief Skreta und blieb stehen. »Das ist so einfach wie das Ei des Kolumbus, das ist es! Und ich Trottel habe nur deshalb zwei Jahre meines Lebens verloren, weil ich ihn falsch eingeschätzt habe! Ich habe zwei Jahre meines Lebens mit überflüssigem Zaudern verloren. Und es ist deine Schuld, weil du mich längst schon hättest beraten müssen!«

»Du hättest längst schon fragen sollen.«

»Du bist seit zwei Jahren nicht mehr hier gewesen!«

Die beiden Freunde schritten durch den nächtlichen Park und atmeten die frische Luft des Frühherbstes ein.

»Wenn ich ihn schon zum Vater gemacht habe, verdiene ich es vielleicht, von ihm zum Sohn gemacht zu werden!« sagte Skreta.

Jakub pflichtete ihm bei.

»Das ganze Unglück liegt darin«, fuhr Skreta nach einer langen, nachdenklichen Pause fort, »daß der Mensch von Idioten umgeben ist. Kann ich denn in dieser Stadt jemanden um Rat bitten? Ein intelligenter Mensch wird in eine absolute Verbannung hinein geboren. Ich denke an nichts anderes, denn es ist mein Beruf: die Menschheit produziert eine unheimliche Menge von Idioten. Je dümmer das Individuum, desto größer seine Lust, sich zu vermehren. Vollkommene Individuen zeugen höchstens ein Kind, und die besten, wie du, gelangen zu der Einsicht, daß sie sich überhaupt nicht vermehren sollten. Das ist eine Katastrophe. Und ich träume immer von einer Welt, in der man nicht unter Fremden, sondern unter Brüdern geboren wird.«

Jakub hörte Skretas Reden zu, und sie schienen ihm nicht sehr interessant. Skreta fuhr fort:

»Versteh das nicht als Phrase! Ich bin kein Politiker, sondern Arzt, und das Wort Bruder hat für mich eine konkrete Bedeutung. Brüder sind diejenigen, die wenigstens einen Elternteil gemeinsam haben. Alle Söhne Salomons waren Brüder, obwohl sie von hundert verschiedenen Müttern stammten. Das mußte wunderbar sein! Was sagst du dazu?«

Jakub atmete die frische Luft ein und wußte nicht, was er sagen sollte.

»Selbstverständlich«, fuhr Skreta fort, »ist es überaus schwer, die Leute dazu zu bewegen, beim Geschlechtsverkehr die Interessen der Nachkommenschaft zu wahren. Aber darum geht es nicht. In unserem Jahrhundert müssen sich doch andere Mittel und Wege finden lassen, wie man die Frage einer vernünftigen Zeugung von Kindern löst. Der Mensch darf nicht bis in alle Ewigkeit Liebe und Zeugung verwechseln.«

Diesem Gedanken stimmte Jakub zu.

»Nur interessiert dich, wie man die Liebe von der Zeugung befreit«, sagte Skreta, »während es mir eher darum geht, die Zeugung von der Liebe zu befreien. Ich möchte dich in mein Projekt einweihen. Im Reagenzglas liegt mein Samen.«

Endlich horchte Jakub auf.

»Was sagst du dazu?«

»Das ist phantastisch!« sagte Jakub.

»Hervorragend!« sagte Skreta. »Ich habe auf diese Weise schon viele Frauen von Unfruchtbarkeit geheilt. Vergiß nicht, daß viele Damen nur deshalb keine Kinder bekommen, weil ihre Ehemänner unfruchtbar sind. Ich habe eine große Kundschaft aus der ganzen Republik, und darüber hinaus in den letzten vier Jahren auch noch die gynäkologischen Untersuchungen der Frauen in dieser Stadt übernommen. Mit der Injektionsnadel zum Reagenzglas zu gehen und den untersuchten Frauen dann den lebenspendenden Stoff einzuspritzen, ist eine Kleinigkeit.«

»Und wie viele Kinder hast du schon?«

»Ich mache es schon einige Jahre, habe aber nur einen ungefähren Nachweis. Manchmal kann ich mir meiner Vaterschaft nicht sicher sein, weil meine Patientinnen mich sozusagen mit ihren Ehemännern betrügen. Darüber hinaus kehren sie in ihre Städte zurück, und ich erfahre oft nicht einmal, wie die Kur gewirkt hat. Eine etwas bessere Übersicht habe ich bei den hiesigen Patientinnen.«

Skreta verstummte, und Jakub versank in ein sentimentales Nachdenken. Skretas Projekt bezauberte und rührte ihn, denn er sah darin den alten Freund und unverbesserlichen Träumer: »Es muß schön sein, mit so vielen Frauen Kinder zu haben . . .«

»Und alle sind Brüder«, fügte Skreta hinzu.

Sie gingen weiter, atmeten die duftende Luft ein und schwiegen. Dann sagte Skreta:

»Weißt du, ich sage mir oft, daß wir, auch wenn uns an diesem Land manches mißfällt, trotzdem die Verantwortung dafür tragen. Es ärgert mich fürchterlich, daß ich nicht frei in der Welt herumreisen kann, aber ich würde mein Land niemals verlassen. Und ich würde es niemals verleumden. Da müßte ich zuerst einmal mich selbst verleumden. Wer von uns hat etwas getan, um es zu verbessern? Wer von uns hat etwas getan, damit es sich hier leben läßt? Damit es ein Land ist, in dem wir uns zu Hause fühlen können? Zu Hause . . .« Skretas Stimme wurde leiser und zärtlicher, »zu Hause kann man sich aber nur unter den Seinen fühlen. Und da du wegfährst, habe ich mir gesagt, ich sollte dich dazu überreden, daß du dich an meinem Projekt beteiligst. Ich habe ein Reagenzglas hier für dich. Du wirst irgendwo in der Fremde sein, und in der Zwischenzeit werden hier deine Kinder zur Welt kommen. Und in zehn, zwanzig Jahren wirst du sehen, was für ein herrliches Land das hier geworden sein wird.«

Am Himmel stand ein runder Mond (er wird bis zur letzten Nacht unserer Geschichte dort stehen, die wir aus diesem Grund mit Recht eine *Mondgeschichte* nennen können), und Doktor Skreta begleitete Jakub zum Richmond zurück: »Morgen darfst du noch nicht abreisen«, sagte er.

»Ich muß. Ich werde erwartet«, sagte Jakub, wußte aber, daß er sich würde überreden lassen.

»Unsinn«, sagte Skreta. »Ich bin froh, daß mein Plan dir gefällt. Morgen müssen wir ihn in allen Einzelheiten besprechen.«

Vierter Tag

1.

Als Frau Klima am Morgen aus dem Haus ging, lag ihr Mann noch im Bett.

»Mußt du nicht auch fahren?« fragte sie ihn.

»Wozu sich beeilen? Für diese Idioten ist Zeit genug«, antwortete Klima, gähnte und drehte sich auf die andere Seite.

Er hatte ihr vorgestern schon mitgeteilt, daß er sich auf jener mühseligen Konferenz hatte dazu verpflichten müssen, Laienchöre zu unterstützen, und daß er deshalb am Donnerstag abend in einem Bad im Gebirge an einem Konzert teilnehme, zusammen mit einem Arzt und einem Apotheker, die Jazz spielten. Dabei hatte er fürchterlich geschimpft, Frau Klima jedoch hatte seinem Gesicht sehr wohl angesehen, daß sich hinter diesem Geschimpfe kein aufrichtiger Zorn versteckte, da es kein Konzert gab und Klima es bloß erfunden hatte, um Zeit für irgendein Liebesabenteuer zu gewinnen. Sie verstand es, alles aus seinem Gesicht zu lesen; er konnte nichts vor ihr verstecken. Als er sich nun fluchend auf die andere Seite drehte, begriff sie sofort, daß er es nicht aus Schläfrigkeit tat, sondern um sein Gesicht vor ihr zu verbergen und zu verhindern, daß sie darin forschte.

Dann ging sie ins Theater. Nachdem die Krankheit ihr vor vielen Jahren die Lichter der Bühne geraubt hatte, hatte er ihr eine Stelle in der Theaterverwaltung verschafft. Das war nicht schlecht, sie traf täglich mit interessanten Leuten zusammen und konnte sich ihre Arbeitszeit verhältnismäßig frei einteilen. Sie setzte sich an ihren Schreibtisch, um einige Geschäftsbriefe zu entwerfen, war jedoch nicht in der Lage, sich zu konzentrieren.

Nichts kann einen Menschen so ausfüllen wie Eifersucht.

Als Kamila vor einem Jahr ihre Mutter verloren hatte, war dies gewiß ein größeres Unglück gewesen als irgendeine Trompeteraffäre. Und dennoch hatte der Tod der Mutter weniger weh getan, obwohl Kamila ihre Mama grenzenlos geliebt hatte. Dieser Schmerz war barmherzig bunt gewesen: er enthielt Trauer, Wehmut, Rührung, Selbstvorwürfe (hatte sie sich genug um sie gekümmert? sie nicht vernachlässigt?) und ein stilles Lächeln. Dieser Schmerz war barmherzig zerstreut gewesen: die Gedanken glitten vom Sarg der Mutter hinüber in die Erinnerungen, in die eigene Kindheit, ja noch weiter zurück bis in die Kindheit der Mutter, sie glitten ab in Dutzende von praktischen Sorgen, glitten ab in die Zukunft, die noch offen war und wo als Trost Klima stand (ja, es waren dies wenige außergewöhnliche Tage gewesen, in denen er ihr Trost gewesen war).

Der Schmerz der Eifersucht bewegte sich aber nicht in einem Raum, sondern drehte sich wie ein Bohrer um einen einzigen Punkt. Hier gab es keine Zerstreuung. Hatte der Tod der Mutter eine Tür zur Zukunft geöffnet (zu einer anderen, verwaisteren und zugleich erwachseneren), öffnete der Schmerz über die Untreue ihres Mannes keine Zukunft. Alles konzentrierte sich in einer (unveränderlich gegenwärtigen) Vorstellung des untreuen Körpers, in einem (unveränderlich gegenwärtigen) Vorwurf. Als ihre Mutter gestorben war, hatte sie noch Musik hören, ja sogar lesen können; war sie eifersüchtig, konnte sie absolut nichts tun.

Gestern war ihr sogleich in den Sinn gekommen, in das Badestädtchen zu fahren und sich von der Existenz des suspekten Konzertes zu überzeugen, sie verwarf den Einfall aber wieder, weil sie wußte, daß ihre Eifersucht Klima zuwider war und sie sich nichts anmerken lassen durfte. Die Eifersucht lief jedoch wie ein gestarteter Motor in ihrem Innern, und sie konnte nicht anders, als den Hörer des Telefons abzuheben. Zur Entschuldigung sagte sie sich, sie rufe den Bahnhof ohne bestimmte Absicht an, nur, weil sie sich nicht auf den Entwurf des Geschäftsbriefes konzentrieren konnte.

Als sie hört, daß der Zug um elf Uhr vormittags fährt, stellt sie sich vor, wie sie durch unbekannte Straßen geht und das Plakat mit Klimas Namen sucht und auf der Direktion des Bades fragt, ob man etwas von einem Konzert wisse, an dem ihr Mann mitwirken sollte; wie sie erfährt, daß kein Konzert stattfindet und sie dann in einer öden, fremden Stadt umherirrt, armselig und verlassen. Und sie stellt sich weiter vor, wie Klima ihr am nächsten Tag von dem Konzert erzählen und sie ihn nach Einzelheiten fragen wird. Sie wird ihm ins Gesicht sehen, sich seine Ausflüchte anhören und mit bitterer Wonne den giftigen Tee seiner Lüge trinken.

Sie ermahnt sich jedoch auf der Stelle, daß sie nicht so handeln darf: Sie darf doch nicht ganze Tage und Wochen mit Schnüffeleien und Eifersüchteleien verbringen! Sie hat Angst, ihn zu verlieren, und sie wird ihn vor lauter Angst tatsächlich einmal verlieren!

Eine andere Stimme antwortet aber mit listiger Naivität: Sie geht ihm doch gar nicht nachspionieren! Klima hat schließlich gesagt, er werde ein Konzert geben, und sie glaubt es ihm! Gerade, weil sie nicht mehr eifersüchtig sein möchte, akzeptiert sie seine Behauptung im Ernst und ohne Verdächtigung! Er hat ihr doch gesagt, er habe keine Lust hinzufahren und es graue ihm vor dem langweiligen Tag und Abend! Sie will also nur zu ihm, um ihm eine freudige Überraschung zu machen! Wenn Klima sich nach dem Konzert angeödet verneigt und sich im Geiste mit der Vorstellung an die mühsame Rückreise abquält, wird sie sich zur Bühne vordrängen, er wird sie sehen, und beide werden sie sich fröhlich zulachen!

Sie lieferte dem Direktor die mühsam geschriebenen Briefe ab. Man mochte sie im Theater. Man schätzte es, daß die Frau eines berühmten Musikers bescheiden und kameradschaftlich sein konnte. Die Trauer, die sie manchmal ausstrahlte, entwaffnete die andern. Wie könnte der Direktor es ihr abschlagen? Sie versprach ihm, am Freitag nach zwölf wieder zurück zu sein und dann bis zum Abend im Theater zu bleiben, um alles aufzuarbeiten.

2.

Es war zehn Uhr, und Olga nahm wie jeden Tag von Rosa das große weiße Laken und den Schlüssel entgegen. Dann ging sie in die Kabine, zog die Kleider aus, hängte sie auf einen Bügel, warf das Laken wie eine antike Toga über sich, schloß die Kabine ab, gab Rosa den Schlüssel und ging in die andere Halle, wo das Schwimmbecken war. Sie legte das Laken über das Geländer und schritt die Stufen zum Wasser hinunter, in das schon viele Frauen getaucht waren. Das Becken war nicht groß, Olga war aber überzeugt davon, daß Schwimmen für ihre Gesundheit notwendig war, und sie versuchte, einige Züge zu machen. Dadurch wurde das Wasser aufgewühlt und schwappte einer Frau in ihren plappernden Mund. »Sind Sie wahnsinnig«, schrie diese Olga sehr unwirsch an, »das ist doch kein Schwimmbecken!«

Die Frauen saßen am Beckenrand wie große Frösche. Olga fürchtete sich vor ihnen. Sie waren alle älter als sie, gewaltiger, sie hatten mehr Fett und mehr Haut. Sie setzte sich also demütig dazwischen, verharrte regungslos und verzog das Gesicht.

Da sah sie auf einmal, daß ein junger, untersetzter Mann in Jeans und zerlöchertem Pullover an der Schwelle zur Halle stand.

»Was macht der Kerl dort!« schrie sie.

Alle Frauen folgten Olgas Blick und begannen zu lachen und zu kreischen.

Da betrat auch schon Rosa die Halle und rief: »Leute vom Film sind gekommen. Man wird Sie für die Wochenschau filmen.«

Die Frauen im Becken lachten wieder.

»Was ist denn das für eine Idee!« protestierte Olga.

»Es wurde von der Bäderverwaltung bewilligt«, sagte Rosa.

»Was geht mich die Bäderverwaltung an! Mich hat niemand gefragt!« schrie Olga.

Der junge Mann im zerlöcherten Pullover (um seinen Hals hing ein Instrument, mit dem er die Intensität des Lichtes maß) trat zum Becken und sah Olga mit einem Lächeln an, das ihr schlüpfrig schien: »Fräulein, Tausende von Menschen werden toben, wenn sie Sie auf der Leinwand sehen!«

Die Frauen antworteten mit einer neuen Lachsalve, und Olga bedeckte ihre Brüste mit den Händen (das war nicht schwierig, denn sie glichen, wie wir wissen, zwei Pflaumen), und sie duckte sich hinter den andern.

Zum Becken traten noch zwei Männer in Jeans, und der größere sagte: »Ich bitte Sie, verhalten Sie sich ganz natürlich, als wären wir nicht hier.«

Olga streckte ihre Hand nach dem Geländer aus, auf dem ihr Laken lag. Noch im Becken warf sie es über ihren Körper und stieg die Stufen bis zum gefliesten Fußboden der Halle empor; das Laken war naß, und das Wasser tropfte herab.

»Verdammt nochmal, wo rennen Sie hin!« rief der junge Mann im zerlöcherten Pullover.

»Für Sie ist noch eine Viertelstunde Wasser vorgeschrieben!« schrie Rosa ihr nach.

»Sie schämt sich!« lachte es im Becken hinter ihrem Rücken.

»Als könnte ihr jemand etwas von ihrer Schönheit abbeißen!« sagte Rosa.

»Prinzessin!« ertönte eine Stimme aus dem Becken.

»Wer sich nicht filmen lassen will, kann selbstverständlich gehen«, sagte der große Mann in Jeans mit sanfter Stimme.

»Wir schämen uns für nichts! Wir sind schließlich schön!« sagte schallend eine dicke Dame, und die Wasseroberfläche wogte vor Lachen.

»Dieses Fräulein hat aber nicht wegzugehen! Sie hat noch eine Viertelstunde hier zu bleiben!« protestierte Rosa, während sie Olga nachsah, die trotzig in der Garderobe verschwand.

3.

Niemand kann Rosa ihre schlechte Laune verübeln. Warum war sie aber so gereizt, daß Olga sich nicht filmen lassen wollte? Warum identifizierte sie sich mit der Masse der dicken Frauen, die das Kommen der Männer mit fröhlichem Gekreische begrüßt hatten?

Und warum kreischten die dicken Frauen überhaupt so fröhlich? Doch nicht etwa, weil sie sich mit ihrer Schönheit brüsten und die jungen Männer verführen wollten?

Keineswegs. Ihre ostentative Schamlosigkeit entsprang gerade dem Bewußtsein, daß sie über keine verführerische Schönheit verfügten. Sie waren voll von Abscheu der weiblichen Jugend gegenüber und wünschten sich sehnlichst, ihre sexuell nicht mehr genutzten Körper als hämische Verleumdung weiblicher Nacktheit zur Schau zu stellen. Rachsüchtig wollten sie den Ruhm der weiblichen Schönheit durch das Abstoßende ihrer Körper torpedieren, wußten sie doch, daß sich häßliche und schöne Körper letztlich gleich waren und das Häßliche einen Schatten auf das Schöne warf, während es dem Mann ins Ohr flüsterte: Schau, *das* ist die wirkliche Wahrheit jenes Körpers, der dich bezaubert! Schau, diese große, schlaffe Brust ist dasselbe Ding wie jener Busen, den du so albern anbetest!

Die fröhliche Schamlosigkeit der dicken Weiber im Becken war ein nekrophiler Tanz über der Vergänglichkeit der Jugend, und er war umso fröhlicher, als sich ein junges Mädchen als Opfer im Becken befand. Als Olga sich in ihr

Laken hüllte, empfanden sie das als Sabotage ihres Rituals und gerieten in Wut.

Aber Rosa war weder dick noch alt, ja, sie war sogar hübscher als Olga! Warum also hatte sie sich nicht mit ihr solidarisiert?

Wäre sie entschlossen gewesen, sich das Kind wegmachen zu lassen und hätte sie geglaubt, daß eine glückliche Liebe mit Klima auf sie wartete, hätte sie alles anders empfunden. Die Liebe eines Mannes hebt die Frau von der Masse ab, und Rosa hätte selig ihre unwiederholbare Einmaligkeit empfunden. Sie hätte in den dicken Frauen Feinde und in Olga eine Schwester gesehen. Sie hätte ihr nur Gutes gewünscht, wie die Schönheit einer anderen Schönheit, das Glück einem anderen Glück, die Liebe einer anderen Liebe.

In der vergangenen Nacht aber hatte Rosa sehr schlecht geschlafen und beschlossen, Klimas Liebe nicht zu glauben, so daß sich alles, was sie von der Masse abhob, als Trug erwies. Das einzige, was sie besaß, war jener sprießende Keim in ihrem Bauch, geschützt von Gesellschaft und Tradition. Das einzige, was sie besaß, war die berühmte Allgemeinheit des weiblichen Schicksals, die für sie zu kämpfen versprach.

Und diese Frauen im Wasserbecken, sie waren das Weibliche in seiner Allgemeinheit: das Weibliche des ewigen Gebärens, Stillens, Verwelkens, das Weibliche, das über jene flüchtige Sekunde kichert, da eine Frau glaubt, geliebt zu werden und sich als unwiederholbare Persönlichkeit fühlt.

Zwischen einer Frau, die an ihre Unaustauschbarkeit glaubt und Frauen, die das Hemd des allgemeinen weiblichen Schicksals angezogen haben, gibt es keine Versöhnung. Nach einer Nacht mit wenig Schlaf und vielen schweren Gedanken schlug sich Rosa (armer Trompeter!) auf die Seite der anderen.

4.

Jakub hielt das Lenkrad, und auf dem Beifahrersitz saß Bobesch, der ihm immer wieder den Kopf zuwandte und ihn leckte. Hinter den letzten niedrigen Häusern des Städtchens ragten einige mehrstöckige Wohnsilos empor. Noch vor zwei Jahren hatten sie nicht hier gestanden, und sie kamen Jakub häßlich vor. Sie staken in der grünen Landschaft wie Besenstiele in einem Blumentopf. Jakub streichelte Bobesch, der zufrieden in die Gegend guckte, und er dachte, daß Gott Hunden gegenüber barmherzig gewesen war, weil er keinen Schönheitssinn in ihre Köpfe gelegt hatte.

Der Hund leckte ihn wieder (vielleicht spürte er, daß Jakub unablässig an ihn dachte), und Jakub sagte sich, sein Land entwickle sich weder zum Besseren noch zum Schlechteren, sondern zum immer Lächerlicheren: einst hatte er hier die Jagd auf Menschen miterlebt und gestern eine Jagd auf Hunde gesehen, als handle es sich um ein und dieselbe Vorstellung mit verschiedener Besetzung. Anstelle der Untersuchungsbeamten und der Aufseher traten darin Rentner auf, anstelle der gefangenen Staatsmänner ein Boxer, ein Köter und ein Dackel.

Er erinnerte sich, wie seine Nachbarn in der Hauptstadt ihren Kater vor der Wohnungstür gefunden hatten. In seine Augen waren Nägel geschlagen, die Zunge war herausgeschnitten, die Pfoten zusammengebunden. Kinder von der Straße hatten Erwachsene gespielt. Jakub streichelte abermals Bobeschs Kopf und parkte das Auto vor dem Gasthaus.

Als er ausstieg, erwartete er, daß der Hund voll Freude auf die Tür seines Hauses zulaufen würde. Statt dessen sprang Bobesch an Jakub hoch und wollte mit ihm spielen. Doch da ertönte ein *Bobesch!*, und der Hund lief auf eine Frau zu, die auf der Schwelle stand.

»Du bist ein unverbesserlicher Vagabund«, sagte sie und

fragte Jakub entschuldigend, ob Bobesch ihm schon lange zur Last falle.

Als er ihr antwortete, daß er den Hund über Nacht bei sich behalten und jetzt mit dem Auto hergebracht habe, überhäufte ihn die Frau laut mit Dank und lud ihn sofort ins Haus ein. Sie ließ ihn in einem eigentümlichen Raum Platz nehmen, wo vermutlich die Festmale geschlossener Gesellschaften stattfanden, und lief weg, um ihren Mann zu rufen.

Nach einer Weile kam sie mit einem jungen Mann zurück, der sich zu Jakub setzte und ihm die Hand reichte: »Sie müssen ein sehr guter Mensch sein, wenn Sie extra wegen Bobesch hergefahren sind. Er ist ein schrecklicher Dummkopf und streunt ständig herum. Aber wir hängen an ihm. Möchten Sie nicht mittagessen?«

»Gern«, sagte Jakub, und die Frau eilte in die Küche. Jakub erzählte, wie er Bobesch vor der Meute der Rentner gerettet hatte.

»Diese Dreckskerle!« schrie der junge Mann auf und rief in den Hinterraum: »Vera! Komm her! Hast du gehört, was diese Dreckskerle dort unten wieder machen?«

Vera betrat den Raum mit einem Tablett, auf dem die Suppe dampfte. Sie setzte sich zu ihnen, und Jakub mußte den Vorfall vom Vortag nochmals erzählen. Der Hund saß unter dem Tisch und ließ sich hinter den Ohren kraulen.

Als Jakub die Suppe gegessen hatte, stand der Mann auf, eilte in die Küche und brachte Schweinebraten mit Knödeln.

Jakub saß am Fenster und fühlte sich wohl. Der Mann verfluchte die dort unten (Jakub war fasziniert davon, daß der Mann sein Gasthaus als das Oben, den Olymp, den Ort des Abstands und des Überblicks betrachtete), und seine Frau führte einen zweijährigen Jungen an der Hand herein. »Sag diesem Herrn danke«, sagte sie, »er hat dir deinen Bobesch wiedergebracht.«

Der Junge lallte ein paar unverständliche Worte und lachte Jakub an. Draußen schien die Sonne, und das gelbliche Laub neigte sich friedlich zum Fenster. Es war still, das Gasthaus war hoch über der Welt, und es herrschte Frieden darin.

Obwohl Jakub sich nicht vermehren wollte, mochte er Kinder: »Einen sympathischen Jungen haben Sie«, sagte er.

»Er ist drollig«, sagte die Frau. »Ich weiß nicht, von wem er diesen großen Zinken hat.«

Jakub kam die Nase seines Freundes in den Sinn, und er sagte: »Doktor Skreta hat mir gesagt, daß Sie bei ihm in Behandlung waren.«

»Sie kennen den Herrn Doktor?« sagte der junge Mann erfreut.

»Er ist mein Freund«, sagte Jakub.

»Wir sind ihm sehr dankbar«, sagte die junge Mama, und Jakub sagte sich, daß dieses Kind vermutlich einen der Erfolge von Skretas eugenischem Projekt darstellte.

»Er ist kein Arzt, er ist ein Magier«, sagte der junge Mann voller Bewunderung.

Jakub kam der Gedanke, die drei seien in dieser an Bethlehem gemahnenden, friedvollen Umgebung eine *heilige Familie* und ihr Kind stamme nicht von einem menschlichen Vater, sondern von Gott Skreta.

Der kleine Junge mit der großen Nase lallte wieder ein paar unverständliche Worte, und der junge Mann sah ihn liebevoll an. »Du kannst nicht wissen«, sagte er dann zu seiner Frau, »welcher deiner fernen Vorfahren eine große Nase hatte.«

Jakub mußte lachen. Es war ihm nämlich eine sonderbare Frage in den Sinn gekommen: Hatte Doktor Skreta auch seine Mimi mit Hilfe der Spritze in andere Umstände gebracht?

»Habe ich nicht recht?« lachte der junge Vater.

»Aber sicher«, sagte Jakub. »Es liegt ein großer Trost darin, daß wir längst schon im Grab ruhen werden, wenn unsere Nase noch auf der Welt herumspaziert.«

Alle lachten, und der Einfall, Skreta könnte der Vater des kleinen Jungen sein, kam Jakub nur noch vor wie ein launiger Traum.

5.

Franta nahm von der Frau, deren Kühlschrank er gerade repariert hatte, das Geld in Empfang. Er trat vor das Haus, setzte sich auf sein treues Motorrad und fuhr zum Rand des Städtchens, um die Tagesabrechnung im Büro abzuliefern, das die Installationsarbeiten für den ganzen Bezirk organisierte. Es war kurz nach zwei, als er mit allem fertig war. Er startete sein Motorrad und fuhr ins Badestädtchen. Auf dem Parkplatz sah er die weiße Limousine. Er parkte sein Motorrad daneben und ging die Kolonnaden hinauf zum Volkshaus, da er annahm, den Trompeter dort zu finden.

Es war weder Keckheit noch Kampfeslust, die ihn dorthin führte. Er wollte keinen Skandal machen. Im Gegenteil, er war entschlossen, sich ganz zu verleugnen, zu beugen, zu unterwerfen. Er sagte sich, seine Liebe sei so groß, daß er imstande war, um ihretwillen alles auf sich zu nehmen. Wie der Prinz im Märchen für die Prinzessin alle Mühen und Qualen erträgt, mit dem Drachen kämpft und schwimmend den Ozean überquert, war er auf eine märchenhaft grenzenlose Erniedrigung gefaßt.

Warum ist er so demütig? Warum sieht er sich nicht lieber nach einem anderen Mädchen um, wenn es doch im Gebirgsbad einen so verlockenden Überfluß gibt?

Franta ist jünger als Rosa, er ist also zu seinem Unglück noch sehr jung. Wenn er erwachsener wird, wird er die Vergänglichkeit der Dinge erkennen und wissen, daß sich unmittelbar hinter dem Horizont einer Frau der Horizont der anderen Frauen öffnet. Nur weiß Franta bisher noch nicht, was Zeit ist. Er lebt seit seiner Kindheit in einer Welt, die unverändert andauert, er lebt in einer Art reglosen Ewigkeit, hat immer denselben Vater und dieselbe Mutter, und Rosa, die ihn zum Mann gemacht hat, neigt sich über ihn wie die Glocke des Himmels, des einzig möglichen Himmels. Er kann sich das Leben ohne sie nicht vorstellen.

Gestern hatte er ihr versprochen, ihr nicht nachzuspionieren, und er war auch entschlossen, ihr heute aus dem Weg zu gehen. Er sagte sich, daß ihn lediglich der Trompeter interessiere, und wenn er diesen verfolgte, würde er sein Versprechen eigentlich nicht brechen. Gleichzeitig wußte er aber, daß das nur eine Ausrede war und Rosa sein Verhalten verurteilen würde, in seinem Innern war es jedoch stärker als jede Überlegung und jeder Vorsatz, es war stark wie Narkomanie: er mußte ihn sehen; er mußte ihn sehen, von neuem, in Ruhe und aus der Nähe. Er mußte in das Gesicht seiner Qualen blicken. Er mußte sich seinen Körper ansehen, dessen Vereinigung mit Rosas Körper ihm so unvorstellbar und unglaublich vorkam. Er mußte ihn sich ansehen, als könnte er mit den Augen feststellen, ob sich diese beiden Körper vereinigen könnten oder nicht.

Auf dem Podium wurde bereits gespielt: Doktor Skreta am Schlagzeug, ein anderes zierliches Männchen am Klavier und Klima auf der Trompete. Auf den Stühlen im Saal saßen einige junge Männer, Jazzfans, die sich eingeschlichen hatten, um der Probe beizuwohnen. Franta brauchte nicht zu fürchten, der Grund seiner Anwesenheit könnte entdeckt werden. Er war sich sicher, daß ihm der Trompeter, geblendet vom Scheinwerfer des Motorrads, am Dienstag nicht ins Gesicht gesehen hatte und dank der Vorsicht des Mädchens fast niemand etwas von seiner Beziehung zu ihr wußte.

Der Trompeter unterbrach das Spiel und setzte sich ans Klavier, um dem zierlichen Männchen das Stück selbst vorzuspielen, das er sich in einem anderen Tempo vorstellte. Und Franta saß hinten auf einem Stuhl und verwandelte sich allmählich in einen Schatten, der den Trompeter diesen Tag keinen Augenblick lang verlassen würde.

6.

Er fuhr vom Ausflugsrestaurant zurück und bedauerte, daß der lustige Hund, der ihm ständig das Gesicht geleckt hatte, nicht mehr an seiner Seite saß. Und unmittelbar danach dachte er, was für ein Wunder es doch sei, daß er diesen Platz neben sich die ganzen fünfundvierzig Jahre seines Lebens frei gehalten hatte, so daß er dieses Land nun leicht verlassen konnte, ohne Gepäck, ohne Lasten, allein, mit einem falschen (aber schönen) Anschein von Jugend, wie ein Student, der sich seine Zukunft noch bauen würde.

Er versuchte, sich bewußt zu werden, daß er die Heimat verließ. Er versuchte, sich sein vergangenes Leben in Erinnerung zu rufen. Er versuchte, es als weite Landschaft zu sehen, auf die er wehmütig zurückblickte, eine schwindelerregend ferne Landschaft. Aber es gelang ihm nicht. Was er im Geiste hinter sich zu sehen vermochte, war klein und zusammengequetscht wie eine geschlossene Ziehharmonika. Nur mit Mühe vergegenwärtigte er sich Ausschnitte aus Erinnerungen, die sich in einer Art Illusion eines durchlebten Schicksals hätten vereinen können.

Er blickte auf die Bäume um sich herum. Die Blätter waren grün, rot, gelb und braun. Die Wälder glichen einer Feuersbrunst. Er sagte sich, er fahre in den Tagen weg, da der Wald brannte, und sein Leben wie auch seine Erinnerungen würden von diesen prachtvollen, gefühllosen Flammen verzehrt. Sollte er sich etwa darüber grämen, daß er sich nicht grämte? Sollte er etwa Wehmut darüber empfinden, daß er keine Wehmut empfand?

Nein, er empfand keine Wehmut, aber er hatte auch keine Lust, sich zu beeilen. Gemäß der Verabredung mit seinen ausländischen Freunden sollte er in diesem Augenblick bereits die Grenze passieren, doch er fühlte, wie sich eine Art zaudernder Trägheit seiner bemächtigte, eine Trägheit, für die er in seinem Bekanntenkreis berühmt war, erlag er ihr doch immer ausgerechnet in Situationen, die entschlossenes und bestimmtes Handeln erforderten. Er wußte, daß er bis zuletzt verkünden würde, er müsse heute noch fahren, machte sich aber ebenfalls klar, daß er seit dem Morgen alles tat, um die Abreise aus diesem lieblichen Badestädtchen hinauszuschieben, in das er schon jahrelang gereist war, um seinen Freund zu besuchen, manchmal nach sehr langen Pausen, aber immer wieder gern.

Er parkte sein Auto (ja, dort, wo bereits der weiße Wagen des Trompeters und Frantas rotes Motorrad standen) und betrat das Weinlokal, wo er in einer halben Stunde mit Olga verabredet war. Ein Tisch hinten am Fenster gefiel ihm, man konnte von dort die brennenden Bäume des Parks sehen, leider nahm aber gerade ein etwa dreißigjähriger Mann dort Platz. Jakub setzte sich an den Nebentisch. Die Bäume sah er von da aus nicht, dafür war er gefesselt vom Anblick dieses jungen Mannes, der auffällig nervös war, den Eingang nicht aus den Augen ließ und ununterbrochen mit dem Fuß auf den Boden klopfte.

7.

Endlich kam sie. Klima sprang vom Stuhl auf, ging ihr entgegen und führte sie zum Tischchen am Fenster. Er lächelte sie an, als wollte er mit diesem Lächeln sagen, daß ihre Abmachung gelte, sie beide ruhig seien und Vertrauen zueinander hätten. Er suchte im Gesicht des Mädchens eine zustimmende Antwort auf sein Lächeln, fand sie aber nicht. Das beunruhigte ihn. Er fürchtete sich, von dem zu sprechen, woran er dachte, und führte mit dem Mädchen eine belanglose Konversation, die eine unbeschwerte Atmosphäre herbeiführen sollte. Seine Worte zerschellten aber an ihrem Schweigen wie an einer Klippe.

Und dann unterbrach sie ihn auf einmal: »Ich habe mich anders entschieden. Es wäre ein Verbrechen. Wenn du so etwas fertig brächtest, ich nicht.«

In diesem Augenblick brach in dem Trompeter alles zusammen. Er sah Rosa stumm an und wußte nichts mehr zu sagen. In seinem Innern fand sich nichts als eine verzweifelte Müdigkeit. Und Rosa wiederholte: »Es wäre ein Verbrechen.«

Er sah sie an, und sie kam ihm unwirklich vor. Diese Frau, deren Gestalt er sich nicht einmal vergegenwärtigen konnte, wenn er nicht in ihrer Nähe war, präsentierte sich ihm als seine lebenslange Verurteilung. (Wie wir alle hielt auch Klima nur das für wirklich, was von innen, allmählich, organisch in unser Leben tritt, während er das, was von außen, unerwartet und zufällig eintraf, als Invasion des Unwirklichen wahrnahm. Leider gibt es nichts Wirklicheres als dieses Unwirkliche selbst.)

Dann erschien der Kellner, der den Trompeter schon vor zwei Tagen erkannt hatte, an ihrem Tisch. Er brachte ihnen zwei Cognacs auf einem Tablett und sagte jovial: »Ich hoffe, ich lese Ihnen Ihre Wünsche von den Augen ab.« Und zu Rosa sagte er wie letztes Mal: »Paß auf! Alle Mädchen werden dir die Augen auskratzen!« und er lachte laut.

Klima war diesmal zu sehr Gefangener seines Grauens, er beachtete das Gerede des Kellners nicht. Er trank von seinem Cognac und neigte sich zu Rosa: »Ich bitte dich. Wir haben uns doch schon abgesprochen. Haben alles geklärt. Weshalb hast du plötzlich deine Meinung geändert? Du warst doch einverstanden, daß wir zunächst einmal einige Jahre nur für uns selbst brauchen. Rosa. Wir tun das doch nur für unsere Liebe und dafür, daß wir einmal ein Kind haben werden, wenn wir es wirklich beide wünschen.«

8.

Jakub hatte die Krankenschwester, die Bobesch gestern den Alten hatte ausliefern wollen, sogleich erkannt. Er sah sie gebannt an, und es interessierte ihn sehr, worüber sie sich mit dem jungen Mann unterhielt. Er verstand jedoch kein Wort und beobachtete nur, daß ihr Gespräch spannungsgeladen war.

Dem jungen Mann war bald schon anzusehen, daß er eine bedrückende Mitteilung erhalten hatte. Es dauerte eine Weile, bis er weitersprechen konnte. An seinem Gesichtsausdruck konnte man ablesen, daß er das Mädchen überredete und um etwas bat. Das Mädchen jedoch war verschlossen und wortkarg.

Jakub kam es vor, als stehe jemandes Leben auf dem Spiel. Er sah das blonde Mädchen ständig als *diejenige, die bereit war, das Opfer für den Henker festzuhalten*, und er zweifelte keinen Augenblick daran, daß der junge Mann auf der Seite des Lebens und sie auf der Seite des Todes stand. Der junge Mann will jemandes Leben retten, er bittet um Hilfe, aber die Blondine lehnt ab, und jemand stirbt ihretwegen.

Und dann sah er, daß der junge Mann zu drängen aufhörte, lächelte und dem Mädchen sogar die Wange streichelte. Sollten sie sich geeinigt haben? Keineswegs. Das Gesicht unter den gelben Haaren starrte stur in die Ferne und vermied den Blick des jungen Mannes.

Jakub war nicht imstande, den Blick von dieser jungen Frau zu lösen, die er seit gestern nicht anders wahrnehmen konnte, denn als Helferin der Henker. Ihr Gesicht war schön und leer. Schön genug, um einen Mann anzuziehen, und leer genug, um alle flehentlichen Bitten eines Mannes darin untergehen zu lassen. Dieses Gesicht war auch stolz, und Jakub kam der Gedanke, daß sie nicht auf ihre Schönheit, sondern gerade auf ihre Leere stolz war.

Jakub schien es, als kämen ihm in diesem Gesicht Tausende anderer Gesichter entgegen, die er gut kannte. Es schien ihm, als sei sein ganzes Leben nichts als ein endloser Dialog mit genau diesem Gesicht gewesen. Wenn er versuchte, ihm etwas zu erklären, sah dieses Gesicht beleidigt zur Seite, seine Beweise beantwortete es mit Gerede über etwas anderes, wenn er es anlächelte, warf es ihm Leichtsinn vor, wenn er es um etwas bat, beschuldigte es ihn der Überlegenheit, ein Gesicht, das nichts verstand und über alles entschied, ein Gesicht, das leer war wie eine Wüste und stolz auf seine Wüste.

Er dachte daran, daß er es heute zum letzten Mal sah, um morgen schon aus seinem Königreich wegzufahren.

9.

Auch Rosa hatte Jakub bemerkt und erkannt. Sie spürte seinen unverwandten Blick auf sich ruhen, und das verwirrte sie. Es kam ihr vor, als sei sie eingekeilt zwischen zwei Männern, die geheime Verbündete waren, eingekeilt zwischen zwei Blicken, die auf sie zielten wie zwei Laufmündungen.

Klima wiederholte seine Argumente, und sie wußte nicht, was sie antworten sollte. Sie machte sich statt dessen lieber rasch klar, daß dort, wo es um die Sache des werdenden Kindes ging, der Verstand nichts zu suchen und einzig die Gefühle das Recht hatten zu reden. Sie wandte ihr Gesicht wortlos aus der Reichweite der beiden Blicke und sah aus dem Fenster. Dank einer gewissen Konzentration wurde dabei in ihrem Innern das gekränkte Gefühl der unverstandenen Geliebten und Mutter geboren und ging in ihrer Seele auf wie ein Knödelteig. Da sie es nicht in Worten auszudrücken verstand, legte sie es in ihre Augen, die immer dieselbe Stelle im Park fixierten.

Nur sah sie genau dort, wohin sie so stumpf blickte, plötzlich eine bekannte Gestalt, und sie erschrak. In diesem Augenblick hörte sie überhaupt nicht, was Klima zu ihr sagte. Das war nun bereits der dritte Blick, dessen Laufmündung auf sie zielte, und es war der gefährlichste von allen. Denn Rosa war sich anfänglich (vor einigen Wochen also) gar nicht so sicher gewesen, wer die Ursache ihrer künftigen Mutterschaft war. In Betracht kam viel eher derjenige, der sie in diesem Moment heimlich beobachtete, schlecht versteckt hinter einem Baum im Park. Das war allerdings nur am Anfang so gewesen, denn später neigte sie immer mehr zu dem Trompeter als zu ihrem Schwängerer, bis sie zum Schluß entschied, daß ganz gewiß er es gewesen war. Verstehen wir das recht: sie wollte ihm die Schwangerschaft nicht listig in die Schuhe schieben. Mit ihrer Entscheidung hatte sie nicht eine List, sondern die Wahrheit gewählt. Sie hatte beschlossen, daß es *wirklich* so gewesen war.

Im übrigen ist die Mutterschaft eine so heilige Sache, daß es ihr unmöglich schien, deren Ursache könnte jemand sein, den sie fast verachtete. Nicht eine logische Überlegung, sondern eine Art überrationaler Erleuchtung hatte sie davon überzeugt, daß sie nur von jemandem schwanger werden konnte, der ihr gefiel, den sie mochte und zu dem sie bewundernd aufsah. Und als sie dann am Telefon hörte, daß derjenige, den sie als Vater ihres Kindes bestimmt hatte, schockiert war und sich erschrocken gegen seine väterliche Sendung wehrte, da war sie endgültig entschlossen, denn in jenem Moment war sie sich ihrer Wahrheit nicht nur sicher, sondern auch bereit, für sie in den Kampf zu ziehen.

Klima verstummte und streichelte Rosas Wange. Aus ihren Betrachtungen herausgerissen, bemerkte sie sein Lächeln. Er sagte zu ihr, sie sollten wieder mit dem Wagen aus der Stadt hinausfahren, denn dieser Kaffeehaustisch trennte sie voneinander wie eine kalte Wand.

Sie erschrak. Franta stand noch immer hinter dem Baum

im Park und sah zum Fenster der Weinstube. Und wenn er wieder auf sie zustürzte, sobald sie das Lokal verließen? Und wenn er wieder eine Szene machte wie am Dienstag?

»Ich zahle die zwei Cognacs«, sagte Klima gerade zum Kellner.

Sie nahm das Glasröhrchen aus ihrer Handtasche.

Der Trompeter reichte dem Kellner eine Banknote und verzichtete mit großzügiger Geste auf das Wechselgeld.

Rosa öffnete das Röhrchen, klopfte eine Tablette auf die Handfläche und schluckte sie rasch.

Als sie es geschlossen hatte, wandte sich der Trompeter wieder zu ihr und sah ihr ins Gesicht. Er schob seine Hände zu den ihren, so daß sie das Röhrchen zur Seite legte und den Druck seiner Finger gewähren ließ.

»Komm, wir gehen«, sagte er, und Rosa stand auf. Sie sah Jakubs Blick, starr und unfreundlich, und wandte rasch ihre Augen ab.

Als sie auf die Straße traten, sah sie ängstlich zum Park hinüber, doch Franta war nicht mehr dort.

10.

Jakub stand auf, nahm sein halbvolles Weinglas und setzte sich an das freigewordene Tischchen. Er blickte erfreut auf die rötlichen Bäume im Park und sagte sich erneut, es sei eine Feuersbrunst, in die er alle seine bisherigen fünfundvierzig Jahre geworfen hatte. Dann fiel sein Blick auf die Tischplatte, und er sah neben dem Aschenbecher das vergessene, schmale Glasröhrchen. Er nahm es in die Hand und betrachtete es: darauf stand der Name eines ihm unbekannten Medikaments und daneben mit Bleistift *3 mal täglich*. Die Tabletten darin waren blaßblau. Das kam ihm sonderbar vor.

Er erlebte die letzten Stunden in seiner Heimat, was mit sich brachte, daß alle kleinen Ereignisse eine außerordentliche Bedeutung erlangten und sich in ein allegorisches Theater verwandelten. Was bedeutet es, sagte er sich, daß mir ausgerechnet heute jemand ein Röhrchen mit blaßblauen Tabletten auf dem Tisch liegenläßt? Und warum läßt es mir ausgerechnet diese Frau hier, Die Erbin der politischen Hetzjagden, Die Zutreiberin der Henker? Will sie mir damit sagen, daß das Bedürfnis für blaßblaue Tabletten bisher nicht aus der Welt geschafft wurde? Oder will sie mir mit der Anspielung auf Gift ihren unausrottbaren Haß kundtun? Oder will sie mir sagen, meine Ausreise aus diesem Land sei die gleiche Resignation wie das Schlucken jener blaßblauen Tablette, die ich in der Tasche trage?

Er griff in die Tasche, zog das zusammengerollte Papierchen heraus und wickelte es auf. Als er seine Tablette ansah, schien es ihm, sie habe eine etwas dunklere Färbung als die Tabletten in dem vergessenen Röhrchen. Er öffnete es und klopfte eine Tablette auf seine Handfläche. Ja, seine war, kaum erkennbar, dunkler und kleiner. Er steckte die beiden Tabletten ins Röhrchen. Als er sie nun ansah, war mit einem oberflächlichen Blick kein Unterschied mehr festzustellen. Oben auf den harmlosen Tabletten, die vermutlich für die geläufigsten gesundheitlichen Beschwerden bestimmt waren, ruhte maskiert der Tod.

In diesem Moment trat Olga an den Tisch. Er drückte rasch den Verschluß auf das Röhrchen, legte es neben den Aschenbecher und stand auf, um die Freundin zu begrüßen.

»Ich habe eben den berühmten Trompeter Klima gesehen! Ist das denn möglich?« sprudelte sie hervor, während sie sich Jakub gegenübersetzte. »Er hielt diese furchtbare Frau an der Hand! Was ich heute in der Badehalle mit der erlebt habe!«

In diesem Moment verstummte sie, da Rosa plötzlich an ihrem Tisch stand und sagte: »Ich habe meine Tabletten hier gelassen.«

Noch bevor er antworten konnte, hatte sie das Röhrchen

neben dem Aschenbecher gesehen und die Hand danach ausgestreckt.

Aber Jakub war schneller und ergriff es als erster.

»Geben Sie es mir!« sagte Rosa.

»Ich wollte Sie um etwas bitten«, sagte Jakub, »dürfte ich mir eine Tablette nehmen?«

»Lassen Sie das bitte, ich habe keine Zeit . . .«

»Ich nehme genau dasselbe Medikament und . . .«

»Ich bin keine wandelnde Apotheke«, sagte Rosa.

Jakub wollte den Verschluß des Röhrchens öffnen, aber noch bevor ihm das gelang, hatte Rosa danach gegriffen. Jakub umklammerte das Röhrchen mit seiner Faust.

»Was machen Sie denn da! Geben Sie mir diese Tabletten!« schrie sie ihn an.

Jakub sah ihr in die Augen und öffnete langsam die Hand.

11.

Das Rattern der Räder verrät ihr deutlich, wie zwecklos ihre Reise ist. Sie ist sich ganz sicher, daß ihr Mann nicht in diesem Badestädtchen ist. Warum also fährt sie hin? Reist sie nur deshalb vier Stunden mit der Eisenbahn, um zu erfahren, was sie schon vorher wußte, und wieder umzukehren? Das, was sie antreibt, ist jedoch keine rationale Absicht. Es ist ein Motor in ihrem Innern, der sich dreht und dreht und den man nicht bremsen kann.

(Ja, in diesem Moment sind Franta und Kamila in den Raum unserer Geschichte hinausgeschossen wie zwei Raketen, ferngesteuert durch eine blinde – aber was für eine Steuerung ist das dann? – Eifersucht.)

Die Verbindung von der Hauptstadt zum Bad im Gebirge war nicht die beste, und Frau Kamila mußte dreimal umsteigen, bis sie endlich müde in einem idyllischen Bahnhof ausstieg, der vollhing mit Reklameplakaten, die die örtlichen Heilquellen und den wundertätigen Schlamm anpriesen. Vom Bahnhof schritt sie durch die Pappelallee auf das Bad zu, und am Anfang der Kolonnaden fiel ihr ein handgemaltes Plakat ins Auge, auf dem rot der Name ihres Mannes stand. Überrascht blieb sie davor stehen und las unter seinem Namen noch zwei weitere Männernamen. Sie konnte es nicht glauben: Klima hatte nicht gelogen! Es war genau so, wie er es ihr gesagt hatte. Im ersten Augenblick verspürte sie eine grenzenlose Freude, ein Gefühl längst verlorenen Vertrauens.

Die Freude war aber von kurzer Dauer, denn Frau Klima wurde sich sogleich bewußt, daß die Existenz des Konzerts noch keineswegs ein Beweis für die Treue ihres Mannes darstellte. Er war sicher nur mit einem Auftritt in diesem gottvergessenen Badestädtchen einverstanden gewesen, weil er hier irgendeine Frau treffen wollte. Auf einmal wird ihr klar, daß alles viel schlimmer ist, als sie angenommen hat, und sie in einer Falle sitzt:

Sie ist hierher gefahren, um festzustellen, daß ihr Mann nicht hier ist und sie ihn so (wieder einmal, zum wievielten Mal schon!) *indirekt* der Untreue überführen wird. Nun hat sich die Situation jedoch verändert: sie wird ihn nicht bei einer Lüge, sondern (und dies ganz *direkt* und sichtbar) bei der Untreue ertappen. Ob sie es will oder nicht, sie wird die fremde Frau sehen, mit der Klima den heutigen Tag verbringt. Bei dieser Vorstellung fingen ihre Knie fast zu zittern an. Sie war sich zwar lange schon sicher, daß sie alles *wußte*, hatte aber bisher nichts (keine seiner Geliebten) *gesehen*. Übrigens wußte sie, ehrlich gesagt, gar nichts, sie vermutete nur, daß sie wußte, und verlieh dieser Vermutung das Gewicht einer Gewißheit. Sie glaubte an seine Untreue wie ein Christ an die Existenz Gottes. Bloß glaubt ein Christ an Gott in der vollkommenen Gewißheit, diesen niemals zu Gesicht zu bekommen. Über der Vorstellung, Klima heute mit einer fremden Frau zu sehen, verspürte sie das gleiche Entsetzen wie ein

Christ, dem der Herr telefonisch mitteilt, er werde zu ihm zum Mittagessen kommen.

Die Angst schnürte ihr den ganzen Körper ein. Dann aber hörte sie, wie jemand ihren Namen rief. Sie drehte sich um und sah drei junge Männer, die mitten unter den Kolonnaden standen. Sie trugen Jeans und Pullover und unterschieden sich auf bohèmehafte Weise von der langweiligen Sorgfalt, mit der die anderen Kurgäste gekleidet waren, die unter den Kolonnaden promenierten. Sie lachten ihr zu.

»Hallo!« rief sie. Es waren Filmleute, Freunde, die sie noch aus der Zeit kannte, als sie mit dem Mikrophon auf der Bühne aufgetreten war.

Der größte von ihnen, ein Regisseur, hakte sich sofort bei ihr unter: »Wie schön es doch wäre, sich vorzustellen, daß du zu uns und unseretwegen hergekommen bist . . .«

»Und dabei ist sie bloß wegen ihres Mannes gekommen . . .«, sagte sein Assistent mit trauriger Stimme.

»Was für ein Pech«, sagte der Regisseur. »Die schönste Frau der Hauptstadt wird von einem Trompeter in einem Käfig gehalten, so daß man sie schon jahrelang nicht mehr zu Gesicht bekommt . . .«

»Verdammt nochmal«, sagte der Kameramann (ein junger Mann in zerlöchertem Pullover), »kommt, das müssen wir feiern!«

Sie hatten geglaubt, ihre beredte Bewunderung einer strahlenden Königin zu widmen, die diese sogleich achtlos in einen geflochtenen Korb voll weggelegter Geschenke werfen würde. Sie aber nahm ihre Worte dankbar an, wie ein lahmes Mädchen, das sich auf einen hilfsbereiten Arm stützt.

12.

Olga redete, und Jakub dachte daran, daß er einer unbekannten Frau Gift gegeben hatte und sie es jederzeit schlucken könnte.

Es war schnell geschehen, es war schneller geschehen, als es ihm hatte bewußt werden können. Es war ohne sein Bewußtsein geschehen.

Olga redete noch immer voller Entrüstung, und Jakub rechtfertigte sich im Geist, daß er ihr das Röhrchen nicht hatte geben wollen, sondern sie selbst ihn dazu gezwungen hatte.

Kaum aber hatte er sich das gesagt, wußte er, daß es eine billige Ausrede war. Er hätte Tausende von Möglichkeiten gehabt, ihr nicht zu gehorchen. Er hätte ihrer Dreistheit seine eigene Dreistheit entgegenstellen sollen, sich die oberste Tablette ruhig in seine Hand schütten und sie in die Tasche stecken können.

Und wenn er schon nicht geistesgegenwärtig genug gewesen war und es nicht getan hatte, so hätte er ihr schließlich nachlaufen und gestehen können, daß Gift im Röhrchen war. Es war ja nicht schwierig zu erklären, wie es dazu gekommen war.

Und stattdessen sitzt er da und sieht Olga an, die etwas erzählt. Er sollte lieber aufstehen und dieser Krankenschwester nachlaufen. Noch ist es Zeit. Und er ist verpflichtet, alles zu tun, um ihr Leben zu retten. Warum sitzt er also da und rührt sich nicht?

Olga redet, und er wundert sich, daß er dasitzt und sich nicht rührt.

Er beschließt, augenblicklich aufzustehen und sie zu suchen. Er überlegt, wie er Olga erklären soll, daß er gehen muß. Soll er ihr anvertrauen, was geschehen ist? Ihm wird klar, daß er sich ihr nicht anvertrauen darf. Was ist, wenn die Krankenschwester das Medikament einnimmt, bevor er sie erreicht? Darf Olga denn wissen, daß Jakub ein Mörder ist? Und selbst wenn er sie rechtzeitig erreichte, wie soll er vor Olga rechtfertigen, daß er so lange gezögert hat? Wie soll er ihr erklären, daß er das Röhrchen dieser Frau überhaupt ausgehändigt hat? Er muß doch schon jetzt, für diese kurze Zeit, da er untätig dasitzt, in den Augen jedes Beobachters als Mörder gelten!

Nein, er darf sich Olga nicht anvertrauen, aber was soll er ihr sagen? Wie soll er rechtfertigen, daß er auf einmal vom Tisch aufsteht und irgendwohin läuft?

Ist es überhaupt wichtig, was er ihr sagt? Mit was für Dummheiten beschäftigt er sich ständig? Kommt es denn angesichts von Leben und Tod darauf an, was Olga sich denkt?

Er wußte, daß seine Betrachtungen völlig abwegig waren und jede Sekunde des Zögerns die Gefahr erhöhte, in der die Krankenschwester schwebte. Eigentlich war es jetzt schon zu spät. Während er zögerte, hatte sie sich mit dem jungen Mann schon so weit vom Weinlokal entfernt, daß er nicht einmal gewußt hätte, in welcher Richtung er hätte suchen sollen. Weiß er denn, wohin sie gegangen sind? In welche Richtung sollte er aufbrechen?

Aber im Handumdrehen kam er selbst darauf, daß auch das nur eine neue Ausrede war. Es ist schwierig, sie rasch zu finden, aber es ist nicht unmöglich. Es ist nicht zu spät, etwas zu tun, aber er muß es augenblicklich tun, damit es nicht doch zu spät ist!

»Ich habe seit heute morgen einen schlechten Tag«, sagte Olga. »Ich habe verschlafen, bin zu spät zum Frühstück gekommen, man wollte es mir nicht mehr geben, und im Badehaus waren diese idiotischen Filmleute. Und ich wünschte mir so sehr, heute einen schönen Tag zu erleben, da ich zum letzten Mal mit dir zusammen bin. Du kannst dir überhaupt nicht vorstellen, wie viel mir daran liegt. Jakub, weißt du überhaupt, wie viel mir daran liegt?«

Sie neigte sich über den Tisch und ergriff seine Hände.

»Sei unbesorgt, es gibt keinen Grund, warum du heute einen schlechten Tag haben solltest«, sagte er ihr unter großer Anstrengung, da er sich absolut nicht auf sie konzentrieren konnte. Eine Stimme erinnerte ihn stets daran, daß die Krankenschwester das Gift in ihrer Handtasche hatte und er über ihr Leben und ihren Tod entschied. Diese Stimme war eindringlich und unaufhörlich und trotzdem gleichzeitig so sonderbar schwach, als ertönte sie aus allzu tiefen Tiefen.

13.

Klima fuhr mit Rosa über die Waldstraße und stellte fest, daß sich die Spazierfahrt in seinem Luxusauto diesmal keineswegs zu seinen Gunsten auswirkte. Rosa ließ sich nicht aus ihrer hartnäckigen Unnahbarkeit locken, und so verstummte der Trompeter für längere Zeit. Als die Stille allzu bedrückend wurde, sagte er: »Kommst du zum Konzert?«

»Ich weiß nicht«, antwortete sie.

»Komm«, sagte er, und die abendliche Veranstaltung wurde Vorwand für ein Gespräch, das die beiden für eine Weile von ihrem Streit ablenkte. Klima versuchte, scherzend vom Schlagzeug spielenden Chefarzt zu erzählen, und er beschloß, die entscheidende Begegnung mit Rosa auf den Abend zu verschieben.

»Ich freue mich, daß du nach dem Konzert auf mich warten wirst«, sagte er. »Wie letztes Mal, als ich hier spielte . . .« Kaum hatte er diese Worte ausgesprochen, wurde ihm deren Bedeutung bewußt. *Wie letztes Mal* bedeutete, daß sie sich nach dem Konzert lieben mußten. Mein Gott, wie kam es, daß er diese Möglichkeit überhaupt nicht in Erwägung gezogen hatte?

Es ist sonderbar, aber bis zu diesem Moment war Klima

überhaupt nicht auf die Idee gekommen, mit ihr zu schlafen. Ihre Schwangerschaft hatte sie still und unauffällig in den außersexuellen Bereich der Angst abgeschoben. Er hatte sich zwar vorgenommen, zärtlich zu ihr zu sein, sie zu küssen und zu streicheln, und das tat er auch mit Sorgfalt, aber als bloße Geste, als leeres Zeichen, ohne das geringste Interesse seines Körpers.

Als er jetzt daran dachte, kam ihm der Gedanke, daß das Desinteresse an Rosas Körper der größte Fehler war, den er in diesen Tagen begangen hatte. Ja, jetzt war es ihm völlig klar (und er zürnte den Freunden, mit denen er sich beraten hatte, daß sie ihn nicht darauf aufmerksam gemacht hatten): es war unerläßlich und nötig, mit ihr zu schlafen! Diese plötzliche Fremdheit, in die das Mädchen sich hüllte und die er nicht zu durchbrechen vermochte, war gerade dadurch entstanden, daß ihre Körper einander so fern geblieben waren. Wenn er das Kind ablehnte, die Blüte ihres Bauches, lehnte er damit auf kränkende Weise auch ihren schwangeren Körper ab. Er müßte ein umso größeres Interesse an ihrem nicht schwangeren Körper zeigen. Er müßte ihren nicht gebärenden Körper dem gebärenden gegenüberstellen und in ihm einen Verbündeten finden.

Als ihm das alles klar war, spürte er neue Hoffnung in seinem Innern. Er drückte Rosas Schulter und neigte sich zu ihr: »Es bricht mir das Herz, wenn wir uns streiten. Weißt du was, irgendwie wird es werden. Hauptsache, wir sind zusammen. Diese Nacht lassen wir uns von niemandem nehmen, und sie wird genauso schön sein wie die letzte.«

Mit der einen Hand hielt er das Lenkrad, mit der andern umarmte er ihre Schultern, und auf einmal schien es ihm, als erwachte irgendwo tief in seinem Innern das Verlangen nach ihrer nackten Haut. Das erfüllte ihn mit Freude, denn dieses Verlangen war fähig, die einzige gemeinsame Sprache zu vermitteln, in der er sich mit ihr verständigen konnte.

»Und wo treffen wir uns?« fragte sie.

Klima wurde klar, daß das ganze Badestädtchen sehen

würde, mit wem er nach dem Konzert wegging. Aber es gab kein Entrinnen:

»Komm zu mir hinter die Bühne, gleich wenn das Konzert zu Ende ist.«

14.

Während Klima wieder ins Volkshaus eilte, um dort noch ein letztes Mal den Saint Louis Blues und When The Saints Go Marching In zu proben, sah Rosa sich suchend um. Noch während der Fahrt hatte sie ihn mehrmals im Rückspiegel gesehen, wie er sie von weitem auf seinem Motorrad verfolgte. Jetzt sah sie ihn nirgendwo mehr.

Sie kam sich vor wie eine Verfemte, gejagt von der Zeit. Sie wußte, daß sie bis morgen wissen mußte, was sie wollte, aber sie wußte nichts. Auf der ganzen Welt gab es keine Seele, der sie geglaubt hätte. Die eigene Familie war ihr fremd. Franta liebte sie, aber sie traute ihm gerade aus diesem Grund nicht (wie eine Hirschkuh dem Jäger nicht traut). Klima traute sie nicht, wie ein Jäger der Hirschkuh nicht traut. Mit ihren Kolleginnen war sie zwar befreundet, aber selbst ihnen traute sie nicht ganz (wie ein Jäger den Mitjägern nicht traut). Sie ging allein durchs Leben, in den letzten Monaten gemeinsam mit einem sonderbaren Gefährten, den sie in ihrem Innern trug und von dem die einen behaupteten, er sei ihr größtes Glück, die andern das pure Gegenteil, und zu dem sie selbst überhaupt keine Beziehung hatte.

Sie wußte nichts. Sie war ganz gefüllt mit Nichtwissen. Sie war nichts als Nichtwissen. Sie wußte nicht einmal, wohin sie ging.

Sie ging am Restaurant Slavia vorbei, dem schlimmsten Lokal des Badestädtchens, einer schmutzigen Kneipe, wo die Ortseinwohner ihr Bier tranken und auf den Boden spuckten. Früher war es vermutlich ein besseres Lokal gewesen, und aus diesen Zeiten waren im kleinen Vorgärtchen drei rotgestrichene (aber bereits abgeblätterte) Holztische und Stühle übriggeblieben, eine Erinnerung an bürgerliche Freuden von Gartenkapellen, Tanzfesten und Damensonnenschirmen, die an den Stühlen lehnten. Aber was wußte Rosa von diesen Zeiten, Rosa, die nur auf dem schmalen Steg der Gegenwart durchs Leben schritt, ohne ein geschichtliches Gedächtnis? Sie konnte den Schatten des rosaroten Sonnenschirms nicht sehen, der aus der Ferne der Zeit herüberfiel, sie sah nur drei Männer in Jeans, eine schöne Frau und eine Weinflasche mitten auf dem kahlen Tisch.

Einer der Männer rief ihr etwas zu. Sie wandte sich um und erkannte den Kameramann im zerlöcherten Pullover.

»Kommen Sie zu uns«, rief er ihr zu.

Sie gehorchte.

»Dieses reizende Mädchen hat es uns heute ermöglicht, einen kurzen Pornofilm zu drehen«, stellte der Kameramann Rosa der Frau vor, die ihr die Hand reichte und unverständlich ihren Namen murmelte.

Rosa setzte sich neben den Kameramann, der ein Glas vor sie stellte und ihr Wein eingoß.

Rosa war dankbar, daß etwas geschah. Daß sie nicht überlegen mußte, wohin sie gehen und was sie tun sollte. Daß sie nicht entscheiden mußte, ob sie das Kind behalten wollte oder nicht.

15.

Endlich hatte er sich doch zu etwas entschlossen. Er bezahlte beim Kellner und sagte zu Olga, daß er sich jetzt verabschiede und sie sich erst vor dem Konzert wieder treffen würden.

Olga fragte ihn, was er denn vorhabe, und Jakub hatte das schreckliche Gefühl, verhört zu werden. Er antwortete, er müsse sich mit Doktor Skreta treffen.

»Gut«, sagte sie, »aber das kann nicht so lange dauern. Ich gehe mich umziehen und erwarte dich um sechs wieder hier. Ich lade dich zum Abendessen ein.«

Jakub begleitete Olga zum Marxhaus. Als sie im Korridor, der zu den Zimmern führte, verschwunden war, neigte er sich zum Portier: »Bitte sehr, ist Schwester Rosa zu Hause?«

»Nein«, sagte der Portier. »Der Schlüssel hängt hier.«

»Ich muß sie dringend sprechen«, sagte Jakub. »Wissen Sie nicht, wo ich sie finden könnte?«

»Das weiß ich nicht.«

»Ich habe sie eben noch mit diesem Trompeter gesehen, der heute abend hier spielt.«

»Ja, ich habe auch schon gehört, daß sie was mit ihm hat«, sagte der Portier. »Der probt jetzt sicher im Volkshaus.«

Als Doktor Skreta, der hinter seinem Schlagzeug auf dem Podium saß, Jakub in der Saaltür sah, nickte er sofort zu ihm hinüber. Jakub lächelte ihm zu und sah sich in den Stuhlreihen um, in denen etwa zehn Fans saßen (ja, Franta, verwandelt in Klimas Schatten, war wieder unter ihnen). Dann setzte er sich auf einen Stuhl und wartete, ob die Krankenschwester nicht hier auftauchen würde.

Er überlegte, wo er sie sonst noch suchen sollte. Sie konnte sich momentan an den verschiedensten Orten aufhalten, von denen er keine Ahnung hatte. Sollte er den Trompeter fragen? Wie aber ihn fragen? Was, wenn ihr inzwischen schon etwas zugestoßen war? Jakub war vor einer Weile klar geworden, daß ihr eventueller Tod völlig unerklärlich wäre und ein Mörder, der ohne Motiv mordete, nicht ausfindig gemacht werden konnte. Sollte er also auf sich aufmerksam machen? Sollte er eine Spur hinterlassen, einen Verdacht auf sich lenken?

Dann ermahnte er sich aber erneut. Ein Menschenleben war in Gefahr, er durfte nicht so feige überlegen. Er benutzte eine Pause zwischen zwei Nummern und betrat von hinten das Podium. Doktor Skreta wandte sich ihm erfreut zu, er aber legte den Finger auf den Mund und bat ihn leise, den Trompeter zu fragen, wo die Krankenschwester, mit der er noch vor einer Stunde im Weinlokal gesessen habe, in diesem Moment sei.

»Was habt ihr bloß alle mit ihr?« brummte Skreta ungehalten. »Wo ist Rosa?« rief er dann dem Trompeter zu, dieser errötete und sagte, er wisse es nicht.

»Dann läßt sich nichts machen«, entschuldigte sich Jakub, »spielt nur weiter.«

»Wie gefällt dir unser Orchester?« fragte ihn Doktor Skreta.

»Phantastisch«, sagte Jakub und ging wieder hinunter in die Reihen. Er wußte, daß er immer ganz verkehrt handelte. Wenn ihm wirklich etwas an ihrem Leben läge, müßte er Alarm schlagen und alle Hebel in Bewegung setzen, damit man sie rasch fand. Er aber ging sie nur suchen, um vor seinem Gewissen ein Alibi zu haben.

Abermals vergegenwärtigte er sich den Augenblick, da er ihr das Röhrchen mit dem Gift gegeben hatte. War es tatsächlich schneller geschehen, als es ihm hatte bewußt werden können? War es wirklich ohne sein Bewußtsein geschehen?

Jakub wußte, daß es nicht so war. Sein Bewußtsein hatte nicht geschlafen. Er stellte sich wieder das Gesicht unter dem gelben Haar vor, und es wurde ihm klar, daß es kein Zufall gewesen war (kein Schlaf seines Bewußtseins), als er ihr das Röhrchen mit dem Gift gegeben hatte, sondern sein alter, sehnlicher Wunsch, der schon seit Jahren auf eine Gelegenheit gewartet hatte und so stark geworden war, daß er sie schließlich selbst herbeigerufen hatte.

Er wurde von Entsetzen geschüttelt und erhob sich. Er lief wieder zum Marxhaus. Rosa war immer noch nicht zu Hause.

16.

Was für eine Idylle, was für eine Erholung! Was für eine Pause im Drama! Was für ein lustvoller Nachmittag mit drei Faunen!

Die beiden Verfolgerinnen des Trompeters, sein zweifaches Unglück, sie sitzen sich gegenüber, trinken Wein aus derselben Flasche und sind beide gleich glücklich, hier zu sein und wenigstens einen Moment lang nicht an ihn denken zu müssen. Welch rührende Eintracht, welch ein Einverständnis!

Frau Klima schaut die drei jungen Männer an, zu denen sie einmal gehört hatte. Sie schaut sie an, als sähe sie das Negativ ihres jetzigen Lebens. Sie, in Sorgen versunken, sitzt der puren Sorglosigkeit gegenüber, sie, an einen einzigen Mann gefesselt, sitzt drei Faunen gegenüber, die die unendliche Vielfalt des Männlichen verkörpern.

Die Reden der Faune sind auf ein klares Ziel ausgerichtet: die Nacht mit den beiden Frauen, die Nacht zu fünft zu verbringen. Es handelt sich um ein illusorisches Ziel, wissen sie doch, daß der Mann von Frau Klima hier ist, das Ziel ist aber so schön, daß sie es trotz seiner Unerreichbarkeit anstreben.

Frau Klima weiß, wohin sie streben, und sie gibt sich dieser Richtung umso lieber hin, als es nur eine Vorstellung, nur ein Spiel, nur eine Versuchung von Träumen ist. Sie lacht über die zweideutigen Reden, scherzt aufmunternd mit der unbekannten Partnerin, und sie wäre froh, wenn diese Pause möglichst lange dauerte, damit sie ihre Nebenbuhlerin noch lange nicht sehen, der Wahrheit noch lange nicht ins Gesicht schauen müßte.

Noch eine Flasche Wein, alle sind lustig, alle sind angetrunken, jedoch nicht so sehr vom Wein als von der seltsamen Stimmung, dieser Sehnsucht, den Augenblick zu verlängern, der in Kürze zerrinnt.

Frau Klima spürt, wie die Wade des Regisseurs sich unter

dem Tisch an ihr linkes Bein preßt. Sie ist sich dessen voll bewußt, rückt aber ihr Bein nicht weg. Es ist eine Berührung, die eine bedeutungsvolle, kokette Beziehung zwischen ihnen anknüpft, zugleich aber eine Berührung, die sich spontan hätte ergeben können und ihr aufgrund ihrer Belanglosigkeit nicht einmal bewußt sein mußte. Es ist also eine Berührung, die direkt auf der Grenze zwischen Unschuld und Schamlosigkeit liegt. Kamila will diese Grenze nicht überschreiten, ist aber froh, daß sie sich direkt auf ihr (auf diesem schmalen Streifen unverhoffter Freiheit) halten kann, und sie wird noch froher sein, wenn diese Zauberlinie sich auf weitere verbale Anspielungen, weitere Berührungen und Spiele hin verschiebt. Geschützt von der zweideutigen Unschuld dieser sich verschiebenden Grenze wünscht sie sich sehnlichst, sich ins Unendliche forttragen zu lassen, immer weiter und weiter.

Wenn Kamilas fast unangenehm strahlende Schönheit den Regisseur zu umsichtig langsamem Erobern zwingt, so lockt Rosas alltäglicher Liebreiz den Kameramann forsch und ohne Umschweife. Er umarmt ihren Körper und berührt ihre Brüste.

Kamila schaut sich das an. Sie hat schon so lange keine schamlosen Gesten fremder Menschen mehr gesehen! Sie schaut auf die Männerhand, die die Brust des Mädchens bedeckt, sie unter dem Kleid reibt, drückt und liebkost. Sie schaut Rosas Gesicht an, regungslos, sinnlich hingegeben, passiv. Die Hand liebkost die Brust, die Zeit verrinnt süß, und Kamila spürt, wie sich jetzt das Knie des Assistenten an ihr anderes Bein preßt.

Und da sagt sie: »Heute hätte ich Lust, die ganze Nacht durchzumachen.«

»Der Teufel soll deinen Trompeter holen!« sagte der Regisseur.

»Der Teufel soll ihn holen«, wiederholte der Assistent.

17.

In diesem Moment erkannte Rosa sie. Ja, es war das Gesicht, das die Freundinnen ihr auf dem Foto gezeigt hatten! Sie schüttelte die Hand des Kameramanns abrupt von sich.

»Spinnst du!« verbat er sich das.

Er versuchte, sie wieder zu umarmen und wurde wieder weggestoßen.

»Was erlauben Sie sich da!« schrie sie ihn an.

Der Regisseur und sein Assistent fingen an zu lachen. »Das meinen Sie ernst?« fragte der Assistent.

»Selbstverständlich meine ich das ernst«, antwortete sie streng.

Der Assistent sah auf seine Uhr und sagte zum Kameramann: »Jetzt ist es genau sechs. Die Wende in der Situation ist eingetreten, weil unsere Freundin sich zu jeder geraden Stunde anständig aufführt. Nun mußt du es bis sieben aushalten.«

Wieder war ein Lachen zu hören. Rosa errötete vor Erniedrigung. Sie war ertappt worden mit einer fremden Hand auf der Brust. Sie war ertappt worden, wie sie sich alles gefallen ließ. Sie war von der größten Rivalin ihres Lebens ertappt worden, wie alle über sie lachten.

Der Regisseur sagte zum Kameramann: »Vielleicht solltest du das Fräulein bitten, die sechste Stunde ausnahmsweise als ungerade gelten zu lassen.«

»Denkst du, es wäre theoretisch möglich, die Sechs als eine ungerade Zahl zu betrachten?« fragte der Assistent.

»Ja«, sagte der Regisseur, »Euklid sagt darüber in seinen berühmten *Elementen*: Unter gewissen besonderen und sehr geheimnisvollen Umständen verhalten sich einige gerade Zahlen wie die ungeraden. Ich vermute, wir stehen in diesem Augenblick diesen geheimnisvollen Umständen gegenüber.«

»Sind Sie also einverstanden, Rosa, daß wir diese sechste Stunde als ungerade gelten lassen?«

Rosa schwieg.

»Einverstanden?« Der Kameramann neigte sich wieder zu ihr.

»Das Fräulein schweigt«, sagte der Assistent, »wir müssen also darüber entscheiden, ob wir ihr Schweigen als Zustimmung oder Ablehnung betrachten sollen.«

»Wir können abstimmen«, sagte der Regisseur.

»Richtig«, sagte der Assistent. »Wer ist dafür, daß Rosa damit einverstanden ist, daß die Sechs in diesem Fall eine ungerade Zahl ist? Kamila! Du stimmst als erste!«

»Ich denke, Rosa ist bestimmt damit einverstanden«, sagte Kamila.

»Und du, Regisseur?«

»Ich bin davon überzeugt«, sagte der Regisseur mit seiner sanften Stimme, »daß Fräulein Rosa die Sechs als ungerade Zahl gelten läßt.«

»Der Kameramann ist zu parteiisch, also stimmt er nicht mit ab. Ich stimme dafür«, sagte der Assistent. »Wir haben also mit drei Stimmen beschlossen, daß Rosas Schweigen Zustimmung bedeutet. Daraus ergibt sich, Kameramann, daß du auf der Stelle wieder ans Werk gehen sollst.«

Der Kameramann neigte sich zu Rosa und umarmte sie so, daß seine Hand wieder ihre Brust berührte. Rosa stieß ihn noch heftiger weg als zuvor und schrie: »Nimm deine dreckigen Pfoten weg!«

»Rosa, er kann doch nichts dafür, daß Sie ihm so gefallen. Wir waren alle in so guter Stimmung . . .«, legte Kamila Fürsprache ein.

Eben noch hatte sich Rosa ganz passiv verhalten und sich dem Lauf der Dinge hingegeben, als könne er mit ihr machen, was ihm beliebe, als wollte sie ihr Schicksal aus den Zufällen ablesen, die ihr begegneten. Sie hätte sich entführen, sie hätte sich verführen und zu allem überreden lassen, wenn es nur einen Ausweg aus der Sackgasse bedeutet hätte, in der sie sich befand.

Nur erwies sich der Zufall, zu dem sie so flehentlich aufgesehen hatte, unvermutet als Feind, und Rosa wurde sich bewußt, erniedrigt vor der Rivalin und von allen verlacht, daß sie nur noch eine einzige verläßliche Stütze hatte, einen einzigen Trost und eine einzige Rettung: – die Frucht in ihrem Bauch. Ihre Seele stieg (schon wieder! schon wieder!) hinab, hinein in die Tiefen des Körpers, und Rosa bestätigte sich darin, daß sie sich von dem, was ruhig in ihr sproß, niemals trennen durfte. In ihm hatte sie ihren heimlichen Trumpf, der sie hoch über das Lachen und die schmutzigen Hände erhob. Sie hatte eine wahnsinnige Lust, es ihnen zu sagen, es ihnen ins Gesicht zu schreien, sich an den Dreien für die Verhöhnung und an ihr für ihre herablassende Liebenswürdigkeit zu rächen.

Nur die Ruhe bewahren, sagte sie sich und griff in der Tasche nach dem Röhrchen. Sie nahm es heraus, und in diesem Augenblick spürte sie, wie eine fremde Hand fest ihr Handgelenk umschloß.

18.

Niemand hatte ihn kommen sehen. Plötzlich stand er da, und Rosa, die sich zu ihm umdrehte, sah sein Lächeln.

Er hielt noch immer ihre Hand; sie spürte den festen Druck und gab ihm nach: das Röhrchen fiel zurück auf den Boden der Tasche.

»Erlauben Sie, Verehrte, daß ich mich zu Ihnen setze. Mein Name ist Bertlef.«

Keiner der anwesenden Männer war über das Kommen des ungebetenen Herrn begeistert, keiner stellte sich ihm vor, und Rosa war in gesellschaftlichen Dingen nicht bewandert genug, um ihm die anderen vorzustellen.

»Ich sehe, mein Kommen hat Sie etwas aus der Fassung gebracht«, sagte Bertlef, holte sich einen Stuhl und schob ihn an die freie Stirnseite des Tisches, so daß er jetzt allen gegenüber saß und Rosa zu seiner Rechten hatte. »Verzeihen Sie mir das«, fuhr er fort, »ich habe die seltsame Gewohnheit, nicht zu kommen, sondern zu erscheinen.«

»In diesem Fall werden Sie uns erlauben«, sagte der Assistent, »Sie als bloße Erscheinung zu betrachten und Ihnen keine Aufmerksamkeit zu schenken.«

»Das erlaube ich Ihnen gern«, sagte Bertlef mit einer leichten Verbeugung. »Ich fürchte nur, daß es Ihnen trotz Ihres guten Willens nicht gelingen wird.«

Er blickte zur erleuchteten Tür des Ausschanks hin und klatschte in die Hände.

»Wer hat Sie eigentlich eingeladen, Chef?« sagte der Kameramann.

»Wollen Sie mir zu verstehen geben, daß ich hier nicht willkommen bin? Ich könnte auch sofort mit Rosa weggehen, aber Gewohnheit ist Gewohnheit. Ich pflege jeden Tag gegen Abend an diesem Tisch hier zu sitzen und einen Wein zu trinken.« Er sah sich das Etikett auf der Flasche an, die auf dem Tisch stand, und sagte: »Allerdings einen besseren, als Sie ihn jetzt trinken.«

»Das wüßte ich gern, wo Sie in dieser Spelunke einen besseren Wein finden«, sagte der Assistent.

»Mir scheint, Chef, Sie machen sich schrecklich wichtig«, fügte der Kameramann hinzu und wollte den ungebetenen Gast lächerlich machen: »In einem bestimmten Alter bleibt dem Menschen nichts anderes mehr übrig, als sich wichtig zu machen.«

»Sie irren sich«, sagte Bertlef, als hätte er die Beleidigung nicht gehört, »in dieser Schenke sind bessere Weine versteckt als in den teuersten Hotels.«

In diesem Moment reichte er dem Wirt die Hand. Dieser

hatte sich vorher die ganze Zeit über kaum blicken lassen, jetzt verbeugte er sich aber vor Bertlef und fragte: »Soll ich für alle decken?«

»Selbstverständlich«, sagte Bertlef und wandte sich an die andern: »Meine Damen und Herren, ich lade Sie ein, mit mir einen Wein zu trinken, dessen Geschmack ich schon oft gekostet und für vorzüglich befunden habe. Sind Sie einverstanden?«

Niemand antwortete, und der Wirt sagte: »Was Speisen und Getränke angeht, so kann ich der verehrten Gesellschaft nur empfehlen, Herrn Bertlef ganz zu vertrauen.«

»Mein Freund«, sagte Bertlef zum Wirt, »bringen Sie zwei Flaschen und eine große Käseplatte.« Dann wandte er sich wieder an die andern: »Ihre Verlegenheit ist fehl am Platz. Rosas Freunde sind auch meine Freunde.«

Vom Ausschank kam ein kaum zwölfjähriger Junge gelaufen, ein Tablett mit Gläsern und Tellerchen und ein Tischtuch in den Händen. Er stellte alles auf einen Nebentisch und neigte sich über die Schultern der Gäste, um die noch nicht geleerten Gläser und die halbvolle Flasche wegzuräumen. Dann wischte er lange mit einem Geschirrtuch den Tisch ab, der sichtlich schmutzig war, um ein schneeweißes Tischtuch darüber zu legen. Er nahm die weggestellten Gläser wieder vom Nebentisch und wollte sie vor die Gäste stellen.

»Diese alten Gläser und die Flasche mit der restlichen Brühe brauchen Sie nicht mehr aufzutischen«, sagte Bertlef zu dem Jungen, »Vater wird uns besseren Wein bringen.«

Der Kameramann protestierte: »Chef, wären Sie so freundlich, uns das trinken zu lassen, was wir möchten?«

»Wie Sie wünschen, mein Herr«, sagte Bertlef. »Ich bin dagegen, daß man den Menschen ihr Glück aufzwingt. Jeder hat ein Recht auf seinen schlechten Wein, seine Dummheit und den Schmutz unter seinen Fingernägeln. Wissen Sie was, mein Kleiner«, sprach er den Jungen an, »stellen Sie vor jeden neben sein altes Glas ein neues, leeres. Meine Gäste werden frei wählen können zwischen einem Wein, den die

Nebel hervorgebracht haben und einem, der aus der Sonne geboren wurde.«

Vor jedem standen nun zwei Gläser, ein leeres und ein noch halb mit Wein gefülltes. Zum Tisch trat der Wirt mit den beiden Flaschen, er klemmte eine zwischen seine Knie und zog mit einem heftigen Ruck den Korken heraus. Dann goß er ein bißchen Wein in Bertlefs Glas. Bertlef hob es an seine Lippen, kostete den Wein und wandte sich an den Wirt: »Er ist vorzüglich. Jahrgang dreiundzwanzig?«

»Zweiundzwanzig«, sagte der Wirt.

»Schenken Sie ein«, sagte Bertlef, und der Wirt ging mit der Flasche um den Tisch herum und füllte die leeren Gläser.

Bertlef nahm sein Glas zwischen die Finger: »Freunde, kosten Sie diesen Wein. Er hat den süßen Geschmack der Vergangenheit. Kosten Sie ihn, als würden Sie aus einem langen Markknochen einen längst vergangenen Sommer saugen. Ich möchte mit Hilfe dieses Trinkspruchs das Vergangene mit dem Gegenwärtigen vereinen, die Sonne des Jahres zweiundzwanzig mit der Sonne dieses Augenblicks. Diese Sonne ist Rosa, ein einfaches Mädchen, das eine Königin ist, ohne es zu wissen. Sie ist vor dem Hintergrund dieses Badeorts wie ein Juwel auf dem Gewand eines Bettlers. Sie ist hier wie ein Mond, vergessen auf dem verblassenden Himmel des Tages. Sie ist hier wie ein Schmetterling, flatternd über einem Schneefeld.«

Der Kameramann bemühte sich, gezwungen zu lachen: »Übertreiben Sie nicht, Chef?«

»Ich übertreibe nicht«, sagte Bertlef und wandte sich an den Kameramann. »Das scheint nur Ihnen so, da Sie ständig unter dem Maß der Dinge leben, Sie bitteres Kraut, Sie antropomorphisierter Essig! Sie sind voll von Säuren, die in Ihnen brodeln wie im Tiegel eines Alchimisten! Sie würden Ihr Leben dafür hergeben, um rings um sich herum die Häßlichkeit zu entdecken, die Sie in sich tragen. Nur so können Sie für einen Moment eine Art Aussöhnung zwischen sich und der Welt empfinden. Denn die Welt, die schön ist, ist für Sie schrecklich, Sie werden von ihr gequält und beständig aus ihrer Mitte ausgeschlossen. Wie unerträglich ist es doch, schmutzige Fingernägel und neben sich eine schöne Frau zu haben! Deshalb muß man zunächst einmal die Frau in den Schmutz ziehen, ehe man sich an ihr freut. Es ist doch so, mein Herr! Es freut mich, daß Sie Ihre Hände unter dem Tisch verstecken, offenbar hatte ich recht, als ich von Ihren Fingernägeln sprach.«

»Ich scheiß auf Ihre Parade, ich bin kein Narr mit weißem Kragen und Krawatte wie Sie«, fiel ihm der Kameramann ins Wort.

»Ihre schmutzigen Nägel und Ihr löchriger Pullover sind nichts Neues unter der Sonne«, sagte Bertlef. »Vor langer Zeit wandelte einst ein Kyniker prahlend in einem löchrigen Gewand durch Athen, damit alle ihn bewunderten, wie gleichgültig er den Konventionen gegenüber war. Als Sokrates ihm begegnete, sagte er zu ihm: *Durch die Löcher deines Gewandes sehe ich deine Eitelkeit*. Auch Ihr Schmutz, mein Herr, ist Selbstgefälligkeit, und Ihre Selbstgefälligkeit ist schmutzig.«

Rosa konnte sich nicht von der berauschenden Überraschung erholen: Dieser Mann, den sie nur flüchtig als Patienten kannte, kam ihr wie vom Himmel gefallen zu Hilfe, sie war bezaubert von der charmanten Selbstverständlichkeit seines Benehmens und der gnadenlosen Sicherheit, mit der er die Frechheit des Kameramanns zu Boden warf.

»Ich sehe, es hat Ihnen die Sprache verschlagen«, sagte Bertlef nach einer Weile der Stille zum Kameramann, »doch glauben Sie mir, ich wollte Ihnen keineswegs nahetreten. Ich bin ein Freund der Gemütlichkeit, nicht des Streits, und wenn ich mich von meiner Beredsamkeit habe hinreißen lassen, so entschuldige ich mich gern. Ich möchte nichts anderes, als daß Sie diesen Wein kosten und mit mir auf Rosa anstoßen, deretwegen ich hierher gekommen bin.«

Bertlef hob abermals das Glas, aber keiner tat es ihm gleich.

»Herr Wirt«, sagte Bertlef, »Sie werden doch mit uns anstoßen!«

»Mit diesem Wein immer«, sagte der Wirt, nahm ein leeres Glas vom Nebentisch und goß sich Wein ein. »Herr Bertlef weiß, was ein guter Tropfen ist. Er hat meinen Keller längst schon gewittert wie eine Schwalbe aus der Ferne ihr Nest.«

Bertlef lachte das glückliche Lachen eines geschmeichelten Menschen.

»Werden Sie mit uns auf Rosa anstoßen?«

»Auf Rosa?« fragte der Wirt.

»Ja, auf Rosa.« Bertlef deutete mit einem Blick auf seine Nachbarin. »Gefällt Sie Ihnen auch so wie mir?«

»In Ihrer Begleitung, Herr Bertlef, sieht man immer nur schöne Frauen. Ich müßte das Fräulein nicht einmal anschauen und wüßte, daß sie schön ist, wenn sie an Ihrer Seite sitzt.«

Bertlef lachte wieder sein glückliches Lachen, der Wirt lachte, und erstaunlicherweise stimmte Kamila mit ein, die sich von Anfang an über Bertlefs Kommen amüsiert hatte. Dieses Lachen war unerwartet und auf eine eigenartige, unerklärliche Weise ansteckend. Aus galanter Solidarität schloß sich der Regisseur Kamila an, der Assistent dem Regisseur und zum Schluß auch Rosa, die in dieses mehrstimmige Lachen eintauchte wie in eine beglückende Umarmung. Es war ihr erstes Lachen an diesem Tag. Die erste Entspannung, das erste Aufatmen. Sie lachte lauter als alle andern, konnte sich gar nicht sattlachen.

Und Bertlef hob sein Glas: »Auf Rosa!« Und der Wirt hob sein Glas, und Kamila hob es und der Regisseur und der Assistent, und alle wiederholten: »Auf Rosa!« Sogar der Kameramann hob sein Glas und trank, allerdings ohne etwas zu sagen.

Der Regisseur nahm einen Schluck und sagte: »Das ist in der Tat ein ausgezeichneter Wein!«

»Ich habe es Ihnen ja gesagt«, lachte der Wirt.

Der Junge hatte inzwischen eine große Käseplatte aufgetischt, und Bertlef sagte: »Bedienen Sie sich, der Käse ist hervorragend!«

»Ich bitte Sie«, wunderte sich der Regisseur, »wo haben Sie ein solches Sortiment Käse her, ich komme mir vor wie in Frankreich.«

Und da löste sich die Spannung auf einmal endgültig, die Stimmung war gelockert, alle fingen zu erzählen an, legten sich verschiedene Käsestücke auf den Teller und wunderten sich, wo der Wirt sie wohl her hatte (in diesem Land, wo es so wenig Sorten gab), und sie gossen sich Wein nach.

Als sie sich am wohlsten fühlten, stand Bertlef auf und verneigte sich: »Ich war sehr gern in Ihrer Gesellschaft und bedanke mich. Mein Freund, Doktor Skreta, gibt heute abend ein Konzert, und ich möchte es mir mit Rosa anhören.«

19.

Rosa und Bertlef verschwanden im luftigen Schleier der anbrechenden Dämmerung, und der ursprüngliche Elan, der die Tischgesellschaft zu einer erträumten Insel des Lasters gemacht hatte, verlor sich; es war unmöglich, ihn zurückzurufen. Alle wurden von Niedergeschlagenheit überwältigt.

Frau Klima war es, als erwachte sie aus einem Traum, in dem sie unbedingt noch hatte verharren wollen. Es ging ihr blitzschnell durch den Kopf, daß sie schließlich überhaupt nicht zum Konzert gehen mußte. Daß es für sie selbst eine phantastische Überraschung wäre, wenn sie plötzlich feststellte, daß sie nicht hergekommen war, um ihren Mann zu verfolgen, sondern um ein Abenteuer zu erleben. Daß es wunderbar wäre, mit diesen drei Filmleuten zusammenzubleiben und am Morgen wieder heimlich nach Hause zu fahren. Irgend etwas ermahnte sie, so zu handeln; dies wäre eine Tat; die Befreiung; die Gesundung und das Erwachen aus der Verwünschung.

Aber sie war bereits zu nüchtern. Aller Zauber hatte sich verflüchtigt. Sie war nur noch mit sich selbst hier, mit ihrer Vergangenheit, ihrem schweren Kopf voll mit den alten, quälenden Gedanken. Gern hätte sie diesen kurzen Traum wenigstens um einige Stunden verlängert, sie wußte aber, daß der Traum schon verblaßt war und sich auflöste wie die morgendliche Dunkelheit.

»Ich werde auch gehen müssen«, sagte sie.

Sie versuchten, sie zu überreden, wußten aber, daß sie weder genügend Kraft noch genügend Selbstvertrauen hatten, um sie zum Bleiben zu bewegen.

»Verdammt nochmal«, sagte der Kameramann, »wer war dieser Kerl?«

Sie wollten den Wirt nach ihm fragen, doch von dem Moment an, da Bertlef weggegangen war, beachtete sie wieder niemand mehr. Vom Ausschank her war der Lärm angetrunkener Gäste zu hören, und sie saßen verlassen da vor dem nicht getrunkenen Wein und dem nicht gegessenen Käse.

»Wer auch immer er gewesen ist, den Abend hat er uns verdorben. Eine der Damen hat er entführt, und die andere verläßt uns jetzt von sich aus. Begleiten wir Kamila.«

»Nein«, sagte Kamila, »bleibt bitte. Ich möchte allein hingehen.«

Schon war sie nicht mehr bei ihnen. Schon empfand sie deren Gegenwart als störend. Schon war die Eifersucht gekommen, um sie zu holen wie der Tod. Schon befand sie sich in ihrer Macht und nahm außer ihr nichts mehr wahr. Sie stand auf und schlug die Richtung ein, in der Bertlef und Rosa gerade verschwunden waren. Aus der Ferne hörte sie noch, wie der Kameramann sagte: »Verdammt nochmal . . .«

20.

Jakub und Olga gingen vor Konzertbeginn nach hinten in den Raum für die Mitwirkenden, um Doktor Skreta die Hand zu drücken, erst dann betraten sie den Saal. Olga wollte nach der Pause weggehen, um den ganzen Abend mit Jakub allein zu sein. Jakub wandte ein, sein Freund wäre ihm böse, Olga behauptete jedoch, er würde ihr frühzeitiges Weggehen überhaupt nicht bemerken.

Der Saal war fast voll besetzt, und in ihrer Reihe waren nur noch ihre beiden Plätze frei.

Olga neigte sich zu Jakub, als sie sich setzten: »Dieses Weib verfolgt mich heute wie ein Schatten.«

Jakub drehte den Kopf und sah, daß neben Olga Bertlef saß und die Krankenschwester, die in ihrer Handtasche das Gift trug. Seine Herzschläge setzten für einen Augenblick aus, da er sich aber sein Leben lang bemüht hatte, das zu verbergen, was in seinem Innern vorging, sagte er vollkommen ruhig: »Ich sehe, daß wir in der Reihe der Freikarten sitzen, die Skreta an seine Bekannten verteilt hat. Das heißt, er weiß, in welcher Reihe wir sitzen, und er wird bemerken, wenn wir weggehen.«

»Du wirst ihm sagen, daß die Akustik vorn schlecht war und wir uns deshalb nach der Pause nach hinten gesetzt haben«, sagte Olga.

Da betrat auch schon Klima mit seiner goldenen Trompete in der Hand die Bühne, und das Publikum begann zu klatschen. Als hinter ihm Doktor Skreta auftauchte, verstärkte sich der Applaus, und eine Welle von lautem Rauschen wogte durch den Saal. Doktor Skreta stand bescheiden hinter dem Trompeter und machte mit seiner Hand eine unbeholfene Bewegung, mit der er andeuten wollte, daß der Gast aus der Hauptstadt die Hauptfigur des Konzerts war. Das Publikum bemerkte die liebenswerte Unbeholfenheit der Geste und beantwortete sie mit noch stärkerem Applaus. Irgendwo hinten ertönte ein: »Es lebe Doktor Skreta!«

Der Pianist, von allen dreien der unauffälligste und am wenigsten vom Publikum gefeierte, setzte sich auf den Hocker vor das Klavier, Skreta nahm hinter einer imposanten Batterie von Trommeln Platz, und der Trompeter begann mit leichtem, rhythmischem Schritt zwischen Klavier und Skreta hin- und herzugehen.

Der Beifall verstummte, der Pianist griff in die Tasten und begann sein Solo-Entree zu spielen, Jakub sah aber, daß sein Freund unruhig und verunsichert um sich sah. Auch der Trompeter bemerkte die Schwierigkeiten des Arztes und trat zu ihm hin. Skreta flüsterte ihm etwas zu, und dann bückten sich beide. Eine Weile suchten sie prüfend den Boden ab, dann hob der Trompeter den Schlegel auf, der zum Fuß des Klaviers gerollt war, und reichte ihn Skreta.

In diesem Augenblick brach das Publikum, das die ganze Szene aufmerksam beobachtet hatte, erneut in Applaus aus, und der Pianist, der das Klatschen für eine Würdigung seines Präludierens hielt, setzte sein Spiel fort und verneigte sich dabei.

Olga ergriff Jakubs Hand und flüsterte ihm zu: »Es ist wunderbar! Es ist so wunderbar, daß es mir vorkommt, als hätte mein heutiges Pech nun ein Ende!«

Endlich mischten sich auch Trompete und Schlagzeug in die Klänge des Klaviers. Klima spielte, ohne mit seinen kleinen, rhythmischen Schrittchen aufzuhören, und Doktor Skreta saß hinter seinem Schlagzeug wie ein wunderbarer, würdevoller Buddha.

Jakub stellt sich vor, daß die Krankenschwester sich jetzt während des Konzerts an ihr Medikament erinnert, die Tablette schluckt, unter Krämpfen zusammenbricht und tot auf dem Stuhl liegenbleibt, während Doktor Skreta auf dem Podium die Trommeln schlägt und das Publikum applaudiert und schreit.

Und auf einmal wird ihm klar, warum dieses Mädchen eine

Karte für dieselbe Reihe bekommen hat: Die unverhoffte Begegnung heute in der Weinstube war eine Versuchung, eine Prüfung. Sie hat nur stattgefunden, damit er im Spiegel sein Bild sieht: das Bild dessen, der seinem Nächsten Gift gibt. Aber derjenige, der ihn prüft (Gott, an den er nicht glaubt), wünscht sich kein blutiges Opfer, kein Blut von Unschuldigen. Am Ende der Prüfung darf nicht der Tod stehen, sondern einzig Jakubs Selbstenthüllung, die ihn von seinem ungehörigen moralischen Stolz befreien soll. Darum sitzt die Krankenschwester jetzt in derselben Reihe, damit er sie im letzten Moment noch retten kann. Und darum sitzt neben ihr jener Mann, mit dem er sich gestern angefreundet hat und der ihm dabei helfen wird.

Ja, er wird die erstbeste Gelegenheit abwarten, vielleicht die Pause zwischen den ersten beiden Nummern, und sich mit der Bitte an Bertlef wenden, zu dritt in den Flur hinauszugehen. Dort wird er es ihnen irgendwie erklären, und dieser unglaubliche Irrsinn fände ein Ende.

Die Musikanten hatten das erste Stück zu Ende gespielt, es ertönte Applaus, die Krankenschwester sagte *Verzeihung* und drängte sich in Bertlefs Begleitung aus der Reihe. Jakub wollte aufstehen und ihnen nachgehen, Olga hielt ihn aber an der Hand fest und sagte: »Nein, ich bitte dich, nicht jetzt. Warte bis nach der Pause.«

Es ging alles schneller, als er es sich bewußt machen konnte. Die Musikanten spielten bereits die nächste Komposition, und Jakub begriff, daß derjenige, der ihn auf die Probe stellte, Rosa nicht neben ihn gesetzt hatte, um Jakub zu retten, sondern um seine Niederlage und seine Verurteilung über jeden Zweifel erhaben zu bestätigen.

Der Trompeter blies, Doktor Skreta thronte wie ein großer Buddha, und Jakub saß da und rührte sich nicht. Er sah in diesem Moment weder den Trompeter noch Doktor Skreta, er sah nur sich selbst, er sah, wie er dasaß und sich nicht rührte und seinen Blick nicht von diesem fürchterlichen Bild lösen konnte.

21.

Als Klima den lauten Klang seiner geliebten Trompete vernahm, schien ihm, als sei er es selbst, der ertönte und den ganzen Saal erfüllte. Er fühlte sich unüberwindlich und stark. Rosa saß in der Ehrenreihe für die Freikarten neben Bertlef (auch darin sah er ein unverhofftes, gutes Zeichen), und die Atmosphäre des Abends war verführerisch. Das Publikum lauschte mit Genuß und einer guten Laune, die ihm heimlich zuflüsterte, alles würde gut enden. Als der erste Beifall erklang, zeigte Klima mit einer graziösen Geste auf Doktor Skreta, der ihm an diesem Abend weiß Gott warum nahe und teuer war. Der Arzt richtete sich hinter seinen Trommeln auf und verneigte sich.

Als er aber während der zweiten Komposition in den Saal sah, stellte er fest, daß der Stuhl, auf dem Rosa gesessen hatte, leer war. Er erschrak. Von diesem Moment an spielte er unruhig und suchte mit den Augen den ganzen Saal ab, einen Stuhl nach dem andern, er kontrollierte jeden Sitz, aber er fand sie nicht. Es fiel ihm ein, sie könnte absichtlich gegangen sein, um seinen weiteren Überredungen aus dem Weg zu gehen, entschlossen, nicht vor der Kommission zu erscheinen. Wo wird er sie nach dem Konzert suchen? Und wenn er sie nicht findet?

Er spürte, wie schlecht er spielte, mechanisch, geistesabwesend. Das Publikum freilich war nicht in der Lage, die schlechte Laune des Trompeters zu erkennen, es war zufrieden, und die Ovationen wurden nach jedem Stück stärker.

Er tröstete sich damit, daß sie vielleicht nur zur Toilette gegangen war. Es war ihr übel geworden, wie das schwangeren Frauen eben passierte. Als ihre Abwesenheit schon fast eine halbe Stunde dauerte, sagte er sich, sie sei nach Hause zurückgekehrt, um etwas zu holen, und würde wieder auf ihrem Stuhl erscheinen. Aber die Pause war auch schon vorbei, das Konzert näherte sich seinem Ende, und ihr Sitz war immer noch leer. Wagte sie es etwa nicht, mitten im Konzert den Saal zu betreten? Würde sie erst beim letzten Applaus auftauchen?

Der letzte Applaus war vorbei, aber Rosa war nicht wieder erschienen, und Klima spürte, daß er am Ende seiner Kräfte war. Das Publikum war aufgestanden und rief: *Zugabe!* Klima sah sich nach Doktor Skreta um und schüttelte den Kopf zum Zeichen, daß er nicht mehr spielen wollte. Sein Blick begegnete aber zwei strahlenden Augen, die nichts anderes wollten als trommeln, trommeln, trommeln, die ganze Nacht hindurch.

Das Publikum hielt Klimas Kopfschütteln für die unvermeidliche Koketterie eines Stars und klatschte immer mehr. In diesem Moment drängte sich eine schöne junge Frau zum Podium vor, und als Klima sie sah, glaubte er, ohnmächtig zusammenzubrechen und nie mehr aufzuwachen. Sie lächelte ihn an und sagte (ihre Stimme hörte er nicht, die Worte las er von ihren Lippen ab): »So spiel doch! Spiel!«

Klima hob die Trompete zum Zeichen, daß er spielen würde. Das Publikum verstummte schlagartig.

Seine beiden Mitspieler strahlten, und sie begannen, das letzte Stück zu wiederholen. Und Klima war es, als spielte er in einer Begräbniskapelle, die hinter seinem eigenen Sarg einherschritt. Er spielte und wußte, daß alles verloren war, daß er nur noch die Augen schließen, die Hände in den Schoß legen und das Schicksal gewähren lassen würde, sollten seine Räder ihn doch überrollen.

22.

Auf dem Tischchen in Bertlefs Appartement standen verschiedene Flaschen nebeneinander, herrliche Vignetten mit fremdländischen Namen. Rosa kannte sich in teuren alkoholischen Getränken nicht aus und wollte nur deshalb einen Whisky, weil sie etwas anderes nicht beim Namen nennen konnte.

Ihr Verstand versuchte inzwischen, den Schleier der Betörung zu durchdringen und die Situation zu erfassen. Einige Male fragte sie ihn, warum er sie heute gesucht hatte, da er sie eigentlich gar nicht kannte. »Ich will es wissen«, wiederholte sie, »ich will wissen, warum Sie sich an mich erinnert haben.«

»Ich wollte es längst schon tun«, antwortete Bertlef und sah ihr unverwandt in die Augen.

»Und warum haben Sie es ausgerechnet heute getan?«

»Weil alles seine Zeit hat. Und unser Freund heute gekommen ist.«

Diese Worte klangen geheimnisvoll, Rosa fühlte aber, daß sie Wahrheit enthielten. Die Ausweglosigkeit ihrer Situation war heute wirklich schon so unerträglich geworden, daß etwas hatte geschehen müssen.

»Ja«, sagte sie nachdenklich, »heute war ein seltsamer Tag.«

»Sie wissen, daß ich gerade zur rechten Zeit gekommen bin«, sagte Bertlef mit seiner Samtstimme.

Rosa wurde von einem unbestimmten und grenzenlosen, süßen Gefühl der Erleichterung erfaßt: Wenn Bertlef gerade heute aufgetaucht ist, bedeutet das, daß alles, was geschieht, eben doch von irgendwoher gesteuert ist und sie verschnaufen und sich dieser höheren Kraft hingeben darf.

»Ja, Sie sind wirklich gerade zur rechten Zeit gekommen«, sagte sie.

»Ich weiß.«

Dennoch gab es da immer noch etwas, das sie nicht verstand: »Aber warum? Warum sind Sie zu mir gekommen?«

»Weil ich Sie liebe.«

Das Wort *liebe* klang nur ganz leise, doch der Raum war mit einem Mal voll davon.

Auch ihre Stimme wurde jetzt leise: »Sie lieben mich?«

»Ja, ich liebe Sie.«

Auch Franta und Klima hatten dieses Wort schon zu ihr gesagt, aber erst heute sah sie es so, wie es wirklich war, wenn es ungerufen und unerwartet kam, nackt war. Es war hier eingetreten wie ein Wunder. Es war völlig unerklärlich, schien ihr aber umso wahrhaftiger, als die grundlegendsten Dinge auf der Welt keine Erklärung und keine Begründung haben, da sie ihre eigene Ursache darstellen.

»Wirklich?« fragte sie, und ihre Stimme, sonst allzu laut, hörte sich an wie ein Flüstern.

»Wirklich.«

»Ich bin doch nur ein ganz gewöhnliches Mädchen.«

»Das sind Sie nicht.«

»Doch.«

»Sie sind schön.«

»Nein.«

»Sie sind zärtlich.«

»Nein.« Sie schüttelte den Kopf.

»Sie strahlen Freundlichkeit und Güte aus.«

»Nein, nein, nein.« Sie schüttelte den Kopf.

»Ich weiß, wie Sie sind. Ich weiß es besser als Sie.«

»Sie wissen nichts.«

»Doch, ich weiß.«

Das Vertrauen, das aus Bertlefs Augen strömte, war wie ein Zauberbad, und Rosa sehnte sich danach, daß dieser Blick, der sie umspülte und liebkoste, so lange wie nur möglich andauerte.

»Bin ich wirklich so?«

»Ja. Ich weiß es.«

Es war schön wie ein Schwindelgefühl: sie fühlte sich in seinen Augen fein, zart und rein, sie fühlte sich edel wie eine Königin. Es war ihr mit einem Mal, als wäre sie ganz mit Honig und wohlriechenden Pflanzen ausgestopft. Sie war sich selbst zum Verlieben angenehm. (Mein Gott, sie hatte das bisher noch nie erlebt, sich selbst so süß und angenehm zu sein!)

»Aber Sie kennen mich doch wirklich nicht«, wandte sie immer noch ein.

»Ich kenne Sie schon lange. Ich schaue Ihnen schon lange zu, aber Sie wissen nichts davon. Ich kenne Sie auswendig.« Er berührte mit seinen Fingern ihr Gesicht: »Ihre Nase, Ihr schwach angedeutetes Lächeln, Ihre Haare . . .«

Und da begann er sie zu entkleiden, und sie wehrte sich nicht, sie sah ihm nur in die Augen, in seinen Blick, der sie wie Wasser, wie süßes Wasser umfloß. Sie saß ihm gegenüber mit nackten Brüsten, die sich unter seinem Blick strafften und gesehen und gelobt werden wollten. Ihr ganzer Körper wandte sich seinen Augen zu wie eine Sonnenblume der Sonne.

23.

Sie saßen in Jakubs Zimmer, Olga erzählte etwas, und Jakub sagte sich, es sei immer noch Zeit. Er konnte schließlich nochmals zum Marxhaus gehen, und wenn sie nicht dort war, konnte er Bertlef im Nebenappartement stören und ihn fragen, ob er nicht etwas von dem Mädchen wüßte.

Olga erzählte etwas, und Jakub durchlebte im Geist die peinliche Szene, wie er der Krankenschwester etwas erklären, stottern, sich herausreden, entschuldigen und versuchen würde, das Röhrchen mit den Tabletten zu bekommen. Und auf einmal, als wäre er müde von diesen Vorstellungen, mit denen er sich schon stundenlang abmühte, spürte er, wie er von einer intensiven Gleichgültigkeit erfüllt wurde.

Es war eine Gleichgültigkeit nicht nur aus Müdigkeit, es war eine bewußte, kämpferische Gleichgültigkeit. Es wurde Jakub bewußt, daß es ihm völlig egal war, ob dieses Wesen mit den gelben Haaren lebte oder nicht, und daß es im Grunde genommen nur ein Sichverstellen und eine unwürdige Komödie wäre, wenn er versuchte, sie zu retten. Dadurch würde er denjenigen, der ihn prüfte, irreführen. Denn derjenige, der ihn prüft (Gott, der nicht existiert), will wissen, wie Jakub wirklich ist und nicht, wie er sich gibt. Und Jakub beschließt, vor ihm ehrlich zu sein; der zu sein, der er wirklich ist.

Sie saßen sich in zwei Sesseln gegenüber, zwischen ihnen stand ein kleines Tischchen. Und Jakub sah, wie Olga sich über diesen Tisch zu ihm hinüberneigte, und er hörte ihre Stimme: »Ich möchte dich küssen. Wie kommt es, daß wir uns schon so lange kennen und uns noch nie geküßt haben?«

24.

Frau Klima hatte ein gezwungenes Lächeln auf dem Gesicht und Angst in ihrem Innern, als sie sich zu ihrem Mann in den Raum für die Mitwirkenden durchdrängte. Sie fürchtete sich entsetzlich vor dem wirklichen Gesicht seiner Geliebten. Eine Geliebte aber war dort nicht. Es standen zwar einige Mädchen herum, die Klima um ein Autogramm baten, sie begriff aber (beobachten konnte sie wie ein Luchs), daß ihn keine von ihnen persönlich kannte.

Trotzdem war sie sich sicher, daß es hier irgendwo eine Geliebte gab. Sie sah es an Klimas Gesicht, das blaß und abwesend war. Er lächelte seine Frau ebenso gezwungen an wie sie ihn.

Mit einer Verbeugung stellten sich Doktor Skreta, der Apotheker und noch einige Leute vor, vermutlich Ärzte mit ihren Ehefrauen. Jemand schlug vor, gegenüber in die einzige Nachtbar des Ortes zu gehen. Klima redete sich mit Müdigkeit heraus. Frau Klima fiel ein, daß die Geliebte in der Bar warten könnte und Klima deshalb nicht dorthin wollte. Und weil das Unglück sie anzog wie ein Magnet, bat sie ihn, ihr eine Freude zu machen und seine Müdigkeit zu überwinden.

Aber auch in der Bar war keine Frau, die sie hätte verdächtigen können, zu ihm zu gehören. Sie setzten sich an einen großen Tisch. Doktor Skreta war gesprächig und pries den Trompeter. Der Apotheker war voll von einem schüchternen Glück, das nicht zu sprechen verstand. Frau Klima versuchte, fröhlich, unterhaltsam und liebenswürdig zu sein. »Herr Doktor, Sie waren hinreißend«, sagte sie zu Doktor Skreta, »und Sie, Herr Apotheker, ebenfalls. Und die Atmosphäre war aufrichtig, fröhlich und sorglos, tausendmal besser als bei Konzerten in der Hauptstadt.«

Ohne ihn anzusehen, nahm sie ihn doch in jeder Sekunde wahr. Sie spürte, wie er seine Nervosität nur mit größter Mühe verbarg und von Zeit zu Zeit versuchte, ein paar Worte einzuflechten, damit man nicht sah, wie abwesend er war. Es war ihr klar, daß sie ihm etwas verdorben hatte, und nicht nur etwas Belangloses. Ginge es nur um ein gewöhnliches Abenteuer (Klima beteuerte ihr stets, daß er sich nie in eine andere Frau verlieben könnte), wäre er nicht in eine so tiefe Depression gefallen. Sie sah seine Geliebte zwar nicht, glaubte aber, seine Verliebtheit (eine leidende, verzweifelte Verliebtheit) zu sehen, und das war für sie vermutlich ein noch qualvollerer Anblick.

»Was haben Sie denn, Herr Klima«, fragte auf einmal der Apotheker, der umso liebenswürdiger und aufmerksamer war, je stiller er wurde.

»Nichts, gar nichts«, sagte Klima erschrocken. »Ich habe etwas Kopfschmerzen.«

»Möchten Sie eine Tablette?« fragte der Apotheker.

»Nein, nein.« Der Trompeter schüttelte den Kopf: »Aber Sie werden mir verzeihen, wenn wir trotzdem etwas früher gehen. Ich bin wirklich sehr müde.«

25.

Wie kam es, daß sie endlich Mut faßte?

Schon seit dem Moment, da sie sich im Weinlokal neben ihn gesetzt hatte, war Jakub ihr anders vorgekommen als sonst. Er war wortkarg und trotzdem freundlich, zerstreut und trotzdem nachgiebig und gehorsam, er war geistesabwesend und tat trotzdem alles, was sie wollte. Gerade seine Zerstreutheit (sie schrieb sie seiner baldigen Abreise zu) war ihr angenehm: sie sprach ihre Worte in sein abwesendes Gesicht, als sagte sie sie in eine Ferne, in der sie nicht zu hören waren. Deshalb konnte sie sagen, was sie ihm nie gesagt hatte.

Jetzt, nachdem sie ihn zum Küssen aufgefordert hatte, schien ihr, sie habe ihn gestört und aufgescheucht. Das schreckte sie jedoch nicht ab, im Gegenteil, es war ihr angenehm: endlich hatte sie das Gefühl, diese kühne und provokative Frau zu sein, die sie stets hatte sein wollen, eine Frau, die Situationen meisterte, sie in Bewegung setzte, den Partner neugierig beobachtete und ihn in Verlegenheit brachte.

Sie sah ihm weiter fest in die Augen und sagte lächelnd: »Aber nicht hier. Es wäre lächerlich, wenn wir uns beim Küssen über diesen Tisch beugten. Komm.«

Sie reichte ihm die Hand, führte ihn zur Couch und genoß den Scharfsinn, die Eleganz und die ruhige Souveränität ihres Handelns. Dann küßte sie ihn und verhielt sich so leidenschaftlich wie noch nie zuvor in ihrem Leben. Es war aber nicht eine spontane Leidenschaftlichkeit des Körpers, der sich nicht mehr beherrschen konnte, es war eine Leidenschaftlichkeit des Gehirns, eine bewußte und gewollte Leidenschaftlichkeit. Sie wollte Jakub das Kostüm seiner Vaterrolle abreißen, sie wollte ihn schockieren und sich zugleich erregen beim Anblick seiner Verwirrung, sie wollte ihn vergewaltigen und sich dabei beobachten, wie sie ihn vergewaltigte, sie wollte erfahren, wie seine Zunge schmeckte und spüren, wie seine väterlichen Hände es langsam wagten, sie mit Berührungen zu bedecken.

Sie knöpfte sein Jackett auf und zog es ihm aus.

26.

Während des ganzen Konzerts hatte er ihn nicht aus den Augen gelassen und sich dann unter die Fans gemischt, die sich hinter das Podium drängten, um sich von den Künstlern zur Erinnerung den Namen hinkritzeln zu lassen. Rosa war aber nicht dort. Er folgte dann einer Gruppe von Leuten, die den Trompeter in die hiesige Nachtbar begleiteten. Er trat mit ihnen ein, überzeugt, daß Rosa dort auf den Trompeter wartete. Aber er hatte sich getäuscht. Er kehrte auf die Straße zurück und stand lange Wache vor dem Eingang.

Plötzlich durchzuckte ihn ein Schmerz. Aus der Bar trat der Trompeter, und eine Frauengestalt schmiegte sich an ihn. Er dachte fast schon, es sei Rosa, doch sie war es nicht.

Er folgte ihnen bis zum Richmond, wo Klima mit der unbekannten Frau das Gebäude betrat.

Dann ging er rasch durch den Park zum Marxhaus. Es war noch offen. Er fragte den Pförtner, ob Rosa zu Hause sei. Sie war es nicht.

Er lief zum Richmond zurück in der Angst, Rosa könnte

inzwischen zu Klima gegangen sein. Er schritt auf dem Parkweg auf und ab und schaute zum Eingang. Er verstand nicht, was vor sich ging. Viele Vermutungen jagten durch seinen Kopf, aber sie waren nicht wichtig. Wichtig war, daß er hier Wache stand und wußte, daß er so lange Wache stehen würde, bis er einen von beiden erblickte.

Warum? Was hatte das für einen Sinn? Sollte er nicht lieber nach Hause gehen und sich schlafen legen?

Er sagte sich, daß er endlich die volle Wahrheit wissen mußte.

Aber wollte er wirklich die volle Wahrheit wissen? Wünschte er sich wirklich so sehr, sich zu vergewissern, daß Rosa mit Klima schlief? Wartete er nicht vielmehr auf einen Beweis von Rosas Unschuld? Aber würde er bei seinem Argwohn einen solchen Beweis überhaupt gelten lassen?

Er wußte nicht, warum er wartete. Er wußte nur, daß er lange warten würde, vielleicht die ganze Nacht, vielleicht viele Nächte. Denn Eifersucht läßt die Zeit rasend schnell verrinnen. Eifersucht füllt die Gedanken noch vollkommener aus als eine leidenschaftliche geistige Arbeit. In den Gedanken bleibt kein freier Augenblick mehr übrig. Der Eifersüchtige kennt keine Langeweile.

Franta geht auf einem kurzen Wegstück auf und ab. Es ist kaum hundert Meter lang, und man kann den Eingang zum Richmond sehen. Er wird die ganze Nacht so auf und ab gehen, wenn alle andern schon schlafen werden, er wird so auf und ab gehen bis zum nächsten Tag, bis zum Beginn des nächsten Kapitels.

Warum setzt er sich nicht wenigstens? Dem Richmond gegenüber gibt es Bänke!

Er kann sich nicht setzen. Eifersucht ist wie starke Zahnschmerzen. Man kann dabei nichts tun, nicht einmal sich hinsetzen. Man muß sie vorbeigehen lassen. Auf und ab.

27.

Sie gingen auf demselben Weg wie Bertlef und Rosa und Jakub und Olga über die Treppe in den ersten Stock und dann über den roten Plüschteppich bis zum Ende des Flurs, der von den zwei großen Türen, die in Bertlefs Appartement führten, abgeschlossen wurde. Rechts davon war der Eingang zu Jakubs Zimmer, links der zu jenem Zimmer, das Doktor Skreta Klima geliehen hatte.

Als er die Tür öffnete und das Licht anschaltete, registrierte er den raschen, forschenden Blick, den Kamila ins Zimmer warf: er wußte, sie suchte die Spuren irgendeiner Frau. Er kannte diesen Blick. Er wußte alles von ihr. Er wußte, daß die Liebenswürdigkeit, mit der sie sich ihm zuwandte, nicht aufrichtig war. Er wußte, daß sie gekommen war, um ihm nachzuspionieren, und er wußte, daß sie so tun würde, als wäre sie gekommen, um ihm eine Freude zu machen. Und er wußte, daß auch sie ihm seine Bedrücktheit genau ansah und sich sicher war, daß sie ihm einen Liebesplan durchkreuzt hatte.

»Liebster, macht es dir wirklich nichts aus, daß ich gekommen bin?« sagte sie.

Und er: »Wie könnte es mir etwas ausmachen.«

»Ich habe befürchtet, du könntest traurig sein.«

»Ich wäre hier traurig ohne dich. Ich habe mich gefreut, als ich dich vorm Podium applaudieren sah.«

»Du bist irgendwie müde. Oder bist du über etwas verärgert?«

»Nein, nein, ich bin nicht verärgert. Ich bin nur müde.«

»Du bist traurig, weil du nur mit Männern zusammen warst, und das deprimiert dich. Aber jetzt bist du hier mit einer schönen Frau. Bin ich nicht eine schöne Frau?«

»Ja, du bist eine schöne Frau«, sagte Klima, und es war das erste aufrichtige Wort, das er ihr an diesem Tag sagte. Kamila war himmlisch schön, und Klima verspürte einen unermeßlichen Schmerz darüber, daß diese Schönheit vom Tode bedroht war. Diese Schönheit lachte ihm aber zu und begann, sich vor ihm auszuziehen. Er betrachtete ihren Körper, der sich langsam entblößte, als nähme er Abschied von ihm. Die Brüste, diese schönen, reinen, makellosen Brüste, die schmale Taille, der Schoß, von dem gerade der Slip hinunterglitt. Er sah sie wehmütig an, als wäre sie eine Erinnerung. Wie durch Glas hindurch. Wie in die Ferne. Ihre Nacktheit war so fern, daß er nicht im geringsten erregt war. Und dennoch saugte er sich mit gierigem Blick in ihr fest. Er trank diese Nacktheit wie ein Mensch vor seiner Hinrichtung den letzten Kelch. Er trank diese Nacktheit, wie wir verlorene Vergangenheit und verlorenes Leben trinken.

Kamila trat zu ihm: »Was ist? Ziehst du dich nicht aus?«

Es blieb ihm nichts anderes übrig, als sich auszuziehen, und er fühlte sich sehr traurig.

»Glaub nicht, daß du müde sein darfst, nachdem ich dir nachgereist bin. Ich habe Lust auf dich.«

Er wußte, daß es nicht stimmte. Er wußte, daß Kamila nicht die geringste Lust zur Liebe hatte und sich nur deshalb zu einem herausfordernden Benehmen zwang, weil sie die Traurigkeit in seinen Augen sah und diese seiner Liebe zu einer anderen Frau zuschrieb. Er wußte (mein Gott, wie gut er sie kannte!), daß sie mit der Aufforderung zur Liebe prüfen wollte, wie tief er in Gedanken bei einer anderen Frau weilte, und daß sie sich mit seiner Traurigkeit quälen wollte.

»Ich bin wirklich müde«, sagte er.

Sie umarmte ihn und führte ihn zum Bett. »Du wirst sehen, ich werde dir die Müdigkeit austreiben«, sagte sie und begann, mit seinem nackten Körper zu spielen.

Er lag da wie auf dem Operationstisch. Er wußte, daß alle Anstrengungen seiner Frau vergeblich sein würden. Sein Körper verkroch sich in sich selbst, ganz nach innen, und es gab darin nicht den geringsten Expansionsdrang. Kamila fuhr mit ihren feuchten Lippen lange über seinen Körper, er wußte, daß sie sich selbst und ihn quälen wollte, und er haßte sie. Er haßte sie mit der ganzen Größe seiner Liebe: nur sie mit ihrer Eifersucht, mit ihrer Schnüffelei, mit ihrem Mißtrauen, nur sie hatte mit ihrem heutigen Besuch bewirkt, daß alles verloren, daß ihre Ehe vermint war von einer Ladung in einem fremden Bauch, einer Ladung, die in sieben Monaten explodieren und alles wegfegen würde. Nur sie selbst mit ihrer rasenden Angst um die Liebe hatte alles zerstört.

Sie legte ihren Mund in seinen Schoß, und er spürte, wie sein Glied sich unter ihren Berührungen zurückzog, wie es vor ihr floh, wie es immer kleiner und ängstlicher wurde. Und er wußte, daß Kamila im Widerwillen seines Körpers die Größe seiner Liebe zu einer anderen Frau sah. Er wußte, daß sie sich fürchterlich quälte, und je mehr sie sich quälte, desto mehr würde sie ihn quälen und seinen impotenten Körper mit ihren feuchten Lippen berühren.

28.

Nichts hatte er sich weniger gewünscht, als mit diesem Mädchen zu schlafen. Er hatte das Bedürfnis, ihr Freude zu bereiten und sie mit aller Güte zu überhäufen, bloß durfte diese Güte nichts mit Liebesverlangen zu tun haben, sie mußte es vielmehr ausschließen, denn diese Güte wollte rein und uneigennützig sein, sie war nicht mit Genuß vereinbar.

Was aber sollte er jetzt tun? Olga wegen der Unbeflecktheit seiner Güte abweisen? Er wußte, daß er es nicht durfte. Seine Abweisung könnte Olga verletzen und vielleicht für lange zeichnen. Er begriff, daß er den Kelch der Güte bis zur Neige austrinken mußte.

Und dann stand sie plötzlich nackt vor ihm, und er sagte sich, ihr Gesicht sei edel und lieb. Das war ein schwacher Trost, sah er ihr Gesicht doch zusammen mit dem Körper, der aussah wie ein langer, zarter Stengel, auf dem eine unverhältnismäßig große, haarige Blüte saß.

Aber wie auch immer sie war, Jakub wußte, es gab kein Entrinnen. Übrigens spürte er, daß sein Körper (dieser sklavische Körper) schon wieder bereit war, seine willige Lanze zu heben. Es schien ihm allerdings, als sei seine Erregung in jemand anderem entstanden, weit weg, außerhalb seiner Seele, als wäre er ohne sein Zutun erregt und verachtete diese Erregung im Stillen. Seine Seele war weit von seinem Körper entfernt, und sie war erfüllt vom Gedanken an das Gift in einer fremden Handtasche. Nur mit Bedauern nahm sie zur Kenntnis, wie sein Körper blind und rücksichtslos seinen nichtigen Interessen hinterherrannte.

Und da schoß eine Erinnerung durch seinen Kopf: Er war ungefähr zehn Jahre alt, als er erfuhr, wie Kinder zur Welt kamen, und seit jener Zeit verfolgte ihn diese Vorstellung umso mehr, als er im Laufe der Jahre die konkrete Materie der weiblichen Organe genauer kennenlernte. Oft stellte er sich seine Geburt vor; er stellte sich vor, wie sein Körperchen durch diesen engen, feuchten Tunnel fuhr, wie seine Nase und sein Mund mit diesem seltsamen Schleim angefüllt waren, wie er damit ganz verschmiert und gezeichnet war. Ja, dieser weibliche Schleim hatte Jakub gezeichnet, um sein Leben lang eine geheimnisvolle Macht auf ihn auszuüben, um das Recht zu haben, ihn immer wieder zu sich zu rufen und über die sonderbaren Mechanismen seines Körpers zu gebieten. Das erfüllte ihn stets mit Widerwillen, und er lehnte sich wenigstens dadurch gegen diese Hörigkeit auf, daß er den Frauen seine Seele verweigerte, daß er seine Freiheit und Einsamkeit hütete und der *Herrschaft des Schleims* nur begrenzte Stunden seines Lebens einräumte. Ja, vielleicht hatte er Olga deshalb so gern, weil sie für ihn ganz jenseits der Grenzen der Sexualität stand und er sich sicher war, daß sie ihn mit ihrem Körper nie an die schmachvolle Art seiner Geburt erinnern würde.

Er stieß diese Gedanken gewaltsam von sich, denn die

Situation auf der Couch war rasch vorangeschritten, er mußte jeden Moment in ihren Körper eindringen und wollte dies nicht mit einem Gedanken des Ekels tun. Er sagte sich, daß die Frau, die sich ihm öffnete, das Wesen war, dem die einzige reine Liebe seines Lebens galt, und daß er sie jetzt nur liebte, damit sie sich freute und glücklich, selbstbewußt und fröhlich war.

Dann aber war er über sich selbst erstaunt: er bewegte sich auf ihr, als schaukelte er auf den Wogen der Güte. Er fühlte sich glücklich, fühlte sich wohl. Seine Seele identifizierte sich demütig mit der Tätigkeit seines Körpers, als sei der Liebesakt nur der körperliche Ausdruck einer gütigen Liebe, eines reinen Gefühls für den Nächsten. Nichts mehr bildete ein Hindernis, nichts mehr klang falsch. Sie hielten sich eng umschlungen, und ihr Atem war eins.

Es waren schöne und lange Minuten, und dann flüsterte Olga ihm ein laszives Wort ins Ohr. Sie flüsterte es einmal, noch einmal und noch einmal, selber erregt durch dieses Wort.

Und da barsten die Wellen der Güte auf einen Schlag auseinander, und Jakub fand sich mit dem Mädchen mitten in einer Wüste wieder.

Nein, sonst hatte er nichts gegen laszive Wörter während der Liebe. Sie erweckten seine Sinnlichkeit und Grausamkeit. Die Frauen wurden dadurch für seine Seele angenehm fremd und für seinen Körper angenehm begehrenswert.

Durch das laszive Wort in Olgas Mund wurde die ganze süße Illusion aber mit einem Mal zerstört. Es riß ihn aus seinem Traum. Die Wolke der Güte zerrann, und plötzlich hielt er Olga so in den Armen, wie er sie vor einer Weile gesehen hatte: mit der großen Blume ihres Kopfs, unter dem der dünne Stengel des Körpers bebte. Dieses rührende Wesen verhielt sich provozierend wie ein Flittchen, ohne dabei das Rührende zu verlieren, wodurch die laszіven Wörter komisch und traurig klangen.

Jakub wußte aber, daß er sich nichts anmerken lassen

durfte, daß er durchhalten und den bitteren Kelch der Güte weiter und weiter trinken mußte, weil diese absurde Umarmung sein einziges gutes Werk war, seine einzige Erlösung (er hörte in keinem Augenblick auf, von dem Gift in der fremden Handtasche zu wissen), sein einziges Heil.

29.

Wie eine große Perle zwischen den beiden Schalen einer Muschel liegt Bertlefs Luxusappartement, eingeschlossen auf beiden Seiten zwischen den weniger luxuriösen Zimmern, in denen Jakub und Klima wohnen. Aber in den beiden Nebenzimmern herrschte längst schon Ruhe und Frieden, während Rosa in Bertlefs Armen noch immer vor Wonne schluchzt.

Dann liegt sie still neben ihm, und er streichelt ihr Gesicht. Nach einer Weile beginnt sie zu weinen. Sie weint lange und verbirgt ihr Gesicht an seiner Brust.

Bertlef streichelt sie wie ein kleines Mädchen, und sie will tatsächlich klein sein. Klein wie noch nie (nie hatte sie sich so an jemandes Brust versteckt), aber auch groß wie noch nie (nie hatte sie so viel Lust empfunden wie heute). Und das Weinen mit seinen stoßartigen Bewegungen führt sie hinüber in eine Seligkeit, die sie bisher ebenfalls noch nicht kennengelernt hat.

Wo ist jetzt Klima, und wo ist Franta? Sie sind irgendwo in einem fernen Nebel, Gestalten, die sich am Horizont verlieren, leichter als Federn. Und wo ist ihr verbissenes Verlangen, den einen zu besitzen und den andern loszuwerden? Wo sind ihre krampfhaften Zornanfälle, ihr beleidigtes Schweigen, in das sie sich seit dem Morgen wie in eine Rüstung eingeschlossen hatte?

Sie liegt da, schluchzt noch immer, und er streichelt ihr

Gesicht. Er sagt ihr, sie solle einschlafen, er habe sein Bett im angrenzenden Schlafzimmer. Und Rosa öffnet ihre Augen und schaut ihn an: Bertlef ist nackt, er geht ins Bad (man hört das Wasser fließen), dann kommt er zurück, öffnet den Schrank, nimmt eine Decke heraus und breitet sie sanft über Rosas Körper.

Rosa sieht die Krampfadern an seinen Waden. Als er sich über sie beugt, bemerkt sie, daß sein graugewelltes Haar schon schütter ist und man darunter die Haut sieht. Ja, Bertlef ist fünfzig, sogar ein bißchen Bauch hat er, aber Rosa stört das nicht. Im Gegenteil, sein Alter beruhigt sie, sein Alter wirft ein strahlendes Licht auf ihre bislang graue und ausdruckslose Jugend, sie fühlt, daß sie voll von Leben ist und noch ganz am Anfang ihres Weges steht. In seiner Gegenwart weiß sie plötzlich, daß sie noch lange jung sein wird, daß sie sich nicht zu beeilen braucht und sich nicht vor der Zeit fürchten muß. Bertlef setzt sich wieder neben sie und streichelt sie, und sie hat das Gefühl, nicht nur in den besänftigenden Berührungen seiner Finger, sondern auch in der tröstlichen Umarmung seiner Jahre geborgen zu sein.

Und dann verliert sie sich auf einmal, durch ihren Kopf ziehen die wirren Vorstellungen des ersten Traumversuchs. Sie wacht noch einmal auf, und es scheint ihr, als sei der ganze Raum von einem sonderbaren, blauen Licht durchflutet. Was ist das nur für ein seltsamer Schein, den sie noch nie gesehen hat? Ist etwa der Mond vom Himmel gestiegen, eingehüllt in einen bläulichen Schleier? Oder träumt sie mit offenen Augen?

Bertlef lächelt sie an und streichelt unablässig ihr Gesicht.

Und fortgetragen vom Schlaf, schließt sie endgültig die Augen.

Fünfter Tag

1.

Es war noch dunkel, und Klima erwachte aus einem sehr leichten Schlaf. Er wollte Rosa erreichen, bevor sie zur Arbeit ging. Doch wie sollte er Kamila erklären, daß er noch vor Tagesanbruch aus dem Haus ging?

Er sah auf seine Uhr: es war fünf. Er wußte, wenn er Rosa nicht verpassen wollte, mußte er aufstehen, es war ihm aber immer noch keine Ausrede eingefallen. Sein Herz klopfte vor Aufregung, es war aber nichts zu machen, er stand auf und begann sich anzukleiden, leise, um Kamila nicht zu wecken. Er knöpfte gerade sein Jackett zu, als er ihre Stimme hörte. Es war eine hohe Stimme, die im Halbschlaf sprach: »Wohin gehst du?«

Er trat zum Bett und küßte sie zart auf den Mund: »Schlaf, ich bin gleich wieder da.«

»Ich geh mit dir«, sagte Kamila, fiel aber sofort wieder in den Schlaf zurück.

Klima ging rasch aus der Tür.

2.

War es möglich? Ging er immer noch auf und ab?

Ja. Jetzt aber blieb er stehen. Im Eingangstor des Richmond hatte er Klima erblickt. Er versteckte sich und folgte ihm dann unauffällig bis zum Marxhaus. Er ging an der Portiersloge vorbei (der Portier schlief) und blieb hinter der Ecke des Korridors stehen, an dem Rosas Zimmer lag. Er sah, wie der Trompeter an Rosas Tür klopfte. Niemand öffnete. Klima klopfte abermals, drehte sich dann um und ging.

Franta lief hinter ihm aus dem Gebäude. Er sah, wie er durch die lange Straße auf die Badehäuser zuschritt, wo Rosa in einer halben Stunde ihre Schicht antreten sollte. Er lief ins Marxhaus zurück, trommelte an Rosas Tür und flüsterte laut durchs Schlüsselloch: »Ich bin es! Franta! Vor mir brauchst du keine Angst zu haben! Mir kannst du öffnen!«

Niemand antwortete.

Als er wegging, wachte der Portier gerade auf.

»Ist Rosa zu Hause?« fragte Franta.

»Sie ist seit gestern nicht mehr hier gewesen.«

Franta trat auf die Straße. Er sah aus der Ferne, wie Klima das Badehaus betrat.

3.

Rosa wachte regelmäßig um halb sechs auf. Obwohl sie so schön eingeschlafen war, schlief sie auch an diesem Tag nicht länger. Sie stand auf, zog sich an und ging dann auf Zehenspitzen in den Nebenraum.

Bertlef lag auf der Seite und atmete tief, die Haare, tagsüber sorgfältig gekämmt, waren zerzaust und entblößten die kahle Haut auf dem Schädel. Sein Gesicht sah im Schlaf fahler und älter aus. Auf dem Nachtkästchen standen einige Arzneifläschchen, die Rosa ans Krankenhaus erinnerten. Doch nichts von alledem störte sie. Sie sah ihn an und fühlte, wie ihre Augen sich mit Tränen füllten. Sie hatte nie einen schöneren Abend erlebt als gestern. Sie verspürte ein sonderbares Verlangen, sich vor ihm niederzuknien. Sie tat es nicht, neigte sich aber über ihn und küßte ihn sanft auf die Stirn.

Als sie im Freien war und sich dem Badehaus näherte, sah sie, wie Franta ihr entgegenkam.

Noch gestern hätte diese Begegnung sie furchtbar aufgeregt. Obwohl sie den Trompeter liebte, bedeutete ihr Franta viel. Er und Klima bildeten ein untrennbares Paar. Der eine bedeutete Alltag, der andere Traum, der eine wollte sie, der andere nicht, dem einen wollte sie entrinnen, den andern wünschte sie zu besitzen. Der eine bestimmte den Sinn der Existenz des andern. Als sie beschloß, von Klima schwanger zu sein, hatte sie Franta auf diese Weise nicht aus ihrem Leben radiert; im Gegenteil: gerade Franta hatte sie zu dieser Entscheidung gezwungen. Sie stand zwischen ihnen wie zwischen den beiden Polen ihres Lebens; sie waren der Norden und der Süden ihres Planeten, und einen andern kannte sie nicht.

Heute morgen aber hatte sie auf einmal begriffen, daß dies nicht der einzige bewohnbare Planet war. Sie hatte begriffen, daß man ohne Klima und ohne Franta leben konnte; daß es keinen Grund zur Eile gab; daß Zeit genug blieb; daß es möglich war, sich von einem weisen und reifen Mann aus diesem verwünschten Gebiet, in dem man so rasch alterte, hinausführen zu lassen.

»Wo warst du in der Nacht?« fuhr er sie an.

»Was geht dich das an.«

»Ich war bei dir. Du warst nicht zu Hause.«

»Es geht dich gar nichts an, wo ich war«, sagte Rosa und trat durch das Tor des Badehauses, ohne stehenzubleiben. »Und lauf mir nicht nach. Ich will nicht, daß du mir nachläufst.«

Franta stand allein vor dem Badehaus, und weil ihn nach der durchwanderten und durchwachten Nacht die Beine schmerzten, setzte er sich auf eine Bank, von der aus er den Eingang beobachten konnte.

Rosa lief die Treppe hinauf und betrat im ersten Stock das geräumige Wartezimmer, wo an den Wänden Bänke und Stühle für die Patienten standen. Vor der Tür zu ihrer Abteilung saß Klima.

»Rosa.« Er stand auf und sah sie mit verzweifelten Augen an: »Ich bitte dich. Ich bitte dich, sei vernünftig und geh mit mir dorthin.«

Seine Angst war nackt, bar jeder verliebten Demagogie, um die er sich in den vergangenen Tagen so angestrengt bemüht hatte.

Rosa sagte: »Du willst mich loswerden.«

Er erschrak: »Ich will dich nicht loswerden. Im Gegenteil. Es geht mir einzig darum, daß wir uns noch mehr lieben können.«

»Lüg nicht«, sagte Rosa.

»Rosa, ich bitte dich! Es wird ein Unglück geschehen, wenn du nicht hingehst!«

»Wer sagt denn, daß ich nicht hingehe? Wir haben aber noch drei Stunden Zeit. Es ist ja erst sechs. Geh nur ruhig wieder zu deiner Frau und schlaf!«

Sie schloß die Tür hinter sich, zog den weißen Kittel an und sagte zur Mittdreißigerin: »Ich habe eine Bitte, ich muß um neun weg. Würdest du für eine Stunde meinen Dienst übernehmen?«

»Du hast dich also doch überreden lassen«, sagte die Kollegin vorwurfsvoll.

»Ich habe mich nicht überreden lassen. Ich habe mich verliebt«, sagte Rosa.

4.

Jakub trat ans Fenster und öffnete es. Er dachte an die blaßblaue Tablette und wollte nicht glauben, daß er sie gestern tatsächlich jener fremden Frau gegeben hatte. Er blickte zum Blau des Himmels empor und sog die frische Luft des Herbstmorgens ein. Die Welt, die er um sich herum sah, war normal, ruhig, selbstverständlich. Die gestrige Geschichte mit der Krankenschwester kam ihm plötzlich unsinnig und unwahrscheinlich vor.

Er hob den Hörer und wählte die Nummer des Badehauses. Er wolle Schwester Rosa in der Frauenabteilung sprechen. Er wartete sehr lange. Dann vernahm er eine Frauenstimme. Er wiederholte, daß er Schwester Rosa sprechen wolle. Die Stimme antwortete, Schwester Rosa sei jetzt am Becken und könne nicht kommen. Er bedankte sich und legte den Hörer auf.

Er verspürte eine unsägliche Erleichterung: die Krankenschwester lebte. Die Tabletten im Röhrchen wurden dreimal täglich eingenommen, sie mußte also gestern abend und heute morgen eine geschluckt und seine Tablette längst gebraucht haben. Auf einmal war ihm alles ganz klar: die blaßblaue Tablette, die er als Garantie seiner Freiheit in der Tasche getragen hatte, war ein Betrug gewesen. Sein Freund hatte ihm eine Tablette der Illusion geschenkt.

Mein Gott, warum war ihm das früher nie eingefallen? Er erinnerte sich wieder an jenen längst vergangenen Tag, da er seinen Freund um Gift gebeten hatte. Er war damals gerade aus dem Gefängnis zurückgekehrt und begriff aus der Distanz der vielen Jahre, daß jeder sich hatte denken müssen, seine Bitte sei lediglich eine theatralische Geste, mit der er rückblickend auf die erlittenen Qualen aufmerksam machen wollte. Skreta hingegen hatte ihm ohne zu zögern versprochen, was er verlangte, und einige Tage später hatte er ihm die blaßblaue, glänzende Tablette gebracht. Warum hätte er zögern und ihm etwas ausreden sollen? Er hatte viel klüger gehandelt als diejenigen, die seine Bitte ablehnten. Er hatte ihm die unschädliche Illusion von Ruhe und Sicherheit gegeben und ihn auf diese Weise auch noch fürs ganze Leben für sich gewonnen.

Wie war es möglich, daß ihm das nie eingefallen war? Es war ihm damals etwas seltsam vorgekommen, daß Skreta ihm das Gift in Form einer geläufigen, industriell hergestellten Tablette gab. Er wußte zwar, daß er als Biochemiker Zugang zu Giften hatte, verstand aber nicht, wie er an die Maschinen gekommen war, die Tabletten stanzten. Er hatte jedoch nicht darüber nachgedacht. Obwohl er alles in der

Welt anzweifelte, an die Tablette hatte er geglaubt wie ans Evangelium.

Jetzt, in diesem Moment großer Erleichterung, war er dem Freund für seinen Betrug allerdings dankbar. Er war glücklich, daß die Krankenschwester lebte und die ganze unsinnige Geschichte von gestern nur ein schlimmer Alptraum gewesen war. Nichts auf der Welt währt jedoch lange, und nachdem die Wellen der Erleichterung verebbt waren, erklang zum Schluß die schwache Stimme des Bedauerns:

Wie lächerlich! Die Tablette in seiner Tasche hatte jedem seiner Schritte theatralisches Pathos verliehen und es ihm ermöglicht, aus seinem Leben einen erhabenen Mythos zu schaffen! Er war überzeugt gewesen, im Seidenpapier den Tod mit sich herumzutragen, und dabei war es bloß Skretas leises Lachen gewesen.

Jakub wußte, daß sein Freund letzten Endes richtig gehandelt hatte, und trotzdem schien ihm, als habe sich jener Skreta, den er liebte, auf einmal in einen gewöhnlichen Arzt verwandelt, von denen es Tausende gab. Durch die Selbstverständlichkeit, mit der er ihm damals ohne zu zögern das Gift anvertraut hatte, hatte er sich nämlich von den Menschen, die Jakub kannte, völlig unterschieden. In seinem Handeln lag etwas Unwahrscheinliches. Er handelte nicht, wie Menschen sonst mit Menschen umgehen. Er überlegte überhaupt nicht, daß Jakub das Gift in einem Anfall von Hysterie oder Depression hätte mißbrauchen können. Er wandte sich an ihn wie an einen Menschen, der vollkommen Herr seiner selbst war, keine menschlichen Schwächen hatte. Sie handelten wie zwei Götter, die gezwungen waren, unter Menschen zu leben – und das war schön. Es war unvergeßlich. Und jetzt war es plötzlich verschwunden.

Jakub blickte ins Blau des Himmels und sagte sich: Er hat mir heute Erleichterung und Ruhe geschenkt. Gleichzeitig hat er mir aber sich selbst genommen, meinen Skreta.

5.

Klima war süß berauscht von Rosas Einwilligung, aber um keinen Preis hätte er sich aus dem Wartezimmer weglocken lassen. Rosas unerklärliches Verschwinden von gestern hatte sich bedrohlich in sein Gedächtnis gegraben. Er war entschlossen, geduldig hier auszuharren, damit sie nicht von jemandem überredet, weggeholt, entführt werden konnte.

Allmählich sammelten sich um ihn herum Patientinnen, sie traten durch die Tür, hinter der Rosa verschwunden war, einige blieben da, andere kehrten wieder in den Korridor zurück und setzten sich in die Sessel an den Wänden, und alle sahen Klima fragend an, denn in diesem Wartezimmer für Frauen ließen sich sonst keine Männer blicken.

Dann erschien in einer Tür eine dicke Frau in weißem Kittel und musterte ihn lange; sie trat zu ihm hin und fragte, ob er auf Rosa warte. Er errötete und bejahte. »Sie brauchen nicht zu warten. Sie haben Zeit bis neun«, sagte sie mit aufdringlicher Vertraulichkeit, und ihm schien es, als hörten es alle Frauen um ihn herum, als wüßten sie, worum es ging.

Es war ungefähr Viertel vor neun, als Rosa wieder aus der Tür trat, in Zivilkleidern. Er schloß sich ihr an, und sie verließen schweigend das Gebäude. Beide waren sie in Gedanken versunken und bemerkten nicht, daß Franta ihnen im Schutz des Gebüschs folgte.

6.

Jakub hat nur noch den Abschied von Olga und Skreta vor sich, er will vorher aber noch einmal (ein letztes Mal) allein durch den Park spazieren und nostalgisch die flammenden Bäume betrachten.

Er betrat den Flur in demselben Augenblick, als eine junge Frau die Tür des gegenüberliegenden Zimmers hinter sich schloß, eine junge Frau, deren hohe Gestalt ihn faszinierte. Als er in ihr Gesicht blickte, war er über ihre Schönheit verblüfft.

»Sind Sie eine Bekannte von Doktor Skreta?«, sprach er sie an.

Die Frau lächelte freundlich: »Woher wissen Sie das?«

»Sie kommen aus einem der Zimmer, die Doktor Skreta seinen Freunden zur Verfügung stellt«, sagte Jakub und stellte sich vor.

»Freut mich. Ich bin Frau Klima. Der Herr Doktor hat meinen Mann hier untergebracht. Ich suche ihn gerade. Wahrscheinlich ist er beim Herrn Doktor. Wissen Sie nicht, wo ich sie finden könnte?«

Jakub sah mit unersättlichem Gefallen ins Gesicht der jungen Frau, und es fuhr ihm (schon wieder!) durch den Kopf, daß es sein letzter Tag hier war, wodurch jede Begebenheit eine besondere Bedeutung erlangte und zur symbolischen Botschaft wurde.

Was aber will diese Botschaft ihm sagen?

»Ich kann Sie zu Doktor Skreta begleiten«, sagte er.

»Da wäre ich Ihnen sehr dankbar«, antwortete sie.

Ja, was will diese Botschaft ihm sagen?

Vor allem ist es nur eine Botschaft, sonst nichts. In zwei Stunden wird Jakub wegfahren, und von diesem schönen Wesen wird ihm nichts mehr bleiben. Diese Frau ist gekommen, um sich ihm als Verweigerung zu zeigen. Er ist ihr nur begegnet, um zu erfahren, daß sie ihm nicht gehören wird. Er ist ihr begegnet als dem Abbild all dessen, was er durch seine Abreise verlieren wird.

»Das ist sonderbar«, sagte er, »ich werde heute vermutlich zum letzten Mal in meinem Leben mit Herrn Doktor Skreta sprechen.«

Die Botschaft, die diese Frau ihm überbringt, sagt aber noch etwas mehr. Sie ist gekommen, um ihm im letzten

Moment die Schönheit zu verkünden. Ja, die Schönheit, und Jakub wurde fast mit Schrecken klar, daß er eigentlich nie etwas von ihr gewußt, sie übersehen und nie für sie gelebt hatte. Die Schönheit dieser Frau faszinierte ihn. Mit einem Mal hatte er das Gefühl, daß in all seinen Entscheidungen immer ein Fehler gelegen hatte. Daß er einen bestimmten Posten zu berechnen vergessen hatte. Hätte er diese Frau gekannt, schien es ihm, hätte er sich anders entschieden.

»Was heißt, Sie werden zum letzten Mal mit ihm sprechen?«

»Ich fahre ins Ausland. Für lange.«

Es war nicht so, daß er nie hübsche Frauen gehabt hätte, ihre Reize waren für ihn jedoch immer nur eine Begleiterscheinung gewesen. Was ihn zu den Frauen hintrieb, war der Wunsch nach Rache, es waren Trauer und Unzufriedenheit oder Mitleid und Bedauern, die Welt der Frauen fiel für ihn zusammen mit seinem eigenen, bitteren Drama in diesem Land, in dem er Verfolger und Verfolgter gewesen war und viel Streit und wenig Idyllisches erlebt hatte. Diese Frau jedoch zeigte sich ihm plötzlich losgelöst von all dem, losgelöst von seinem Leben, sie kam von außen, sie offenbarte sich, offenbarte sich nicht nur als schöne Frau, sondern als die Schönheit selbst, und sie ließ ihm ausrichten, daß man hier auch anders und für etwas anderes leben konnte, daß Schönheit mehr war als Gerechtigkeit, mehr war als Wahrheit, daß sie wirklicher, unbestrittener, ja sogar leichter zu erreichen war, daß die Schönheit über allem stand und in diesem Moment für ihn bereits endgültig verloren war. Daß sie nur deshalb im letzten Moment gekommen war, um sich zu zeigen, damit er nicht etwa dachte, er hätte hier alles erkannt und sein Leben bis auf den Grund aller Möglichkeiten ausgelebt.

»Ich beneide Sie darum«, sagte sie.

Sie schritten zusammen durch den Park, der Himmel war blau, die Sträucher rot und gelb, und Jakub kam wieder der Gedanke, es sei dies ein Bild jenes Feuers, in dem seine vergangenen Geschichten, Erinnerungen und Gelegenheiten verbrannten.

»Es gibt nichts, worum Sie mich beneiden könnten. In diesem Augenblick scheint mir, ich sollte nirgendwohin wegfahren.«

»Weshalb? Gefällt es Ihnen hier im letzten Augenblick auf einmal?«

»Sie gefallen mir. Sie gefallen mir wahnsinnig. Sie sind unglaublich schön.«

Er hatte es gesagt, ohne zu wissen, wie, und unmittelbar danach fiel ihm ein, daß er ihr alles sagen durfte, da er in ein paar Stunden nicht mehr hier sein würde und seine Worte weder für ihn noch für sie Folgen hätten. Diese unvermutet entdeckte Freiheit berauschte ihn.

»Ich habe gelebt wie ein Blinder. Wie ein Blinder. Heute habe ich zum erstenmal begriffen, daß die Schönheit existiert. Und daß ich sie verpaßt habe.«

Sie verschmolz für ihn mit Musik und mit Bildern, mit jenem Reich, das er nie betreten hatte, sie verschmolz mit den bunten Bäumen ringsum, und auf einmal sah er in ihnen keine Botschaften oder Bedeutungen mehr (kein Bild des Feuers oder Verbrennens), sondern einzig und allein eine Ekstase der Schönheit, auf geheimnisvolle Weise geweckt durch die Berührung der Spuren dieser Frau, die Melodie ihrer Stimme.

»Ich würde alles tun, um Sie zu gewinnen. Ich möchte alles abwerfen und mein ganzes Leben anders leben, nur für Sie und Ihretwegen. Aber ich kann es nicht, denn eigentlich bin ich in diesem Moment gar nicht mehr hier. Ich hätte gestern fahren sollen und bin nur hier geblieben wie meine eigene Verspätung.«

Ach ja, jetzt verstand er auf einmal, warum er ihr hatte begegnen dürfen. Diese Begegnung spielte sich außerhalb seines Lebens ab, irgendwo auf der abgewandten Seite seines Schicksals, der Kehrseite seiner Biographie. Aber umso freier konnte er zu ihr sprechen, bis er begriff, daß er ohnehin nicht imstande war, ihr all das zu sagen, was er wollte.

Er berührte ihre Hand und wies nach vorn: »Dort hat Doktor Skreta seine Praxis. Gehen Sie in den ersten Stock.«

Frau Klima sah ihn lange an, und Jakub saugte sich in ihrem Blick fest, der feucht und weich war wie die Ferne. Noch einmal berührte er ihre Hand, drehte sich um und ging.

Aber dann blickte er zurück und sah, daß Frau Klima dastand und ihm nachschaute. Noch mehrere Male sah er sich um, und sie schaute ihm immer noch nach.

7.

Im Wartezimmer saßen etwa zehn nervöse Paare; Rosa und Klima konnten sich nicht mehr setzen. Ihnen gegenüber hingen große Plakate an der Wand, Bilder und Losungen, mittels derer die Frauen von einer Abtreibung abgehalten werden sollten.

Mami, warum willst du mich nicht? stand mit großen Buchstaben auf einem Plakat, von dem ein Kind auf einem Federbettchen herablächelte; unter dem Kind war ein Gedicht zu lesen, wie ein ungeborenes Kind seine Mutter bittet, es nicht auskratzen zu lassen und ihr dafür tausend Freuden verspricht: *In wessen Armen wirst du sterben, Mutter, wenn du mir das Licht der Welt nicht schenkst?*

Auf anderen Plakaten waren Großaufnahmen lachender Mütter zu sehen, die Kinderwagen vor sich her schoben, und kleine Jungen, die pinkelten. (Klima dachte, daß ein kleiner pinkelnder Junge ein unwiderlegbares Argument für das Gebären von Kindern sei. Er erinnerte sich daran, wie einmal im Kino in der Wochenschau ein pinkelnder Junge gezeigt wurde und der ganze Saal in jenem Moment von seligen Frauenseufzern erfüllt war.)

Nachdem sie etwas gewartet hatten, klopfte Klima an die Tür; eine Schwester kam heraus, und er nannte Doktor Skretas

Namen. Dieser erschien nach einer Weile selbst, reichte ihm ein Formular, bat ihn, es auszufüllen und geduldig zu warten.

Klima hielt das Formular gegen die Wand und begann, die einzelnen Rubriken auszufüllen: Name, Geburtsdatum, Geburtsort. Rosa diktierte. Dann kam er zu der Rubrik, über der *Name des Vaters* stand. Er stockte. Es war schrecklich, diesen schmachvollen Titel schwarz auf weiß zu sehen und seinen Namen daneben zu schreiben.

Rosa bemerkte, daß Klimas Hand zitterte. Das erfüllte sie mit Befriedigung: »So schreib schon«, sagte sie.

»Wen soll ich da eintragen?« flüsterte Klima.

Er kam ihr feige und ängstlich vor, und sie verachtete ihn. Er fürchtet sich vor allem, er fürchtet sich vor der Verantwortung, und er fürchtet sich vor der eigenen Unterschrift auf einem amtlichen Formular. »Na entschuldige mal, es ist doch wohl klar, wen du da einzutragen hast«, sagte sie.

»Ich habe gedacht, es käme nicht darauf an«, sagte er.

Es lag ihr nichts mehr an ihm, sie war aber in ihrer Seele davon überzeugt, daß dieser feige Mann sich an ihr schuldig gemacht hatte; es freute sie, ihn zu bestrafen: »Wenn du lügen willst, werden wir uns schwerlich verständigen können.« Als er seinen Namen in die Rubrik geschrieben hatte, fügte sie seufzend hinzu: »Ich weiß ohnehin noch nicht, was ich tun werde ...«

»Wie das?«

Sie sah in sein erschrockenes Gesicht: »Solange man es mir nicht genommen hat, kann ich es mir noch überlegen.«

8.

Sie saß in einem Sessel, hatte die Füße auf den Tisch gelegt und las in einem Kriminalroman, den sie sich für langweilige Kurtage gekauft hatte. Sie las aber sehr unkonzentriert, da ständig die Situationen und Wörter des vergangenen Abends vor ihr auftauchten.

Alles gefiel ihr, am besten aber gefiel sie sich selbst. Sie war endlich so, wie sie stets zu sein gewünscht hatte; nicht Opfer männlicher Absichten, sondern selbst Schöpferin ihrer Geschichte. Sie hatte die Rolle des unschuldigen Ziehtöchterchens, die Jakub ihr zugewiesen hatte, radikal abgeschüttelt und sich ihn selbst nach ihren Wünschen umgeformt.

Sie kam sich elegant, selbständig und kühn vor. Sie sah auf ihre Beine, wie sie in enganliegenden weißen Jeans auf dem Tisch lagen, und als ein Klopfen an der Tür ertönte, rief sie fröhlich: »Komm, ich warte schon!«

Jakub trat ein und machte eine betrübte Miene.

»Grüß dich«, sagte sie und ließ die Beine noch einen Moment auf dem Tisch liegen. Jakub kam ihr verlegen vor, und das freute sie. Dann trat sie zu ihm hin und küßte ihn leicht auf die Wange:

»Bleibst du ein wenig?«

»Nein«, sagte Jakub mit trauriger Stimme, »diesmal werde ich mich wirklich von dir verabschieden. Ich fahre gleich. Ich habe gedacht, ich könnte dich noch ein letztes Mal zum Badehaus begleiten.«

»Gut«, sagte Olga fröhlich, »wir können dorthin spazieren.«

9.

Jakub war erfüllt von dem Bild der schönen Frau Klima und hatte eine gewisse Unlust überwinden müssen, sich von Olga verabschieden zu gehen, die nach dem gestrigen Abend in seiner Seele Verlegenheit und Trübe zurückgelassen hatte. Aber um nichts in der Welt hätte er sich das anmerken lassen. Er hatte es sich auferlegt, sich außerordentlich taktvoll zu verhalten, damit sie nicht merkte, wie wenig Lust und Freude er während des gestrigen Liebesakts empfunden hatte, damit sie ihn in bester Erinnerung behielt. Er gab sich ernst, sprach die belanglosesten Sätze mit melancholischem Nachdruck aus, er berührte ab und zu leicht ihre Hand und streichelte ab und zu über ihr Haar, und als sie ihm in die Augen sah, bemühte er sich, wehmütig dreinzuschauen.

Unterwegs schlug sie vor, noch zu einem Glas Wein einzukehren, Jakub wollte ihre letzte Begegnung aber so kurz wie möglich gestalten, da sie für ihn anstrengend war. »Abschiednehmen ist eine zu traurige Angelegenheit. Ich will es nicht in die Länge ziehen.«

Vor dem Eingang zum Badehaus nahm er ihre beiden Hände in die seinen und sah ihr tief in die Augen.

Olga sagte: »Jakub, es ist wahnsinnig lieb, daß du gekommen bist. Es war ein wunderbarer Abend gestern. Ich bin froh, daß du endlich aufgehört hast, den Papa zu spielen und Jakub aus dir geworden ist. Es war prima. Es war doch toll?«

Jakub begriff, daß er nichts begriff. Sollte dieses zarte Mädchen ihre gestrige Liebe nur als bloßes Vergnügen aufgefaßt haben? Sollte gefühllose Sinnlichkeit sie dazu geführt haben? Sollte die freudvolle Erinnerung an einen Liebesabend die Trauer über einen Abschied fürs Leben überwiegen?

Er küßte sie. Sie wünschte ihm eine gute Reise und ging auf das breite Tor des Badehauses zu.

10.

Er ging schon fast zwei Stunden vor dem Gebäude der Poliklinik auf und ab und wurde ungeduldig. Immer wieder ermahnte er sich, daß er keine Szenen machen durfte, spürte aber, daß er mit seiner Selbstbeherrschung am Ende war.

Er betrat das Gebäude. Das Badestädtchen war nicht groß, und alle kannten ihn hier. Er fragte den Portier, ob er Rosa gesehen habe. Der Portier bejahte und sagte, sie sei mit dem Aufzug hochgefahren. Da der Aufzug nur in den dritten Stock fuhr und man die unteren Stockwerke zu Fuß erreichte, konnte er seinen Verdacht auf die zwei Gänge im obersten Teil des Gebäudes konzentrieren. Auf der einen Seite lagen Büros, auf der anderen die gynäkologische Abteilung. Er ging zuerst durch den ersten Korridor (er war menschenleer) und betrat den zweiten mit dem unangenehmen Gefühl, daß Männern der Zutritt verboten war. Dann erblickte er eine Krankenschwester, die er vom Sehen kannte. Er fragte sie nach Rosa. Sie zeigte auf die Tür am Ende des Korridors. Sie war offen, und es standen einige Frauen und Männer daneben. Franta trat ein, ein paar Frauen saßen da, aber weder der Trompeter noch Rosa waren zu sehen.

»Haben Sie hier nicht so ein Fräulein gesehen, ein blondes Fräulein?«

Eine Frau wies auf die Tür des Büros: »Sie sind drinnen.«

Mami, warum willst du mich nicht? las Franta, und auf den weiteren Plakaten sah er Fotos von pinkelnden kleinen Jungen und Säuglingen. Langsam wurde ihm klar, worum es ging.

11.

Im Raum stand ein länglicher Tisch. Auf der einen Seite saßen Klima und Rosa, ihnen gegenüber thronte eingerahmt von zwei stämmigen Frauen Doktor Skreta.

Doktor Skreta sah die beiden Antragsteller an und schüttelte angewidert den Kopf: »Ich werde ganz traurig, wenn ich Sie beide anschaue. Wissen Sie, was für einen Pflegeaufwand wir hier haben, um unglücklichen Frauen, die keine Kinder kriegen können, die Fruchtbarkeit zurückzugeben? Und Sie, junge Menschen, gesund und wohlgewachsen, Sie wollen sich freiwillig des Wertvollsten im Leben entledigen. Ich mache Sie sehr nachdrücklich darauf aufmerksam, daß diese Kommission nicht dazu da ist, um Abtreibungen zu unterstützen, sondern um sie zu regulieren.«

Die beiden Frauen brummten zustimmend, und Doktor Skreta beschuldigte die beiden Antragsteller weiter. Klimas Herz klopfte laut. Er ahnte zwar, daß Doktor Skreta nicht für ihn, sondern für die zwei Beisitzerinnen redete, die junge Frauen, welche sich weigerten zu gebären, mit der ganzen Mächtigkeit ihrer Mutterbäuche haßten, er erschrak aber, ob diese Worte nicht an Rosa nagen würden. Hatte sie ihm nicht eben gesagt, sie sei noch immer unentschlossen?

»Wofür wollen Sie leben?« fuhr Doktor Skreta fort. »Ein Leben ohne Kinder ist wie ein Baum ohne Blätter. Wenn es in meiner Macht stünde, würde ich Abtreibungen verbieten. Stimmt es Sie nicht bedenklich, daß die Bevölkerung von Jahr zu Jahr abnimmt? Bei uns, wo für Mütter und Kinder gesorgt wird wie sonst nirgendwo auf der Welt! Bei uns, wo sich niemand um seine Zukunft zu sorgen braucht!«

Die beiden Frauen brummten zustimmend, und Doktor Skreta fuhr fort: »Der Genosse ist verheiratet und fürchtet nun, alle Folgen einer verantwortungslosen sexuellen Beziehung auf sich zu nehmen. Bloß hätten Sie sich das früher überlegen sollen, Genosse!«

Doktor Skreta verstummte für eine Weile und wandte sich dann wieder an Klima: »Sie sind kinderlos. Können Sie sich wirklich nicht im Namen dieses ungeborenen Kindes von Ihrer Frau scheiden lassen?«

»Nein«, sagte Klima.

»Ich weiß«, seufzte Doktor Skreta. »Ich habe eine Mitteilung vom Psychiater bekommen, daß Frau Klima selbstmordgefährdet ist. Die Geburt eines Kindes würde ihr Leben bedrohen, eine Ehe zerstören, und aus Schwester Rosa würde ein ledige Mutter. Was sollen wir tun«, seufzte er noch einmal und streckte den beiden Frauen das Formular hin, sie seufzten ihrerseits und setzten ihre Unterschriften in die entsprechende Rubrik.

»Sie finden sich am nächsten Montag um acht Uhr früh zum Eingriff ein«, sagte Doktor Skreta zu Rosa und bedeutete ihr, sie könne gehen.

»Sie aber bleiben noch«, wandte sich eine der Dicken an Klima. Rosa verließ den Raum, und die Frau sagte: »Eine Interruption ist keine so harmlose Sache, wie Sie sich das vorstellen. Man verliert dabei viel Blut. Sie haben durch Ihre Verantwortungslosigkeit der Genossin Blut geraubt, also ist es gerecht, daß Sie Blut spenden.« Sie streckte Klima ein Formular hin und sagte: »Da, unterschreiben Sie.«

Der verdutzte Klima unterschrieb folgsam.

»Das ist ein Anmeldeformular für freiwillige Blutspender. Sie können ins Behandlungszimmer nebenan gehen, die Schwester nimmt Ihnen das Blut sofort ab.«

12.

Rosa durchquerte den Warteraum gesenkten Blicks und sah Franta erst, als er sie auf dem Korridor ansprach.

»Wo bist du gewesen?«

Sie erschrak über seinen wütenden Ausdruck und beschleunigte ihre Schritte.

»Ich frage dich, wo du gewesen bist.«

»Was geht dich das an.«

»Ich weiß, wo du gewesen bist.«

»Wenn du es weißt, dann frag nicht.«

Sie stiegen die Treppe hinunter, und Rosa beeilte sich sehr, weil sie Franta und dem Gespräch entfliehen wollte.

»Es war die Abtreibungskommission«, sagte Franta.

Rosa schwieg. Sie verließen das Gebäude und traten auf die Straße.

»Es war die Abtreibungskommission. Ich weiß es. Und du willst es dir wegmachen lassen.«

»Ich mache, was ich will.«

»Du wirst nicht machen, was du willst. Das ist auch meine Sache.«

Rosa eilte, rannte fast. Franta lief hinter ihr her. Als sie vor dem Tor zum Badehaus stand, sagte sie: »Untersteh dich, mir nachzulaufen. Ich arbeite jetzt. Du darfst mich nicht bei der Arbeit stören.«

Franta war wütend: »Wage es, mir etwas zu sagen!«

»Du hast kein Recht!«

»Du hattest kein Recht!«

Rosa lief ins Gebäude und Franta hinter ihr her.

13.

Jakub war froh, daß er alles hinter sich hatte und ihm nur noch ein letztes blieb: sich von Skreta zu verabschieden. Er schlenderte langsam vom Badehaus durch den Park zum Marxhaus.

Von weitem kamen ihm auf dem breiten Parkweg eine Lehrerin und hinter ihr etwa zwanzig Kinder einer Vorschule entgegen. Die Lehrerin hielt eine lange rote Schnur in der Hand, und alle Kinder, die im Gänsemarsch hintereinander hergingen, hielten sich daran fest. Die Kinder gingen langsam, die Lehrerin zeigte ihnen Sträucher und Bäume und nannte deren Namen. Jakub blieb stehen, weil er sich in Naturkunde nie ausgekannt hatte und ständig wieder vergaß, daß ein Ahorn Ahorn und eine Weißbuche Weißbuche hieß.

»Das ist eine Linde.« Die Lehrerin zeigte auf einen Baum mit dichtem gelbem Laub.

Jakub schaute die Kinder an. Alle trugen blaue Mäntelchen und rote Mützchen. Sie sahen aus wie Geschwister. Er sah in ihre Gesichter, und es schien ihm, als glichen sie sich nicht nur durch ihre Kleider, sondern von der ganzen Erscheinung her. Mindestens an sieben von ihnen fand er eine auffallend große Nase und einen auffallend breiten Mund. Sie glichen Doktor Skreta.

Er erinnerte sich an das großnasige Kind der Wirtsleute. Sollte Skretas eugenischer Traum doch nicht nur ein Spiel von Vorstellungen sein? Sollten in diesem Bezirk tatsächlich Kinder des großen Vaters Skreta zur Welt kommen?

Jakub mußte lachen: Alle diese Kinder sehen gleich aus, weil alle kleinen Kinder auf der Welt sich ähneln.

Aber dann fiel ihm wieder ein: Und wenn Skreta seinen sonderbaren Plan tatsächlich verwirklicht? Warum sollten sonderbare Pläne sich nicht verwirklichen lassen?

»Und was ist das dort, Kinder?«

»Das ist eine Birke!« sagte ein winziger Skreta; ja, er war ganz Skreta; er hatte nicht nur eine große Nase, sondern auch eine Brille und diesen nasalen Akzent, der die Stimme von Jakubs Freund so rührend lächerlich machte.

»Richtig, Olda!« sagte die Lehrerin.

Jakub fiel ein, daß in zehn bis zwanzig Jahren Tausende von Skretas dieses Land bevölkern würden. Und von neuem wurde er von dem eigentümlichen Gefühl erfaßt, daß er in seiner Heimat gelebt und nicht gewußt hatte, was darin vorging. Er hatte gewissermaßen im Zentrum allen Geschehens gelebt. Hatte jedes aktuelle Ereignis verfolgt. Er hatte sich in die Politik gemischt und wäre dabei fast ums Leben gekommen, und selbst als er dann ins Abseits gedrängt worden war, mühte er sich noch immer mit ihr ab. Er hatte stets geglaubt, die Herzschläge in der Brust seines Landes zu hören. Aber wer weiß, was er gehört hatte! War es das Herz gewesen? Nicht nur ein alter Wecker? Ein ausrangierter, alter Wecker, der eine völlig falsche Zeit maß? Waren alle diese politischen Kämpfe nicht bloß Irrlichter gewesen, die ihn von dem wegführen sollten, was wirklich wesentlich war?

Die Lehrerin führte die Kinderkolonne weiter über den breiten Weg, und Jakub spürte, wie das Bild der schönen Frau ihn noch immer erfüllte. Die Erinnerung an diese Schönheit ließ immer wieder die fixe Frage vor ihm auftauchen: Was, wenn er in einer ganz anderen Welt gelebt hatte, als er geglaubt hatte? Was, wenn er alles ganz verkehrt gesehen hatte? Was, wenn Schönheit mehr bedeutete als Wahrheit und es wirklich ein Engel gewesen war, der Bertlef vor zwei Tagen eine Dahlienblüte überreicht hatte?

»Und was ist das dort?« hörte er die Lehrerin.

Ein kleiner bebrillter Skreta antwortete: »Das ist ein Ahorn.«

14.

Rosa rannte die Treppe hinauf und sah sich nicht mehr um. Sie schlug die Tür zu ihrer Abteilung hinter sich ins Schloß und ging schnell zur Garderobe. Sie zog den weißen Krankenschwesternkittel über ihren nackten Körper und atmete tief und erleichtert auf. Die Unannehmlichkeiten mit Franta erregten und beruhigten sie zugleich auf seltsame Weise. Sie fühlte, wie ihr jetzt beide, Franta und Klima, fremd und fern waren.

Sie trat aus der Umkleidekabine und ging in den Raum, in dem an den Wänden die Liegen für die Frauen standen, die ihr Bad schon genommen hatten.

Am Tischchen neben der Tür saß die Mittdreißigerin. »Also, hat man es dir erlaubt?« fragte sie kalt.

»Ja. Ich danke dir«, sagte Rosa und gab der neuen Patientin den Schlüssel und das große Laken.

Kaum war die Mittdreißigerin verschwunden, öffnete sich die Tür, und Frantas Kopf erschien.

»Es stimmt nicht, daß es nur deine Sache ist. Es ist eine Sache, die uns beide angeht. Darüber entscheide auch ich!«

»Bitte, verschwinde hier!« zischte sie ihn an. »Das ist die Frauenabteilung, hier haben Männer nichts zu suchen! Verschwinde augenblicklich, oder ich lasse dich hinausführen!«

Franta war rot im Gesicht, und Rosas drohende Worte versetzten ihn dermaßen in Rage, daß er in den Raum trat und die Tür hinter sich zuschlug. »Es ist mir völlig egal, was du tun wirst! Es ist mir völlig egal!« schrie er.

»Ich sage dir, du sollst augenblicklich verschwinden!« sagte Rosa.

»Ich habe euch durchschaut! Das hat dieser Kerl fertiggebracht! Dieser Trompeter! Und überhaupt ist das Ganze Betrug und Protektion! Er hat es dir bei diesem Arzt organisiert, weil er gestern mit ihm gespielt hat! Aber ich sehe weiter und werde verhindern, daß du mein Kind ermordest! Ich bin der Vater und habe mitzureden! Und ich verbiete dir, mein Kind zu ermorden!«

Franta schrie, und die Frauen, die in Decken gewickelt auf den Liegen lagen, hoben neugierig ihre Köpfe.

Auch Rosa war jetzt sehr erregt, weil Franta schrie und sie nicht wußte, wie sie den entbrannten Streit beschwichtigen konnte.

»Es ist gar nicht dein Kind«, sagte sie, »das bildest du dir ein. Es ist überhaupt nicht dein Kind.«

»Was!?« schrie Franta und machte noch zwei Schritte ins Innere des Raums, um den Tisch zu umgehen und zu Rosa zu gelangen: »Es soll nicht mein Kind sein? Ich muß es schließlich wissen! Und ich weiß es!«

In diesem Moment kam aus der Halle, in der sich das Becken befand, eine nackte, nasse Frau, die von Rosa eingewickelt und hingelegt werden sollte. Sie schaute Franta erschrocken an. Er stand einige Meter von ihr entfernt und sah sie mit Augen an, die sie nicht sahen.

Rosa war für einen Augenblick befreit; sie ging auf die Frau zu, warf ein Laken über sie und führte sie zu einer Liege.

»Was macht dieser Kerl hier?« sagte die Frau und sah sich nach Franta um.

»Das ist ein Verrückter! Dieser Typ ist verrückt geworden, und ich weiß nicht, wie ich ihn von hier fortbekomme. Ich weiß nicht mehr, was ich mit diesem Typ tun soll!« sagte Rosa und wickelte die Frau in eine warme Decke.

»Hallo Sie!« rief eine andere liegende Frau ihm zu, »Sie haben hier nichts zu suchen! Gehen Sie weg!«

»Und ob ich hier etwas zu suchen habe!« antwortete Franta starrsinnig und rührte sich nicht vom Fleck. Als Rosa wieder auf ihn zu ging, war er nicht mehr rot, sondern blaß; er schrie nicht mehr, sondern redete leise und bestimmt: »Ich sage dir etwas. Wenn du dir dieses Kind nehmen läßt, wird es auch mich nicht mehr geben. Wenn du das Kind ermordest, hast du zwei Leben auf dem Gewissen.«

Rosa atmete tief und sah auf den Tisch. Dort lag ihre Handtasche mit dem Röhrchen blaßblauer Tabletten. Sie schüttete eine in die Hand und schluckte sie.

Und Franta sagte mit einer Stimme, die nicht mehr schrie, sondern flehte: »Ich bitte dich, Rosa. Ich bitte dich. Ich kann ohne dich nicht leben. Ich werde mir das Leben nehmen.«

Im gleichen Augenblick verspürte Rosa einen heftigen Schmerz in ihren Eingeweiden, und Franta sah, wie ihr Gesicht sich vor Schmerz bis zur Unkenntlichkeit verzerrte, wie ihre Augen sich weiteten, aber nicht mehr sahen, wie ihr Körper sich krümmte, zusammenklappte, wie sie sich den Bauch hielt und zu Boden fiel.

15.

Olga plantschte im Becken und hörte auf einmal ... Was hörte sie eigentlich? Sie wußte nicht, was sie gehört hatte. In der Halle herrschte Verwirrung. Die Frauen neben ihr kletterten aus dem Wasser und sahen in den Nebenraum, der die ganze Umgebung aufzusaugen schien. Auch Olga geriet in den Strom dieses unaufhaltsamen Sogs, und ohne zu überlegen, nur voll ängstlicher Neugierde, ging sie hinter den andern her.

Im Nebenraum sah sie nah bei der Tür einen Haufen Frauen. Sie standen mit dem Rücken zu ihr da, nackt und naß, und neigten sich mit herausgestreckten Hintern zum Boden. Ihnen gegenüber stand ein junger Mann.

Weitere nackte Frauen drängten sich zu dieser Gruppe, und auch Olga drängte sich vor und sah jetzt, daß auf dem Boden reglos Schwester Rosa lag. Der junge Mann kniete sich nieder und schrie: »Ich habe sie ermordet! Ich bin es, der sie ermordet hat! Ich bin der Mörder!«

Von den Frauen tropfte das Wasser. Eine von ihnen bückte sich über die liegende Rosa und versuchte, ihr den Puls zu fühlen. Es war aber nur noch eine überflüssige Geste, der Tod war da, und niemand zweifelte daran. Die nackten, nassen Frauenleiber drängten sich ungeduldig durcheinander, um den Tod aus der Nähe zu sehen, in einem vertrauten, bekannten Gesicht.

Franta kniete auf dem Boden. Er umarmte Rosa und küßte ihre Wange.

Die Frauen standen über ihm, und Franta sah zu ihnen auf und wiederholte: »Ich habe sie ermordet! Verhaftet mich!«

Eine der Frauen sagte: »So tut schon was!«, und eine andere rannte auf den Flur und begann zu rufen. Nach einer Weile liefen die beiden Kolleginnen von Rosa und hinter ihnen ein Arzt in weißem Kittel herbei.

Erst jetzt wurde Olga bewußt, daß sie nackt war, daß sie zusammen mit anderen nackten Frauen vor einem fremden Jüngling und einem fremden Arzt stand, und sie fand diese Situation lächerlich. Aber Olga wußte, das änderte nichts daran, daß sie noch lange hier stehen würde, um den Tod, der sie anzog, zu betrachten.

Der Arzt hielt die Hand der liegenden Rosa fest und versuchte vergeblich, den Puls zu fühlen, und Franta sagte abermals: »Ich habe sie umgebracht. Ruft die Polizei. Verhaftet mich.«

16.

Jakub traf seinen Freund gerade an, als dieser von der Poliklinik in seine Praxis zurückkehrte. Er lobte dessen gestriges Schlagzeugspiel und entschuldigte sich, daß er nach dem Konzert nicht auf ihn gewartet hatte.

»Das hat mir sehr leid getan«, sagte Doktor Skreta. »Du bist den letzten Tag hier und treibst dich am Abend weiß Gott wo herum. Wir hatten doch noch so viel zu besprechen. Und das schlimmste ist, daß du bestimmt mit diesem mageren Mädel zusammen warst. Ich sehe, Dankbarkeit ist ein fürchterliches Gefühl.«

»Was für eine Dankbarkeit. Wofür sollte ich ihr dankbar sein?«

»Du hast mir geschrieben, daß ihr Vater viel für dich getan hat.«

Skreta hatte an diesem Tag keine Sprechstunde, und der gynäkologische Stuhl erhob sich unbenutzt im Hintergrund des Raums. Die beiden Freunde saßen sich in zwei Sesseln gegenüber.

»Ach nein«, setzte Jakub das Gespräch fort. »Ich wollte, daß du dich ihrer hier annimmst, und es schien mir einfacher zu sagen, ich sei ihrem Vater verbunden. Es war aber alles ganz anders. Und wenn ich schon hinter alles einen Schlußpunkt setze, will ich es dir sagen. Ich bin damals mit voller Zustimmung ihres Vaters ins Gefängnis gekommen. Ihr Vater hat mich in den Tod geschickt. Ein halbes Jahr später ging er dann selbst in den Tod, während ich Glück hatte und davonkam.«

»Also ist sie die Tochter eines Halunken«, sagte Doktor Skreta.

Jakub zuckte mit den Schultern: »Er hatte geglaubt, daß ich ein Feind der Revolution sei. Alle begannen es zu behaupten, und er glaubte ihnen.«

»Und warum hast du mir gesagt, er sei dein Freund gewesen?«

»Wir waren Freunde. Um so höher rechnete er es sich an, daß er für meine Inhaftierung gestimmt hatte. Er bewies so, daß Ideale ihm mehr bedeuteten als Kameradschaft. In dem Moment, da er mich zum Verräter der Revolution erklärte, schien es ihm, als verdrängte er in seinem Innern das persönliche Interesse zugunsten von etwas Höherem, und er empfand es als eine große Tat seines Lebens.«

»Und das ist der Grund, warum du dieses häßliche Mädchen liebst?«

»Sie hat doch nichts damit zu tun. Sie ist doch unschuldig.«

»Solche unschuldigen Mädchen gibt es Tausende. Wenn du unter ihnen allen ausgerechnet sie ausgewählt hast, so vermutlich deshalb, weil sie die Tochter ihres Vaters ist.«

Jakub zuckte mit den Schultern, und Doktor Skreta fuhr fort: »Irgendwie bist du genauso pervers wie er. Mir scheint, du erlebst deine Freundschaft zu diesem Mädchen als die größte Tat deines Lebens. Du hast in dir den natürlichen Haß verleugnet, den natürlichen Ekel unterdrückt, um dir selbst zu beweisen, daß du edelmütig bist. Das ist zwar schön, zugleich aber unnatürlich und völlig überflüssig.«

»Es ist nicht so«, widersprach Jakub. »Ich wollte nichts in

mir unterdrücken und habe nicht nach Edelmut gestrebt. Sie hat mir ganz einfach leid getan. Gleich, als ich sie zum ersten Mal sah. Schon als Kind hatte man sie von ihrem Zuhause weggejagt, sie lebte dann mit ihrer Mutter irgendwo in einem Bergdorf, und die Leute hatten Angst, mit ihnen zu verkehren. Lange durfte sie nicht studieren, obwohl sie ein begabtes Mädchen ist. Es ist furchtbar, Kinder der Eltern wegen zu verfolgen. Sollte auch ich sie ihres Vaters wegen hassen? Sie tat mir leid. Sie tat mir leid, weil man ihren Vater hingerichtet hatte, und sie tat mir leid, weil ihr Vater einen Freund in den Tod geschickt hatte.«

In diesem Moment klingelte das Telefon. Skreta nahm den Hörer ab und lauschte. Er machte ein mürrisches Gesicht und sagte: »Ich habe jetzt hier zu tun. Muß ich dabei sein?« Dann war es wieder eine Weile still, und Skreta sagte: »Na gut. Dann komme ich.« Er legte auf und fluchte.

»Wenn man dich irgendwohin ruft, mach dir nichts daraus, ich muß ohnehin fahren«, sagte Jakub und stand aus seinem Sessel auf.

»Herrgott«, schimpfte Skreta, »wir haben überhaupt nichts besprochen. Wir wollten doch heute noch etwas besprechen. Jetzt habe ich den Faden verloren. Und es war etwas sehr Wichtiges. Ich denke seit dem frühen Morgen daran. Weißt du nicht, was es war?«

»Nein«, sagte Jakub.

»Herrgott, und ich muß jetzt ins Badehaus laufen . . .«

»So ist es am besten, sich zu verabschieden. Mitten im Gespräch«, sagte Jakub und drückte seinem Freund die Hand.

17.

Der Leib der toten Rosa lag in einem kleinen Raum, der sonst für die Ärzte, die Nachtwache hatten, bestimmt war. Einige Leute standen herum, der Inspektor der Kriminalpolizei war auch schon eingetroffen, er verhörte gerade Franta und notierte sich dessen Aussagen. Franta bat erneut, man möge ihn verhaften.

»Haben Sie ihr diese Tablette gegeben?« sagte der Inspektor.

»Nein!«

»Dann sagen Sie nicht, Sie hätten sie umgebracht.«

»Sie hat mir immer gesagt, sie wolle sich das Leben nehmen«, sagte Franta.

»Warum sagte sie, sie wolle sich das Leben nehmen?«

»Sie hat gesagt, sie würde sich das Leben nehmen, wenn ich sie weiter belästige. Sie hat gesagt, sie wolle das Kind nicht. Sie würde sich lieber das Leben nehmen als ein Kind zu haben!«

Doktor Skreta betrat den Raum. Er begrüßte den Inspektor kameradschaftlich und trat dann zu der Toten; er hob ein Augenlid hoch und sah sich die Farbe der Bindehaut an.

»Herr Doktor, Sie waren der Vorgesetzte dieser Schwester«, sagte der Inspektor.

»Ja.«

»Glauben Sie, daß sie ein Gift genommen haben könnte, das man sich in Ihrer Praxis beschaffen kann?«

Skreta wandte sich wieder der toten Rosa zu und ließ sich die Einzelheiten ihres Todes berichten. Dann sagte er: »Es sieht nicht nach einem Medikament und auch nicht nach sonst einem Stoff aus, den sie sich in unseren Praxen hätte beschaffen können. Es muß ein Alkaloid gewesen sein. Was für eins, wird die Obduktion zeigen.«

»Wie konnte sie daran kommen?«

»Alkaloide sind pflanzliche Gifte. Wie sie es bekommen hat, kann ich Ihnen schwerlich sagen.«

»Alles ist bisher mysteriös«, sagte der Inspektor. »Auch das Motiv. Dieser junge Mann hier hat ausgesagt, daß sie ein Kind von ihm erwartete und es wegmachen lassen wollte.«

»Er hat sie dazu gezwungen!« schrie Franta.

»Wer?« fragte der Inspektor.

»Dieser Trompeter! Er wollte sie mir ausspannen und sie zwingen, daß sie sich mein Kind wegmachen läßt! Ich bin ihnen nachgegangen! Er war mit ihr vor der Kommission!«

»Das kann ich bestätigen«, sagte Doktor Skreta, »wir haben heute tatsächlich den Antrag dieser Schwester um eine Abtreibung behandelt.«

»Dieser Trompeter war mit ihr dort?« fragte der Inspektor.

»Ja«, sagte Skreta. »Unsere Schwester hatte ihn als Vater ihres Kindes angegeben.«

»Das war eine Lüge! Es ist mein Kind!« schrie Franta.

»Das bezweifelt niemand«, sagte Doktor Skreta, »nur brauchte unsere Schwester einen Vater, der verheiratet war, damit die Kommission ihr die Abtreibung bewilligte.«

»Dann haben Sie also gewußt, daß es eine Lüge war!« schrie Franta Doktor Skreta an.

»Laut Gesetz ist ausschlaggebend, was die Frau behauptet. Als Schwester Rosa uns sagte, sie trage die Frucht von Herrn Klima in sich, und er das übrigens auch erklärte, hatte niemand von uns das Recht, sich dagegen zu wenden.«

»Sie glauben aber nicht, daß Herr Klima der Vater ist«, fragte der Inspektor.

»Nein.«

»Was hat Sie zu dieser Ansicht geführt?«

»Herr Klima hat unser Badestädtchen insgesamt zweimal und nur sehr kurz besucht. Es ist unwahrscheinlich, daß es zwischen ihm und unserer Schwester zu einer intimen Beziehung gekommen ist. Unser Städtchen ist zu klein, als daß mir eine solche Nachricht nicht zu Ohren gekommen wäre. Die Vaterschaft von Herrn Klima war mit größter Wahrscheinlichkeit eine Camouflage, zu der Schwester Rosa ihn überredet hatte, damit die Kommission die Abtreibung bewilligte. Dieser Herr hier war nämlich mit einer Abtreibung nicht einverstanden.«

Franta hörte aber nicht mehr, was Skreta sagte. Er stand da und sah nichts mehr. Er hörte nur Rosas Worte *du treibst mich zum Selbstmord, du treibst mich sicher zum Selbstmord*, er wußte, daß er die Ursache ihres Todes war, und dennoch begriff er nicht, warum, er konnte sich nichts erklären. Er stand da wie ein Wilder angesichts eines Wunders, er stand da wie vor dem Unwirklichen, und er war plötzlich taub und blind, weil seine Sinne nicht ausreichten, das Unbegreifliche, das ihn bedrängte, zu fassen.

(Armer Franta, du wirst durch dein Leben gehen, ohne etwas zu verstehen, du wirst nur wissen, daß deine Liebe die Frau, die du geliebt hast, getötet hat, du wirst mit diesem Gefühl herumgehen wie mit einem geheimen Zeichen des Entsetzens, wie ein Aussätziger, der geliebten Menschen unerklärliches Unheil bringt, du wirst durch das Leben gehen wie ein Briefträger des Unglücks.)

Er war blaß, stand da wie eine Salzsäule und sah gar nicht, daß ganz aufgeregt ein anderer Mann den Raum betreten hatte; dieser ging zur Toten, sah sie lange an und strich ihr übers Haar.

Doktor Skreta flüsterte: »Selbstmord. Gift.«

Der Ankömmling drehte abrupt den Kopf: »Selbstmord? Ich garantiere mit meinem ganzen Wesen dafür, daß diese Frau sich nicht das Leben genommen hat. Und wenn sie Gift geschluckt hat, muß es Mord gewesen sein.«

Der Inspektor sah den Ankömmling überrascht an. Es war Bertlef, und in seinen Augen loderte ein zorniges Feuer.

18.

Jakub drehte den Zündschlüssel herum, und der Wagen fuhr los. Er ließ die letzten Villen des Badestädtchens hinter sich und fand sich in einer weiten Landschaft wieder. Er wußte, daß die Reise zur Grenze ungefähr vier Stunden dauerte, und er wollte sich nicht beeilen. Das Bewußtsein, daß er zum letzten Mal hier durchfuhr, ließ ihm diese Landschaft teuer und ungewöhnlich erscheinen. Immer wieder schien es ihm, daß er sie nicht gekannt hatte, daß sie anders war, als er sie sich gedacht hatte, und es schade war, daß er nicht länger hier verweilen konnte.

Sogleich aber wandte er ein, daß ein Aufschieben seiner Abreise, sei es um Tage oder Jahre, das, was ihn jetzt quälte, ohnehin nicht mehr wiedergutmachen könnte: er würde diese Landschaft nie besser kennenlernen, als er sie bisher gekannt hatte. Er mußte sich damit abfinden, daß er sie verließ, ohne sie gekannt, ohne ihren Reiz ausgeschöpft zu haben, daß er sie als Schuldner verließ, und zugleich als Gläubiger, da auf beiden Seiten unbeglichene Rechnungen zurückblieben.

Dann kam ihm wieder das Mädchen in den Sinn, dem er das fiktive Gift in das Röhrchen gelegt hatte, und er sagte sich, daß seine Karriere als Mörder die kürzeste aller Karrieren gewesen war, die er erlebt hatte. Ich war achtzehn Stunden lang ein Mörder, dachte er lächelnd.

Aber dann wandte er ein: Es stimmt nicht, daß ich nur so kurze Zeit ein Mörder war. Er ist ein Mörder, und er wird es bis zu seinem Lebensende bleiben. Denn es ist nicht wichtig, ob die blaßblaue Tablette Gift enthielt oder nicht, wichtig ist, daß er davon überzeugt gewesen war, sie dennoch einer unbekannten Frau gegeben und nichts getan hatte, um sie zu retten.

Und dann dachte er darüber nach, mit der Sorglosigkeit eines Menschen, der begriffen hatte, daß seine Tat auf der Ebene eines bloßen Experiments lag:

Sein Mord war sonderbar. Es war ein Mord ohne Motiv. Er hatte für den Mörder keinen Vorteil zum Ziel. Was für einen Sinn hatte er dann überhaupt? Sein Sinn lag offenbar darin, ihn erkennen zu lassen, daß er ein Mörder war.

Mord als Experiment, als Akt der Selbsterkenntnis, das kannte er doch: Raskolnikow. Dieser hatte gemordet, um sich die Antwort auf die Frage zu geben, ob man das Recht habe, einen minderwertigeren Menschen umzubringen, und ob man imstande sei, diesen Mord zu ertragen; er fragte in diesem Mord nach sich selbst.

Ja, da gibt es etwas, das ihn Raskolnikow annähert: das Zwecklose des Mordes, sein theoretischer Charakter. Es gibt aber auch Unterschiede: Raskolnikow fragte sich, ob ein fähiger Mensch das Recht habe, ein minderwertiges Leben dem eigenen Interesse zu opfern. Als Jakub der Krankenschwester das Röhrchen mit dem Gift gab, hatte er nichts dergleichen im Sinn. Jakub interessiert es nicht, ob der Mensch das Recht hat, jemandes Leben zu opfern. Im Gegenteil, Jakub ist davon überzeugt, daß der Mensch dazu kein Recht hat. Jakub ist vielmehr entsetzt darüber, daß alle Welt sich dieses Recht einfach anmaßt. Jakub hatte in einer Welt gelebt, in der es Menschen gab, die abstrakten Ideen zuliebe das Leben anderer opferten. Jakub kannte die Gesichter dieser Menschen, sie waren bald dreist unschuldig, bald traurig feige, Gesichter, die unter Entschuldigungen, aber gewissenhaft über den Nächsten ein Urteil fällten, dessen Grausamkeit ihnen bewußt war. Jakub kannte diese Gesichter gut, und er haßte sie. Zudem wußte er, daß jeder Mensch einem andern den Tod wünscht und ihn nur zwei Dinge von einem Mord abhalten: die Angst vor der Bestrafung und die physische Beschwerlichkeit des Tötens. Jakub wußte, daß, wenn jeder Mensch die Möglichkeit hätte, heimlich und aus der Ferne zu morden, die Menschheit binnen weniger Minuten ausgestorben wäre. Darum war Raskolnikows Experiment in seinen Augen vollkommen überflüssig.

Warum aber hatte er der Krankenschwester das Gift dann

gegeben? War es nicht doch nur purer Zufall gewesen? Raskolnikow hatte seinen Mord schließlich lange durchdacht und vorbereitet, wogegen er in einer sekundenschnellen Eingebung gehandelt hatte. Jakub wußte aber, daß auch er sich unwissentlich schon viele Jahre lang auf seinen Mord vorbereitet hatte und die Sekunde, da er Rosa das Gift gegeben hatte, der Spalt war, in den er wie ein Brecheisen sein ganzes vergangenes Leben, seinen ganzen Überdruß an den Menschen hineingestemmt hatte.

Raskolnikow, der mit einem Beil eine alte Wucherin erschlagen hatte, war sich bewußt gewesen, daß er eine schreckliche Schwelle, daß er das Gesetz Gottes überschritten hatte; er wußte, daß die Alte zwar ein wertloses Geschöpf, zugleich aber ein Geschöpf Gottes war. Diese Furcht Raskolnikows verspürte Jakub nicht in seinem Innern. Für ihn waren die Menschen keine Geschöpfe Gottes. Jakub liebte Feingefühl und Edelmut, hatte sich aber davon überzeugt, daß dies keine menschlichen Eigenschaften waren. Jakub kannte die Menschen gut, und aus diesem Grund liebte er sie nicht. Jakub war edelmütig, und aus diesem Grund gab er ihnen Gift.

Also bin ich ein Mörder aus Edelmut, sagte er sich, und das kam ihm lächerlich und traurig vor.

Raskolnikow, der die alte Wucherin erschlagen hatte, war nicht imstande gewesen, den fürchterlichen Ansturm von Gewissensbissen zu ertragen. Jakub hingegen, zutiefst davon überzeugt, daß der Mensch kein Recht hatte, das Leben anderer zu opfern, verspürte keine Gewissensbisse. Und dabei war die Krankenschwester, der er das Gift gegeben hatte, ein sichtlich angenehmeres Wesen als Raskolnikows Wucherin.

Er versuchte sich vorzustellen, daß die Krankenschwester tatsächlich tot war, und prüfte sich, ob ihm das Schuldgefühle verursachte. Nein, nichts dergleichen stellte sich ein, Jakub fuhr vielmehr ruhig und zufrieden weiter durch die Gegend, die freundlich und lieblich war und sich von ihm verabschiedete.

Raskolnikow hatte seinen Mord als Tragödie erlebt und war unter der Schwere seiner Tat gefallen. Und Jakub staunte darüber, wie leicht seine Tat war, wie sie nichts wog, ihn nicht belastete. Und er überlegte, ob in dieser Leichtigkeit nicht viel mehr Grauen lag als in den hysterischen Erlebnissen des russischen Helden.

Er fuhr langsam dahin und unterbrach seine Gedanken durch Blicke in die Landschaft. Er sagte sich, die ganze Geschichte mit der Tablette sei nur ein Spiel gewesen, ein Spiel ohne Folgen wie sein ganzes Leben in diesem Land, in dem er keine Spuren hinterließ, keine Wurzeln, keine Furchen, und aus dem er nun wegfuhr wie ein Windstoß, der verwehte.

19.

Um einen Viertelliter Blut leichter wartete Klima im Wartezimmer sehr ungeduldig auf Doktor Skreta. Er wollte nicht aus dem Badestädtchen wegfahren, ohne sich von ihm zu verabschieden und ihn zu bitten, ein bißchen auf Rosa aufzupassen. *Solange man es mir nicht genommen hat, kann ich es mir noch überlegen,* immer hörte er ihre Worte und war entsetzt darüber. Er hatte Angst, Rosa könnte nun, da er wegfuhr und sie ohne seinen Einfluß zurückblieb, ihre Entscheidung im letzten Moment noch ändern.

Endlich tauchte Doktor Skreta auf. Klima stürzte auf ihn zu, verabschiedete sich und bedankte sich für die schöne Begleitung am Schlagzeug.

»Es war ein großartiges Konzert«, sagte Doktor Skreta, »Sie haben ausgezeichnet gespielt. Ich wünsche mir nichts mehr, als das nochmals zu wiederholen. Wir werden uns etwas einfallen lassen müssen, um solche Konzerte auch in anderen Badeorten zu veranstalten.«

»Ja, mit Vergnügen, mit Ihnen habe ich ausgezeichnet gespielt!« sagte der Trompeter und fügte eifrig hinzu: »Ich wollte Sie um etwas bitten. Ob Sie ein bißchen auf Rosa aufpassen könnten. Ich habe Angst, daß sie sich noch irgendwelche Flausen in den Kopf setzt. Frauen sind schrecklich unberechenbar.«

»Sie wird sich nichts mehr in den Kopf setzen, seien Sie unbesorgt«, sagte Doktor Skreta. »Rosa lebt nicht mehr.«

Klima begriff zunächst nichts, und Doktor Skreta mußte ihm erklären, was vorgefallen war. Dann sagte er: »Es ist Selbstmord, sieht aber etwas mysteriös aus. Manch einer könnte daran Anstoß nehmen, daß sie sich eine Stunde, nachdem sie mit Ihnen vor der Kommission war, das Leben genommen hat. Nein, nein, nein, erschrecken Sie nicht.« Er nahm die Hand des Trompeters, als er sah, wie dieser bleich wurde: »Unsere Schwester war zum Glück mit einem jungen Monteur befreundet, der überzeugt ist, daß das Kind von ihm war. Ich habe ausgesagt, daß Sie mit unserer Schwester nie etwas gehabt hätten und sie Sie nur dazu überredet habe, die Sache auf Ihre Kappe zu nehmen, da die Kommission zwei Ledigen keine Abtreibung bewilligt. Vermasseln Sie das also nicht, falls Sie danach gefragt werden. Sie sind mit den Nerven am Ende, ich sehe es Ihnen an, und das ist schade. Sie müssen sich wieder ganz beruhigen, denn wir haben noch viele Konzerte vor uns.«

Klima fand keine Worte. Er verneigte sich mehrmals voller Dankbarkeit vor Doktor Skreta und drückte ihm lange die Hand. Kamila wartete im Richmond auf ihn. Klima umarmte sie wortlos und küßte sie auf die Wangen. Dann küßte er jede Stelle ihres Gesichts, kniete nieder und küßte ihr Kleid von oben bis unten an die Knie.

»Was ist mit dir los?«

»Nichts. Ich bin wahnsinnig glücklich, daß ich dich habe. Ich bin wahnsinnig glücklich, daß es dich gibt.«

Sie packten ihre Taschen und gingen zum Auto. Er sagte, er sei müde, und bat sie zu fahren.

Sie fuhren schweigend. Klima war völlig erschöpft und dennoch von Erleichterung erfüllt. Er hatte noch einen Rest Angst in sich, wenn er daran dachte, daß er verhört werden könnte. Er fürchtete, Kamila könnte dann trotz allem etwas erfahren. Er wiederholte sich von neuem, was Doktor Skreta ihm gesagt hatte. Selbst wenn er verhört werden sollte, würde er die unschuldige (in diesem Land ziemlich häufige) Rolle des Gentleman auf sich nehmen, der sich aus Gefälligkeit als Vater ausgibt. Das konnte ihm niemand verübeln, nicht einmal Kamila, wenn sie es irgendwie erfahren sollte.

Er sah sie an. Ihre Schönheit erfüllte den kleinen Raum des Autos wie ein starkes Parfum. Er sagte sich, er wolle sein Leben lang nur noch diesen Duft einatmen. Und dann schien es ihm, als hörte er von fern die leise Stimme seiner Trompete, auf der er allein spielte, und er schwor sich, sein ganzes Leben nur noch zur Freude dieser Frau zu spielen, dieser einzigen, teuersten.

20.

Immer, wenn sie am Steuer saß, fühlte sie sich stärker und selbständiger. Diesmal aber verlieh ihr nicht nur das Lenkrad Selbstvertrauen, sondern auch die Worte jenes unbekannten Mannes, den sie im Flur des Richmond getroffen hatte. Sie konnte ihn nicht vergessen. Und sie konnte auch sein Gesicht nicht vergessen, das so viel männlicher war als das glatte Gesicht ihres Mannes. Kamila fiel ein, daß sie eigentlich nie einen richtigen Mann gekannt hatte.

Sie sah sich verstohlen nach dem müden Gesicht des Trompeters um, über das immer wieder ein unbegreiflich glückliches Lächeln huschte, während seine Hand liebevoll ihre Schultern streichelte.

Diese übermäßige Zärtlichkeit freute und rührte sie nicht. Das Unerklärliche daran bestätigte ihr nämlich nur von neuem, daß der Trompeter seine Geheimnisse hatte, sein eigenes Leben, das er vor ihr versteckte und in das er sie nicht einließ. Diesmal weckte es in ihr aber nicht Schmerz, sondern Gleichgültigkeit.

Was hatte jener Mann gesagt? Daß er für immer wegfuhr. Eine stille, wehmütige Sehnsucht schnürte ihr das Herz zu. Nicht nur Sehnsucht nach diesem Mann, sondern auch nach der verlorenen Gelegenheit. Und nicht nur dieser konkreten Gelegenheit, sondern der Gelegenheit als solcher. Sie sehnte sich nach allen Gelegenheiten, die sie verpaßt hatte, an denen sie vorbeigegangen, denen sie ausgewichen war, ja sogar nach denen, die sie nie gehabt hatte.

Jener Mann hatte zu ihr gesagt, er habe das ganze Leben wie ein Blinder gelebt und überhaupt nicht geahnt, daß die Schönheit existierte. Sie verstand ihn. Ihr war es genauso ergangen. Auch sie hatte in Verblendung gelebt. Sie hatte nichts gesehen außer einer einzigen Gestalt, die angestrahlt wurde vom grellen Scheinwerfer der Eifersucht. Was wäre, wenn dieser Scheinwerfer plötzlich zu leuchten aufhörte? Im Zwielicht des Tages würden Tausende anderer Gestalten auftauchen, und der Mann, der ihr bisher der einzige auf der Welt zu sein schien, würde zu einem von vielen.

Sie hielt das Lenkrad und fühlte, daß sie eine selbstbewußte, schöne Frau war, und es fiel ihr weiter ein: War es überhaupt Liebe, was sie an Klima fesselte, oder bloß Angst, ihn zu verlieren? Und war diese Angst anfänglich eine beklemmende Form der Liebe gewesen, hatte sich die Liebe (ermüdet und erschöpft) nicht mit der Zeit aus dieser Form verflüchtigt? War ihr zuletzt nicht nur die Angst an sich geblieben, eine Angst ohne Liebe? Und was bliebe, wenn sie diese Angst verlöre?

Der Trompeter neben ihr lächelte wieder geheimnisvoll.

Sie sah ihn an und sagte sich, daß nichts mehr bliebe, wenn sie aufhörte, eifersüchtig zu sein. Sie raste mit großer Geschwindigkeit dahin, und es fiel ihr ein, daß irgendwo vorn auf dem Weg des Lebens eine Linie gezogen war, die die Trennung von dem Trompeter bedeutete. Und zum ersten Mal empfand sie bei dieser Vorstellung weder Furcht noch Angst.

21.

Olga betrat Bertlefs Appartement und entschuldigte sich: »Nehmen Sie es mir nicht übel, daß ich unangemeldet hereinplatze. Aber ich bin so aufgeregt, daß ich es allein nicht aushalte. Störe ich wirklich nicht?«

Im Raum saßen Bertlef, Doktor Skreta und der Inspektor, der Olga antwortete: »Sie stören nicht. Wir unterhalten uns bereits ganz privat über alles.«

»Der Herr Inspektor ist ein alter Freund von mir«, erklärte Doktor Skreta Olga.

»Ich bitte Sie, warum hat sie das getan?« fragte Olga.

»Sie hatte eine Szene mit dem jungen Mann, mit dem sie befreundet war, und mitten im Streit griff sie in ihre Handtasche und schluckte etwas. Mehr wissen wir nicht, und ich fürchte, wir werden auch nie mehr erfahren.«

»Herr Inspektor«, sagte Bertlef eindringlich, »ich bitte Sie, dem Aufmerksamkeit zu schenken, was ich zu Protokoll gegeben habe. Ich habe mit Rosa in diesem Raum ihre letzte Nacht verbracht. Das Wichtigste habe ich vielleicht nicht gebührend betont. Es war eine wundervolle Nacht, und Rosa war grenzenlos glücklich. Dieses unscheinbare Mädchen brauchte nichts anderes, als die Fesseln abzustreifen, in die eine achtlose und unfreundliche Umgebung sie gezwängt hatte, und sie wurde zu einem strahlenden Wesen voller Liebe, Zärtlichkeit und Großmut, zu einem Wesen, das man nie in ihr vermutet hätte. Ich sage Ihnen, ich habe ihr im

Laufe der gestrigen Nacht das Tor zu einem anderen Leben geöffnet, und gerade gestern hat sie begonnen, leben zu wollen. Nur hat gleich darauf ein anderer meine Wege durchkreuzt . . .«, sagte Bertlef nachdenklich und fügte leise hinzu: »Ich vermute darin einen Eingriff der Hölle.«

»Gegen Höllenmächte kommt die Polizei nicht an«, sagte der Inspektor.

Bertlef überhörte die Ironie. »Selbstmord ist wirklich Unsinn«, fuhr er fort, »verstehen Sie das, bitte! Sie konnte sich doch nicht in dem Moment umbringen, da sie zu leben anfangen wollte! Ich wiederhole, ich werde es nicht zulassen, daß sie des Selbstmords beschuldigt wird.«

»Mein lieber Herr«, sagte der Inspektor, »es wird sie schon deshalb niemand des Selbstmords beschuldigen, weil Selbstmord keine Schuld darstellt. Selbstmord ist keine Angelegenheit der Gerechtigkeit. Das ist nicht unsere Sache.«

»Ja«, sagte Bertlef, »für Sie ist Selbstmord keine Schuld, weil das Leben für Sie keinen Wert darstellt. Ich aber, Herr Inspektor, ich kenne keine größere Sünde. Selbstmord ist schlimmer als Mord. Morden kann man aus Rachsucht oder Profitgier, aber selbst Profitgier ist eine Art entarteter Liebe zum Leben. Durch Selbstmord aber werfen wir unser Leben mit höhnischem Lachen Gott vor die Füße. Selbstmord ist, wie wenn man dem Schöpfer ins Antlitz spuckte. Ich sage Ihnen, ich werde alles tun, um zu beweisen, daß dieses Mädchen unschuldig ist. Wenn Sie behaupten, sie habe sich das Leben genommen, können Sie mir erklären, warum? Was für ein Motiv haben Sie entdeckt?«

»Selbstmordmotive sind immer geheimnisvoll«, sagte der Inspektor, »und außerdem gehört es nicht zu meinen Pflichten, sie zu suchen. Sie dürfen mir nicht böse sein, daß ich nur meine Pflicht tue. Ich habe damit schon genug zu tun und schaffe es kaum. Der Fall ist zwar noch nicht abgeschlossen, aber ich kann Ihnen von vornherein sagen, daß ich nicht mit einem Mord rechne.«

»Ich bewundere Sie«, sagte Bertlef mit sehr böser Stimme, »ich bewundere Sie, mit was für einer Schnelligkeit Sie bereit sind, hinter den Tod eines Menschen einen Schlußpunkt zu setzen.«

Olga bemerkte, daß dem Inspektor das Blut ins Gesicht schoß. Dann beruhigte er sich aber und sagte nach einer Pause mit mehr als liebenswürdiger Stimme: »Gut. Ich gehe also von Ihrer Voraussetzung aus, daß ein Mord geschehen ist. Überlegen wir, auf welche Weise er ausgeführt worden sein könnte. In der Handtasche der Verstorbenen haben wir ein Röhrchen mit Beruhigungstabletten gefunden. Wir können annehmen, daß Schwester Rosa eine Tablette einnehmen wollte, um sich zu beruhigen, ihr aber jemand vorher eine andere Tablette ins Röhrchen gesteckt hatte, die ähnlich aussah und Gift enthielt.«

»Denken Sie, Rosa habe das Gift aus dem Röhrchen der Tranquilizer genommen?« fragte Doktor Skreta.

»Schwester Rosa könnte selbstverständlich ein Gift genommen haben, das in ihrer Handtasche außerhalb des Röhrchens lag. So wäre es im Falle eines Selbstmords. Nehmen wir aber an, daß es sich um Mord handelt, gibt es keine andere Möglichkeit, als daß jemand ihr ein Gift ins Röhrchen gesteckt hat, das eine ähnliche Form hatte wie ihr Medikament.«

»Seien Sie mir nicht böse, wenn ich widerspreche«, sagte Doktor Skreta, »aber es ist nicht ganz so einfach, aus einem Alkaloid eine präzis geformte Tablette herzustellen. Das müßte jemand getan haben, der Zugang zur pharmazeutischen Fabrikation hat. Und eine solche Möglichkeit hat hier niemand.«

»Wollen Sie damit sagen, daß es ausgeschlossen ist, eine solche Gifttablette herzustellen.«

»Ausgeschlossen nicht. Es ist nur sehr schwierig.«

»Mir genügt, daß es möglich ist«, sagte der Inspektor und fuhr fort: »Überlegen wir weiter, wer am Tod dieser Frau ein Interesse haben konnte. Sie war nicht reich, Besitzinteressen können wir also ausschließen. Politische Motive oder Spionage scheiden ebenfalls aus. Es bleiben nur Gründe intimen Charakters. Wer ist also verdächtig. Vor allem der Liebhaber, der unmittelbar vor ihrem Tod einen erregten Streit mit ihr hatte. Glauben Sie, daß er ihr das Gift untergeschoben hat?«

Auf diese Frage des Inspektors antwortete niemand, und der Inspektor sagte: »Ich glaube es nicht. Dieser Junge hat nämlich ständig um das Mädchen gekämpft. Er wollte sie heiraten. Sie war schwanger von ihm, und selbst wenn sie es von jemand anderem gewesen wäre, wichtig ist, er war davon überzeugt, daß sie von ihm schwanger war. In dem Moment, da er feststellte, daß sie sich das Kind nehmen lassen wollte, verzweifelte er. Bedenken Sie jedoch, daß Rosa von der Abtreibungskommission und nicht etwa von der Abtreibung selbst zurückkam! Für unseren Verzweifelten war noch nichts verloren. Die Frucht in ihrem Innern lebte, und er war bereit, alles zu tun, um sie zu retten. Es ist absurd, daß er ihr in dem Moment Gift gab, da er sich nichts anderes wünschte, als mit ihr zu leben und ein Kind zu haben. Im übrigen hat uns der Herr Doktor erklärt, daß es für einen gewöhnlichen Menschen nicht leicht ist, sich Gift in Form einer gebräuchlichen Tablette zu beschaffen. Wo sollte dieses naive Jüngelchen, das keinerlei gesellschaftliche Kontakte hatte, es herhaben? Wollen Sie mir das erklären?«

Bertlef, den der Inspektor ständig im Auge behielt, zuckte mit den Schultern.

»Nehmen wir uns aber die weiteren Verdächtigen vor. Da ist dieser Trompeter aus der Hauptstadt. Er hatte die Verstorbene hier kennengelernt, wobei wir nicht wissen und nie wissen werden, wie weit diese Bekanntschaft ging. In jedem Fall aber so weit, daß die Verstorbene es wagte, ihn zu bitten, die Frucht in ihrem Innern zur seinen zu erklären und sie vor die Abtreibungskommission zu begleiten. Warum hatte sie gerade ihn und nicht sonst jemanden von hier gebeten? Das ist nicht schwer zu erraten. Jeder verheiratete Mann im Städtchen hätte gefürchtet, daß es sich herumsprechen könnte und er zu Hause die Schande hätte. Einen solchen Dienst konnte ihr nur jemand erweisen, der nicht hier lebte. Das Gerücht, daß sie ein Kind von einem berühmten Künstler erwartete, war übrigens schmeichelhaft für die Krankenschwester und konnte dem Trompeter nichts anhaben. Wir können also annehmen, daß Herr Klima diesen Dienst ganz ohne Bedenken übernahm. Warum sollte er die arme Schwester deswegen ermorden? Daß Klima der leibliche Vater des ungeborenen Kindes war, ist, wie der Herr Doktor uns erklärt hat, sehr unwahrscheinlich. Nehmen wir aber auch diese Möglichkeit an. Nehmen wir an, Klima ist der Vater, und es ist ihm höchst peinlich. Erklären Sie mir dann aber, warum er sie ermorden sollte, nachdem sie mit der Interruption einverstanden und der operative Eingriff schon offiziell bestätigt war? Oder, Herr Bertlef, sollten wir Klima als Mörder betrachten?«

»Sie verstehen mich nicht«, sagte Bertlef versöhnlich. »Ich will niemanden auf den elektrischen Stuhl bringen. Ich will nur Rosa reinwaschen. Weil Selbstmord die größte Sünde ist. Auch ein Leben in Schmerzen hat seinen geheimnisvollen Wert. Auch ein Leben auf der Schwelle des Todes ist herrlich. Wer dem Tod nie ins Gesicht gesehen hat, der weiß das nicht, aber ich, Herr Inspektor, ich weiß es. Und darum sage ich Ihnen, ich werde alles tun, um zu beweisen, daß dieses Mädchen unschuldig ist.«

»Auch ich will es versuchen«, sagte der Inspektor. »Es gibt da nämlich noch einen dritten Verdächtigen. Einen Herrn Bertlef, einen amerikanischen Geschäftsmann. Er hat selbst ausgesagt, daß er mit der Verstorbenen ihre letzte Nacht verbracht hat. Wir könnten vermuten, daß er uns dies schwerlich gestanden hätte, wenn er der Mörder wäre. Dieser Einwand ist aber nicht stichhaltig. Das ganze Publikum des gestrigen Konzerts hat gesehen, wie Herr Bertlef neben Rosa saß und sie während des Konzertes nach Hause führte. Herr Bertlef weiß, daß es in einem solchen Fall besser ist, sofort zu gestehen, als von Zeugen überführt zu werden. Herr Bertlef behauptet vor uns, Schwester Rosa sei mit ihm in jener Nacht glücklich gewesen. Wie auch nicht! Herr Bertlef ist nämlich nicht nur ein bezaubernder Mann, sondern vor allem ein amerikanischer Geschäftsmann, der Dollars hat und einen Paß, mit dem man in der ganzen Welt herumreisen kann. Schwester Rosa ist in diesem kleinen Nest festgenagelt und sucht vergeblich einen Weg, wie sie von hier wegkommt. Sie hat hier einen einzigen Liebhaber, der sie heiraten will, aber es ist der blutjunge hiesige Monteur. Heiratet sie ihn, so besiegelt sie dadurch für immer ihr Schicksal und wird nie mehr von hier wegkommen. Sie hat hier keinen andern, darum trennt sie sich nicht von ihm. Zugleich wehrt sie sich aber dagegen, sich endgültig an ihn zu binden, weil sie sich nicht ihrer Hoffnungen berauben will. Und dann taucht plötzlich ein exotischer Mann mit galanten Manieren auf, der ihr total den Kopf verdreht. Sie lebt schon in der Vorstellung, daß er sie zur Frau nehmen wird und sie endlich diesen Winkel der Welt verlassen kann. Ist sie anfänglich eine diskrete Geliebte gewesen, wird sie mit der Zeit immer mühsamer. Sie gibt ihm zu verstehen, daß sie nicht auf ihn verzichten wird, und beginnt ihn zu erpressen. Bertlef ist aber verheiratet, und soviel ich weiß, kommt morgen seine Frau aus Amerika, eine, soviel ich weiß, geliebte Frau, Mutter eines einjährigen Kindes. Bertlef will alles tun, um einen Skandal zu vermeiden. Er weiß, daß Schwester Rosa immer ein Röhrchen mit Beruhigungspillen bei sich trägt, und er weiß, wie sie aussehen. Er hat weitverzweigte Beziehungen im Ausland, und er hat viel Geld. Für ihn ist es eine Kleinigkeit, sich eine Tablette in der Form von Rosas Medikament anfertigen zu lassen. In jener herrlichen Nacht, während seine Geliebte schläft, schiebt er ihr heimlich das Gift ins Röhrchen. Ich vermute, Herr Bertlef«, der Inspektor hob feierlich die Stimme, »daß Sie der einzige Mensch sind, der einen Grund und auch die Mittel dazu hatte, Schwester Rosa zu ermorden. Ich fordere Sie auf, ein Geständnis abzulegen.«

Im Raum herrschte Stille, der Inspektor sah Bertlef in die

Augen, und Bertlef erwiderte seinen Blick geduldig und wortlos. In seinem Gesicht lagen weder Bestürzung noch Betroffenheit. Schließlich sagte er:

»Ihre Schlußfolgerungen überraschen mich nicht. Da Sie nicht in der Lage sind, den Mörder zu ermitteln, müssen Sie jemanden finden, der dessen Schuld auf sich nimmt. Es ist eines der seltsamen Geheimnisse des Lebens, daß die Unschuldigen die Schuld für die Schuldigen tragen. Bitte, verhaften Sie mich.«

22.

Über die Landschaft senkte sich sanft die Dämmerung. Jakub hielt das Auto in einem Dorf an, hinter dem in einigen Kilometern Entfernung bereits die Schlagbäume der Grenze standen. Er wollte die letzten Augenblicke, die er in seinem Land verbrachte, noch etwas verlängern. Er stieg aus dem Wagen und schritt die Dorfstraße entlang.

Es war keine schöne Straße. Um die Häuser herum lagen rostige Reifen, weggeworfene Traktorenräder, altes Eisen. Es war ein vernachlässigtes, häßliches Dorf. Jakub schien es, dieser Müllabladeplatz mit seinen rostigen Reifen sei wie ein obszönes Wort, mit dem sein Land sich statt eines Grußes von ihm verabschiedete. Er gelangte ans Ende der Straße, wo sich ein Platz mit einem Teich befand. Der Teich war ebenfalls vernachlässigt, zugewachsen mit Fadenalgen. An seinem Ufer plantschten einige Gänse, die ein Junge mit einer Rute vor sich herzutreiben versuchte.

Jakub drehte sich um, um zum Auto zurückzugehen. Da sah er hinter dem Fenster eines Gebäudes einen kleinen Jungen stehen. Dieser kaum fünfjährige Junge schaute durch die Fensterscheibe zum Teich hinüber. Vielleicht beobachtete er die Gänse, vielleicht den Jungen, der die Gänse mit der Rute antrieb. Er stand am Fenster, und Jakub konnte seinen Blick nicht von ihm losreißen. Es war ein Kindergesicht, und was Jakub daran am stärksten fesselte, war die Brille. Der kleine Junge hatte vor den Augen eine große Brille, in der man dicke Gläser vermuten konnte. Sein Kopf war klein, und die Brille war groß. Der Junge trug sie wie ein Gewicht. Er trug sie wie sein Schicksal. Er blickte durch die Brillenränder, als blickte er durch ein Gitter. Ja, er trug diese beiden Brillenränder wie ein Gitter, das er sein Leben lang würde mit sich schleppen müssen. Und Jakub blickte durch das Gitter der Brille in die Augen des Jungen und wurde auf einmal von großer Trauer erfüllt.

Es war plötzlich, wie wenn Dämme brechen und das Wasser die Landschaft überflutet. Jakub war schon so lange nicht mehr traurig gewesen. Schon so viele Jahre nicht. Er kannte nur Verbitterung und Bitterkeit, nicht aber Trauer. Und jetzt hatte sie ihn auf einmal überfallen, und er konnte sich nicht von der Stelle rühren.

Er sah ein in Gitter gekleidetes Kind vor sich, und es tat ihm leid um dieses Kind und um sein ganzes Land, es schien ihm, daß er dieses Land wenig geliebt und schlecht geliebt habe, und er war traurig über diese schlechte, mißratene Liebe.

Und auf einmal fiel ihm ein, daß es Stolz gewesen war, der ihn daran gehindert hatte, dieses Land zu lieben, der Stolz des Edelmuts, der Stolz der Noblesse, der Stolz des Feingefühls; ein einfältiger Stolz, der bewirkt hatte, daß er seine Nächsten nicht liebte, sondern sie haßte, weil er in ihnen Mörder sah. Und erneut erinnerte er sich daran, daß er einer unbekannten Frau Gift in ein Röhrchen gesteckt hatte und selber ein Mörder war. Er war ein Mörder, und sein Stolz war in den Staub getreten. Er war zu einem von ihnen geworden, zu einem Bruder dieser traurigen Mörder.

Der kleine Junge mit der großen Brille stand wie versteinert am Fenster und sah zum Teich hinüber. Und Jakub fiel ein, daß dieser Junge nichts dafür konnte, nichts verschuldet hatte und schon zur Welt gekommen war mit schlechten Augen, die er sein Leben lang mit sich tragen würde. Und er hatte den unklaren Gedanken, daß das, was er den Menschen verübelte, etwas Gegebenes war, womit sie schon geboren worden waren und das sie mit sich trugen wie ein schweres Gitter. Und es fiel ihm ein, daß er selbst kein Vorrecht auf Edelmut hatte und der größte Edelmut darin bestand, die Menschen zu lieben, auch wenn sie Mörder waren.

Und wieder rief er sich die blaßblaue Tablette in Erinnerung, und es schien ihm, als habe er sie der unsympathischen Krankenschwester als Entschuldigung ins Röhrchen geschoben; als Anmeldung; als Bitte, ihn in ihre Reihen aufzunehmen, obschon er sich immer dagegen gewehrt hatte, zu ihnen gezählt zu werden.

Er ging mit schnellen Schritten zum Auto, öffnete die Tür, setzte sich ans Steuer und fuhr zur Grenze. Noch gestern hatte er gedacht, es würde ein Augenblick der Erleichterung sein. Er würde gern von hier wegfahren. Er würde von irgendwo wegfahren, wo er irrtümlicherweise geboren worden war und wohin er eigentlich nicht gehörte. Doch in diesem Moment wußte er, daß er aus seiner einzigen Heimat wegfuhr und es keine andere gab.

23.

»Freuen Sie sich nicht«, sagte der Inspektor. »Das Gefängnis wird Ihnen nicht sein Ruhmestor öffnen, damit Sie dort hineinschreiten wie Jesus Christus nach Golgatha. Nicht im Traum würde mir einfallen, Sie könnten die junge Frau umgebracht haben. Ich habe Sie nur beschuldigt, damit Sie nicht weiter behaupten, sie sei ermordet worden.«

»Ich bin froh, daß Sie Ihre Anschuldigung nicht ernst gemeint haben«, sagte Bertlef versöhnlich. »Und Sie haben recht. Es war unvernünftig von mir, ausgerechnet von Ihnen Gerechtigkeit für Rosa zu verlangen.«

»Es freut mich, daß Sie sich versöhnt haben«, sagte Doktor Skreta. »Eines kann uns bis zu einem gewissen Grade trösten. Wie auch immer Rosa gestorben sein mag, ihre letzte Nacht ist schön gewesen.«

»Schauen Sie sich den Mond an«, sagte Bertlef, »er scheint wie gestern und verwandelt dieses Zimmer in einen Garten. Noch sind keine vierundzwanzig Stunden verflossen, seit Rosa die gute Fee dieses Gartens war.«

»Und die Gerechtigkeit braucht uns wirklich nicht so sehr zu interessieren«, sagte Doktor Skreta. »Gerechtigkeit ist keine menschliche Angelegenheit. Es gibt die Gerechtigkeit blinder und grausamer Gesetze und dann vielleicht noch eine höhere Gerechtigkeit, die ich aber nicht verstehe. Ich hatte stets das Gefühl, in dieser Welt *außerhalb der Gerechtigkeit* zu leben.«

»Wie denn das«, wunderte sich Olga.

»Die Gerechtigkeit betrifft mich nicht«, sagte Doktor Skreta. »Sie ist außerhalb und oberhalb von mir. In jedem Fall ist sie etwas Unmenschliches. Ich werde nie mit dieser widerlichen Macht kollaborieren.«

»Wollen Sie damit sagen«, fragte Olga, »daß Sie überhaupt keine allgemein gültigen Werte anerkennen?«

»Die Werte, die ich anerkenne, haben nichts mit Gerechtigkeit zu tun.«

»Zum Beispiel?« fragte Olga.

»Zum Beispiel Freundschaft«, antwortete Doktor Skreta leise.

Alle verstummten, und der Inspektor stand auf, um sich von den Anwesenden zu verabschieden. In diesem Moment fiel Olga etwas ein:

»Welche Farbe hatten die Tabletten im Röhrchen, das Rosa bei sich trug?«

»Blaßblau«, sagte der Inspektor und fügte mit gesteigertem Interesse hinzu: »Aber warum fragen Sie danach?«

Olga erschrak, der Inspektor könnte ihre Gedanken lesen, und redete sich rasch heraus: »Ich habe so ein Röhrchen bei ihr gesehen. Es hat mich bloß interessiert, ob es das Röhrchen war, das ich bei ihr gesehen habe . . .«

Der Inspektor hatte ihre Gedanken nicht gelesen, er war schon müde und wünschte allen Anwesenden eine gute Nacht.

Nachdem er gegangen war, sagte Bertlef zu Skreta: »Gleich treffen unsere Frauen ein. Gehen wir sie abholen?«

»Ja, wir wollen gehen. Nehmen Sie heute die doppelte Dosis Ihres Medikaments«, sagte Doktor Skreta besorgt, und Bertlef ging in den Nebenraum.

»Sie haben Jakub vor langer Zeit einmal Gift gegeben«, sagte Olga. »Es war eine blaßblaue Tablette. Und er trug sie immer bei sich. Ich weiß es.«

»Reden Sie keinen Unsinn. So etwas habe ich ihm nie gegeben«, sagte Doktor Skreta sehr nachdrücklich.

Dann trat Bertlef aus dem Nebenzimmer, verschönert mit einer anderen Krawatte, und Olga verabschiedete sich von den beiden Männern.

24.

Bertlef und Doktor Skreta schritten durch die Pappelallee zum Bahnhof.

»Schauen Sie sich diesen Mond an«, sagte Bertlef. »Glauben Sie mir, Doktor, das war gestern ein wunderbarer Abend und eine wunderbare Nacht.«

»Das glaube ich Ihnen, aber Sie sollten nicht damit spaßen. Die Bewegungen, ohne die eine solche Nacht nicht auskommt, sind für Sie wirklich äußerst gefährlich.«

Bertlef antwortete nicht, und auf seinem Gesicht verbreitete sich ein strahlender Ausdruck glücklichen Stolzes.

»Mir scheint, Sie sind in ausgezeichneter Stimmung«, sagte Doktor Skreta.

»Sie täuschen sich nicht. Wenn ich die letzte Nacht ihres Lebens schön gemacht habe, so bin ich glücklich.«

»Wissen Sie«, sagte Doktor Skreta auf einmal, »ich habe längst schon eine eigenartige Bitte an Sie, die ich Ihnen nie zu sagen gewagt habe. Aber ich habe das Gefühl, daß heute ein so außerordentlicher Tag ist, daß ich es wagen könnte . . .«

»Sprechen Sie nur, Doktor!«

»Ich möchte, daß Sie mich als Sohn adoptieren.«

Bertlef blieb verdutzt stehen, und Doktor Skreta erklärte ihm die Gründe seines Wunsches.

»Was täte ich nicht für Sie, Doktor«, sagte Bertlef. »Wenn es bloß meiner Frau nicht albern vorkommt. Sie wäre fünfzehn Jahre jünger als ihr Sohn. Ist das vom rechtlichen Standpunkt aus überhaupt möglich?«

»Nirgends steht geschrieben, daß ein Adoptivsohn jünger sein muß als seine Eltern. Er ist ja schließlich kein echter, sondern ein Adoptivsohn.«

»Sind Sie sich sicher?«

»Ich habe längst die Juristen konsultiert«, sagte Doktor Skreta ein bißchen beschämt.

»Wissen Sie, es ist zwar seltsam, und ich bin ein bißchen verblüfft«, sagte Bertlef, »aber heute bin ich in einer sonderbaren Begeisterung, und ich möchte aller Welt nur Freude machen. Wenn es Ihnen Freude macht . . . mein Sohn . . .«

Und die beiden Männer umarmten sich mitten auf der Straße.

25.

Olga lag im Bett (im Nebenzimmer spielte kein Radio), und es war ihr klar, daß Jakub Rosa ermordet hatte und nur sie und Doktor Skreta es wußten. Warum er es getan hatte, würde sie wahrscheinlich nie erfahren. Sie fröstelte vor Entsetzen, aber dann (sie konnte sich ja, wie wir wissen, gut beobachten) wurde ihr überraschend klar, daß dieses Frösteln wonnevoll und dieses Entsetzen voller Stolz war.

Sie hatte sich gestern mit Jakub zu einem Zeitpunkt geliebt, da er voll fürchterlicher Gedanken gewesen sein mußte, und sie hatte ihn im Liebesakt zusammen mit diesen Gedanken in sich aufgesogen.

Wie kommt es, daß mir nicht davor ekelt? sagte sie sich. Wie kommt es, daß ich ihn nicht anzeige (und niemals anzeigen werde)? Lebe denn auch ich außerhalb der Gerechtigkeit?

Je mehr sie sich aber danach fragte, desto stärker wuchs in ihr dieser seltsame, glückliche Stolz, so daß ihr zumute war wie einer Frau, die vergewaltigt und plötzlich von einem berauschenden Lustgefühl erfaßt wird, das umso intensiver ist, je mehr sie dagegen ankämpft . . .

26.

Der Zug fuhr in den Bahnhof ein und zwei Frauen stiegen aus.

Die eine mochte um die fünfunddreißig sein, und sie erhielt einen Kuß von Doktor Skreta, die andere war jünger, elegant gekleidet, mit einem Kind in den Armen, sie wurde von Bertlef geküßt.

»Gnädigste, zeigen Sie Ihren Kleinen her«, sagte Doktor Skreta, »ich habe ihn ja noch gar nicht gesehen!«

»Würde ich dich nicht so gut kennen, müßte ich dich verdächtigen«, lachte Frau Skreta. »Schau, er hat ein Muttermal auf der Oberlippe, genau an derselben Stelle wie du!«

Frau Bertlef sah in Skretas Gesicht und schrie fast: »Tatsächlich! Das habe ich an Ihnen gar nicht bemerkt, als ich hier zur Kur war!«

Bertlef sagte: »Das ist ein so merkwürdiger Zufall, daß ich es wage, ihn unter die Wunder zu reihen. Herr Doktor Skreta, der den Frauen ihre Gesundheit wiedergibt, gehört zum Stand der Engel, und als Engel setzt er den Kindern, denen er auf die Welt geholfen hat, sein Zeichen auf. Es ist somit kein Muttermal, sondern ein Engelsmal.«

Allen Anwesenden gefiel Bertlefs Erklärung, und sie lachten fröhlich.

»Übrigens«, Bertlef wandte sich an seine reizende Frau, »möchte ich dir feierlich mitteilen, daß der Herr Doktor vor wenigen Minuten der Bruder unseres John geworden ist. Es geht also vollkommen in Ordnung, daß sie als Brüder das gleiche Mal haben.«

»Du hast dich also endlich durchgerungen . . .«, seufzte Frau Skreta glücklich.

»Ich verstehe nicht, ich verstehe nicht!« Frau Bertlef verlangte nach einer Erklärung.

»Ich werde dir alles erzählen. Wir haben uns heute viel zu erzählen und viel zu feiern. Ein wundervolles Wochenende steht uns bevor«, sagte Bertlef und faßte seine Frau unter dem Arm. Im Licht der Bahnsteiglampen verließen die vier den Bahnhof.

Beendet 1972 in Böhmen

Inhalt

suhrkamp taschenbücher
Eine Auswahl

265/1/8.90

suhrkamp taschenbücher
Eine Auswahl

265/2/8.90

suhrkamp taschenbücher
Eine Auswahl

265/3/8.90

265/4/8.90

suhrkamp taschenbücher
Eine Auswahl

Innerhofer: Die großen Wörter. st 563
– Schöne Tage. st 349
Inoue: Die Eiswand. st 551
– Der Stierkampf. st 944
Janker: Zwischen zwei Feuern. st 1251
Johnson: Berliner Sachen. st 249
– Das dritte Buch über Achim. st 169
– Ingrid Babendererde. st 1387
– Karsch und andere Prosa. st 1753
– Mutmassungen über Jakob. st 147
– Eine Reise nach Klagenfurt. st 235
Jonas: Materie, Geist und Schöpfung. st 1580
– Das Prinzip Verantwortung. st 1085
Joyce: Anna Livia Plurabelle. st 751
T. S. Eliots Joyce-Lesebuch. st 1398
Kaminski: Herzflattern. st 1080
– Nächstes Jahr in Jerusalem. st 1519
Kaschnitz: Jennifers Träume. st 1022
– Kein Zauberspruch. st 1310
– Liebesgeschichten. st 1292
Kirchhoff: Mexikanische Novelle. st 1367
– Ohne Eifer, ohne Zorn. st 1301
Koch: Der Prozeß Jesu. st 1362
– See-Leben. st 783
Koeppen: Gesammelte Werke in 6 Bänden. st 1774
– Amerikafahrt. st 802
– Angst. st 1459
– Die elenden Skribenten. st 1008
– Die Mauer schwankt. st 1249
– Tauben im Gras. st 601
– Der Tod in Rom. st 241
– Das Treibhaus. st 78
Kolleritsch: Gedichte. st 1590
Konrád: Der Besucher. st 492
– Der Komplize. st 1220
Kracauer: Die Angestellten. st 13
– Kino. st 126
– Das Ornament der Masse. st 371
Kraus: Aphorismen. st 1318
– Die letz ten Tage der Menschheit. st 1320
– Die Sprache. st 1317
– Die chinesische Mauer. st 1312
– Literatur und Lüge. st 1313
– Sittlichkeit und Kriminalität. st 1311
– Weltgericht I / Weltgericht II. st 1315/1316
Karl-Kraus-Lesebuch. st 1435
Kroetz: Der Mondscheinknecht. st 1039
– Der Mondscheinknecht. Fortsetzung. st 1241
– Stücke I-IV. st 1677-1680
Kühn: Der Himalaya im Wintergarten. st 1026
– Die Kammer des schwarzen Lichts. st 1475
– Und der Sultan von Oman. st 758
Kundera: Das Buch vom Lachen und vom Vergessen. st 868
Laederach: Laederachs 69 Arten den Blues zu spielen. st 1446

265/5/8.90

suhrkamp taschenbücher
Eine Auswahl

Laederach: Nach Einfall der Dämmerung. st 814
– Sigmund oder Der Herr der Seelen tötet seine. st 1235
Lao She: Die Stadt der Katzen. PhB 151. st 1154
Least Heat Moon: Blue Highways. st 1621
Lem: Also sprach GOLEM. PhB 175. st 1266
– Die Astronauten. PhB 16. st 441
– Frieden auf Erden. PhB 220. st 1574
– Der futurologische Kongreß. PhB 29. st 534
– Das Katastrophenprinzip. PhB 125. st 999
– Lokaltermin. PhB 200. st 1455
– Robotermärchen. PhB 85. st 856
– Sterntagebücher. PhB 20. st 459
– Waffensystem des 21. Jahrhunderts. PhB 124. st 998
Lenz, H.: Die Augen eines Dieners. st 348
– Ein Fremdling. st 1491
– Der Kutscher und der Wappenmaler. st 934
– Neue Zeit. st 505
– Der Tintenfisch in der Garage. st 620
– Der Wanderer. st 1492
Leutenegger: Gouverneur. st 1341
– Ninive. st 685
Lezama Lima: Paradiso. st 1005
Lovecraft: Azathoth. PhB 230. st 1627
– Berge des Wahnsinns. PhB 258. st 1780
– Der Fall Charles Dexter Ward. PhB 260. st 1782
– Stadt ohne Namen. PhB 52. st 694
Majakowski: Her mit dem schönen Leben. st 766
Mayer: Außenseiter. st 736
– Ein Deutscher auf Widerruf. Bd. 1. st 1500
– Ein Deutscher auf Widerruf. Bd. 2. st 1501
– Georg Büchner und seine Zeit. st 58
– Thomas Mann. st 1047
Mayröcker: Die Abschiede. st 1408
– Ausgewählte Gedichte. st 1302
Meier, G.: Toteninsel. st 867
Meyer, E.Y.: In Trubschachen. st 501
– Ein Reisender in Sachen Umsturz. st 927
– Die Rückfahrt. st 578
Miller: Am Anfang war Erziehung. st 951
– Bilder einer Kindheit. st 1158
– Das Drama des begabten Kindes. st 950
– Du sollst nicht merken. st 952
Miłosz: Verführtes Denken. st 278
Mitscherlich: Ein Leben für die Psychoanalyse. st 1010
– Massenpsychologie ohne Ressentiment. st 76
– Thesen zur Stadt der Zukunft. st 10
Morshäuser: Die Berliner Simulation. st 1293

265/6/8.90

suhrkamp taschenbücher
Eine Auswahl

Morshäuser: Blende. st 1585
– Nervöse Leser. st 1715
Moser: Gottesvergiftung. st 533
– Grammatik der Gefühle. st 897
– Kompaß der Seele. st 1340
– Lehrjahre auf der Couch. st 352
– Stufen der Nähe. st 978
Muschg: Albissers Grund. st 334
– Baiyun oder die Freundschaftsgesellschaft. st 902
– Entfernte Bekannte. st 510
– Fremdkörper. st 964
– Gegenzauber. st 665
– Im Sommer des Hasen. st 263
– Das Licht und der Schlüssel. st 1560
Museum der modernen Poesie. st 476
Neruda: Liebesbriefe an Albertina Rosa. st 829
Nizon: Canto. st 319
Nossack: Aus den Akten der Kanzlei Seiner Exzellenz ... st 1468
– Begegnung im Vorraum. st 1177
– Bereitschaftsdienst. st 1460
Onetti: Das kurze Leben. st 661
– So traurig wie sie. st 1601
Oz: Im Lande Israel. st 1066
– Mein Michael. st 1589
– Der perfekte Frieden. st 1747
Paz: Essays. 2 Bde. st 1036
Pedretti: Harmloses, bitte. st 558
– Die Zertrümmerung von dem Kind Karl. st 1156
Ernst Penzoldts schönste Erzählungen. st 216
Percy: Der Idiot des Südens. st 1531
– Lancelot. st 1391
Phantastische Begegnungen. PhB 250. st 1741
Platschek: Über die Dummheit in der Malerei. st 1139
Plenzdorf: Gutenachtgeschichte. st 958
– Legende vom Glück ohne Ende. st 722
– Die neuen Leiden des jungen W. st 300
Poniatowska: Stark ist das Schweigen. st 1438
Proust: Auf der Suche nach der verlorenen Zeit. 10 Bde.
– Briefe zum Leben. st 464
Puig: Der Kuß der Spinnenfrau. st 869
– Der schönste Tango der Welt. st 474
– Verraten von Rita Hayworth. st 344
Ribeiro: Maíra. st 809
Rochefort: Frühling für Anfänger. st 532
– Eine Rose für Morrison. st 575
– Die Welt ist wie zwei Pferde. st 1244
– Zum Glück gehts dem Sommer entgegen. st 523
Rodoreda: Auf der Plaça del Diamant. st 977
– Der zerbrochene Spiegel. st 1494
Rolfs: Rost im Chrom. st 1648
Russell: Eroberung des Glücks. st 389

265/7/8.90

suhrkamp taschenbücher
Eine Auswahl

Sanzara: Die glückliche Hand. st 1184
– Das verlorene Kind. st 910
Schimmang: Das Ende der Berührbarkeit. st 739
– Der schöne Vogel Phönix. st 527
Schivelbusch: Intellektuellendämmerung. st 1121
Schneider, R.: Philipp der Zweite. st 1412
– Dem lebendigen Geist. st 1419
Semprun: Die große Reise. st 744
– Was für ein schöner Sonntag. st 972
– Yves Montand: Das Leben geht weiter. st 1279
– Der zweite Tod des Ramón Mercader. st 564
Shaw: Der Aufstand gegen die Ehe. st 328
– Mensch und Übermensch. st 987
Sloterdijk: Der Zauberbaum. st 1445
Soriano: Das Autogramm. st 1252
Steiner, J.: Auf dem Berge Sinai sitzt der Schneider Kikrikri. st 1572
– Ein Messer für den ehrlichen Finder. st 583
– Das Netz zerreißen. st 1162
Sternberger: Drei Wurzeln der Politik. st 1032
– Herrschaft und Vereinbarung. st 1289
– Die Politik und der Friede. st 1237
Stierlin: Delegation und Familie. st 831
– Eltern und Kinder. st 618
– Das Tun des Einen ist das Tun des Anderen. st 313
Struck: Lieben. st 567
– Die Mutter. st 489
Strugatzki / Strugatzki: Der ferne Regenbogen. PhB 111. st 956
– Die häßlichen Schwäne. PhB 177. st 1275
– Eine Milliarde Jahre vor dem Weltuntergang. PhB 186. st 1338
Tendrjakow: Die Abrechnung. st 965
– Frühlingsspiel. st 1364
Unseld: Der Autor und sein Verleger. st 1204
– Begegnungen mit Hermann Hesse. st 218
– Peter Suhrkamp. st 260
Vargas Llosa: Gespräch in der Kathedrale. st 1015
– Der Hauptmann und sein Frauenbataillon. st 959
– Der Krieg am Ende der Welt. st 1343
– Tante Julia und der Kunstschreiber. st 1520
Wachenfeld: Camparirot. st 1608
Walser, M.: Die Anselm Kristlein Trilogie. st 684
– Brandung. st 1374
– Dorle und Wolf. st 1700
– Ehen in Philippsburg. st 1209
– Ein f liehendes Pferd. st 600
– Halbzeit. st 94
– Jenseits der Liebe. st 525
– Liebeserklärungen. st 1259

265/8/8.90

suhrkamp taschenbücher
Eine Auswahl

Walser, M.: Die Ohrfeige. st 1457
– Das Schwanenhaus. st 800
– Seelenarbeit. st 901
Walser, R.: Der Räuber. st 1112
– Der Spaziergang. st 1105
– Fritz Kochers Aufsätze. st 1101
– Geschwister Tanner. st 1109
– Jakob von Gunten. st 1111
– Seeland. st 1107
– Wenn Schwache sich für stark halten. st 1117
Watts: Der Lauf des Wassers. st 878
– Vom Geist des Zen. st 1288
Weber-Kellermann: Die deutsche Familie. st 185
Weiß, E.: Franziska. st 785
– Der Aristokrat. st 792
– Georg Letham. st 793
– Der Augenzeuge. st 797
Weiss, P.: Das Duell. st 41
– In Gegensätzen denken. st 1582
Wilhelm: Die Wandlung. st 1146
Wilson: Brüchiges Eis. st 1336
Winkler: Das wilde Kärnten. 3 Bde. st 1042-1044
Zeemann: Einübung in Katastrophen. st 565
– Das heimliche Fest. st 1285
Zweig: Brasilien. st 984

265/9/8.90